维多利亚小说的童话主题和性别政治

周小娟 著

上海人民出版社

目录

绪　论

自十八世纪起，越来越多的异域童话通过翻译进入英国。十八世纪初期，东方民间故事的经典《一千零一夜》由安东尼·格朗的法文版 *Les Mille et Une Nuits* 转译成英文 *Arabian Nights*，法国奥努瓦夫人的《童话集》(*Les Contes des Fées*)英译为 *Diverting Works*(1707)和 *A Collection of Novel-sand Tales*(1721)，夏尔·佩罗的童话集也由罗伯特·萨姆博英译完成(名为 *Histories, or Tales of Past Times*, 1729)。德国《格林童话》的首个英译本由埃德加·泰勒完成，泰勒 1823 年首部英译本的成功使得三年后第二辑顺利出版。《格林童话》译入英国二十三年后，《安徒生童话》(*Hans Andersen, Wonderful Stories for Children*)的首部英译本也经玛丽·豪伊特翻译完成，仅 1846 年，就出版了至少四个版本的《安徒生童话》。东方与欧洲等异域童话，尤其是法国、德国童话的引进与传播，对英国儿童幻想小说的发生起到了直接的推动作用。

维多利亚女王统治时期是英国儿童幻想小说和童话繁荣的时期，约翰·拉斯金于 1851 年出版了《金河王》，作品在人物设计上模仿了德国童话，在情节的细致安排与魔幻手段的使用上则可追溯至十七世纪到十八世纪的法国童话。与《金河王》一样，查尔斯·金斯利的幻想小说《水孩子》(1863)同样借鉴了童话，并与十八世纪中叶的科学成就融为一体。与此同时，两部作品在篇幅上远远超出了之前的法国童话、德国童话以及《安徒生童话》，尤其是《水孩子》，金斯利对英国社会政治万花筒般的描述，使其规模已远非童话可比。同时，无论是《金河王》还是《水孩子》，都摆脱了对已有民间故事的简单复述，转而树立了作家的个人创作风格，这一点是民间故事从未具备的，也是早期英国儿童幻想小说在文学样式上的大胆突破。1865 年，刘易斯·卡罗尔的《爱丽丝漫游奇境记》出版，卡罗尔在作品中以看似荒诞不经与不可思议而实则严密的逻辑性与深邃的内涵，构筑了全新的异质幻想世界，向读者展示了幻想的无限可能，开创了具有划时代意义的儿童幻想小说写作。其后，乔治·麦克唐纳凭借《北风的背后》(1871)中优美的语言与瑰丽的想象，通过描述孩子眼中的生存与死亡，实现了现实世界与架空世界的不断交替变化。《水孩子》《爱丽丝漫游奇境记》《北风的背后》作为英国儿童幻想小说发生期的三座高峰，以其无限的想象力彻底颠覆了僵化、保守的现实世界，极大程度地展现了人类不为现实所累而自由穿梭于现实与幻想之间的美好梦想。就民间童话而言，著名民俗学者约瑟夫·雅各布斯搜集整理的两卷本《英国童话》就其艺术水准和学术价值来说，丝毫不逊色于《格林童话》，而《杰克与豆茎》《三只小猪》等英国民间童话更是家喻户晓的童话经典。与此同时，一些著名的小说家也加入到了童话创作的行列，威廉·萨克雷创作了《玫瑰与戒指》，奥斯卡·王尔德创作了《快乐王子》系列，查尔斯·狄更斯创作了《神奇的鱼骨》。

1853 年，狄更斯在一篇发表于《家常话》的文章中谈到，“在一个功利主义的时代，在所有其他时代里，最重要的一点是童话理应受到尊重”，在他看来，“一个没有幻想，没有浪漫故事的国度过去没有，现在不能，将来也不会在世界上占据重要位置”。①外国童话故事的英译一方面催生了英国幻想儿童小说的诞生，另一方面也使得外国的童话故事深入人心，成为英国民众熟知的故事，童话也成为作家们小说创作的借鉴对象。

批评家迈克尔·C.科兹因指出，德国童话因子出现在《董贝父子》《大卫·科波菲尔》《荒凉山庄》《艰难时世》《赛拉斯·马勒》《呼啸山庄》《简·爱》等小说中，并认为现实主义小说家将现实主义与幻想结合，创造了一种成人类型，它没有被大部分童话的“天真的风格，简单的幸福结尾，乡村背景或超自然”所限制，而是“扩展了童话的普适主题和幻想世界”②。更有批评家认为“从威廉·萨克雷、查尔斯·狄更斯、威尔基·柯林斯到安东尼·特罗洛普，从勃朗特姐妹到乔治·艾略特，几乎所有维多利亚小说都或多或少地指涉着一个童话世界”③。因此维多利亚小说对于童话主题的借鉴与运用，便成为一个值得探讨的对象。

作家伊塔洛·卡尔维诺在《论童话》中，谈到“童话是自然迁徙的产物：它们在时间和空间中穿梭，穿越数世纪和各大洲，也贯穿重重社会阶层，一次又一次地描绘着不断起伏的旅程，在叙述者和听众之间不断被加工改造，最终在周而复始的讲述中被俘获”④。在周而复始的讲述过程中，经典童话具有了意识形态属性。以格林兄弟的童话收集和整理工作为例，在民间口头长期流传的童话故事，经过由市井乡间向书房沙龙的空间过渡，以及口口相传向白纸黑字的媒介过渡之后，童话故事不可避免地被打上了特定时代的主导意识形态或价值观的烙印。儿童文学研究专家杰克·齐普斯因此认

---

①② Michael C. Kotzin, “The Fairy Tales in England 1800—1870,” *Journal of Popular Culture*, Vol.4, 1970.

③ Laurence Talairach Vielmas, *Moulding the Female Body in Victorian Fairy Tales and Sensation Novels*, Hampshire, Burlington: Ashgate Publishing Limited, 2007, p.1.

④ [意]伊塔洛·卡尔维诺：《论童话》，黄丽媛译，译林出版社 2018 年版，第 18 页。

为："在巴洛克时代，拯救沉睡公主远不如满足男性欲望和获得权力来得重要；……格林兄弟时代，童话摇身一变成为资产阶级神话，规定了男性拯救女性的恰当方式；……今天，迪士尼的睡美人唱着'有一天我的王子会到来'，接受主妇培训，而王子就是她'寄予厚望的拯救者'。"①从女性主义的视角观照，经典童话除了在内容方面参与到和男权话语的共谋中，其经典化的过程也处处折射出男权文化对于女性叙事刻意的排挤和边缘化。目前人们公认的童话经典大概在二十世纪初被基本确立下来，主要指那些由英国的约瑟夫·雅各布斯、法国的夏尔·佩罗、德国的格林兄弟以及俄罗斯的亚历山大·阿帆阿塞夫收集整理而成的童话。但伴随着童话故事的经典化之路，女性叙事往往被遮蔽。一个常被人提及的例子是英国童话《小矮人》经典地位的确立，这个过程突出地体现了男性权力的运作。《小矮人》最早由维多利亚时期萨福克郡的女诗人安娜·法伊森根据女仆口述的民间故事改编整理而成，在一家小众刊物上发表，后经民俗学家爱德华·克洛德发掘，于 1889 年再版于全英核心刊物《民间故事》，当时杂志的编辑是"民间故事协会"(Folk-Lore Society)主席约瑟夫·雅各布斯，雅各布斯修改了之前版本的萨福克方言之后，将《小矮人》收录于自己的童话集中，确立了这个故事在英国的经典地位。而首次对这个故事进行修订并赋予其文学形态的安娜·法伊森则几乎无人知晓，曾经口述故事的女仆更早已被人遗忘。与之相似，在德国，格林兄弟曾向一位大约五十七岁、名为菲曼的农家妇女致以谢意，称她为提供大多数故事的人。但根据杰克·齐普斯和泰富森等学者的研究发现，《格林童话》的故事提供者是一些受过良好教育的中产阶级和贵族年轻女性。格林兄弟之所以刻意隐瞒这些女性，根本原因是菲曼身

① Jack Zipe, *The Brothers Grimm: From Enchanted Forests to the Modern World*, London: Routledge, 1988, p.152.

为地道的德国农妇，在代表德国民间文化方面更具说服力。法国的夏尔·佩罗也以类似的方式，以男性统治的优势地位把持了对童话叙事传统的控制权。无论是对故事口头提供者的匿名化处理，还是对所借鉴女作家的刻意回避，镌刻在经典童话传统中的往往是男性作家的名字。而奥诺伊夫人、博蒙夫人等女作家在她们生活时代之后的两个多世纪才重新被人们关注。

女性主义批评家桑德拉·吉尔伯特和苏珊·古芭在其经典论著《阁楼上的疯女人：女性作家与19世纪文学想象》中谈到，“较之更为复杂的文学文本，神话与民间故事常常能以更大的精确性来表现和强化文化的判决”①。因此，从神话、民间故事和童话中能够看出文本叙事与文化准则之间的复杂关系，既然童话的经典化过程中已经被打上了男性霸权的烙印，那么借鉴了童话模式的维多利亚小说中必然也存在文本叙事与文化准则的共谋或叛逆的关系，维多利亚时期的小说家们以何种策略借鉴经典童话，并从中表达怎样的价值观念成为需要关注的问题，本书的研究从这一思路出发，观照维多利亚小说童话主题中所反映的性别问题。

从文化准则来看，维多利亚时期是英国工业大发展的时代，中产阶级逐渐取代贵族，开始进入政治领域，与之相伴的是中等阶级价值观，如自我约束、努力工作、重视家庭生活等，其中尤为突出的是对家庭的喜爱。

“维多利亚时期，家在中产阶级中获得了新的感情重要性。在中产阶级的理想中，家是稳定的中心，是凛然不可侵犯的圣所。家庭生活的快乐和美德被不断赞颂。”②赞美家庭、崇拜家庭，这在十九世纪的宗教、社会和文化

---

① [美]桑德拉·吉尔伯特、苏珊·古芭：《阁楼上的疯女人：女性作家与19世纪文学想象》，杨莉馨译，上海人民出版社2015年版，第48页。

② 李宝芳：《维多利亚时期英国中产阶级婚姻家庭生活研究》，社会科学文献出版社2015年版，第28页。

话语体系当中都有所体现。福音派宣称“英国人的家庭是他的城堡”,“家庭是安宁有序社会的基石,妻子和母亲是家庭的核心”①。1851年英国人口普查报告的序言中写道:“对整幢住宅的占有乃是每一个英国人的强烈的愿望,因为这种占有在他的家庭和壁炉的周围——他藉以寄托自己的哀愁、欢乐和冥想的圣殿——画出一道深刻而明确的界圈。”②诗人阿尔弗雷德·丁尼生这样讴歌理想家庭:“家庭幸福,孩子礼貌,无债不愁,中庸为贵。”③1892年,伦敦戏剧界的名人哥罗斯密兄弟把这种爱家情绪浓缩在他们的畅销之作《小人物日记》里,主角查理·波特以一句话道出了许多人的心声:“‘家,温馨甜蜜的家’是我恪守的信条。”④“家庭幸福”是中产阶级恪守的信条,十九世纪英国有名的作家、艺术家、艺术评论家思想家约翰·拉斯金在《百合——王后们的花园》中,表达了维多利亚时期中产阶级的家庭理想:

> 这是家的真正的本质——它是和平之所,是避难所,不仅可避免伤害,而且可避免恐惧、猜忌和分裂。如果不能如此,它便不是家;假如外部世界的焦虑渗透进来,外部世界那变化频仍的、无人知解的、不可爱的、或敌意的社会经丈夫或妻子的允许跨过了门槛,它便不再成其为家了,那样一来,它只是外部世界的一部分,是被你们覆上屋顶、生上炉火的一部分而已。但就它是个神圣之所,是女灶神的庙宇,是由家族之神守护的温暖的殿堂,在这众神面前,除了那些可被他们以爱心相迎的人以外,任何人不得出现。——就它是个这样的地方而言,屋顶和炉火只

---

① 王晓焰:《18—19世纪英国妇女地位研究》,人民出版社2007年版,第206页。

② [英]阿萨·布里格斯:《英国社会史》,陈叔平、陈小惠、刘幼勤、周俊文译,商务印书馆2015年版,第311页。

③ 同上书,第312页。

④ 李宝芳:《维多利亚时期英国中产阶级婚姻家庭生活研究》,社会科学文献出版社2015年版,第29页。

是更高贵的阴影和亮光的象征，——是感到疲惫时大地上岩石旁的荫凉，是波涛汹涌的大海上法罗斯岛灯塔的光芒；——只要它确如家之所名，符合人们对家的颂赞，它就是真正的家。①

在拉斯金看来，理想中的家是最美的世界，只有在家中，人们才能解决竞争社会的一切难题，享受悠然自得的天伦之乐。图佩尔在1876年给人们描述了中上层社会男性享受其乐融融的家庭生活情景：

他注视着围着他的孩子们，孩子们绽开笑靥；
他笑容可掬，孩子们对他嬉闹叽喳。
他伟大崇高，孩子们对他顶礼膜拜。
他至爱至仁，孩子们对他报以笑语。
他言行一致，孩子们对他感佩莫名。
他令出如山，孩子们对他敬重有加。
他至交皆人中俊杰；
他的府第一尘不染，洁净优雅。②

在约翰·拉斯金和图佩尔的家庭理想中，激烈的社会竞争往往会使中产阶级的男性身心疲惫，中上层人士把工作看成是社会上的竞争和拼搏，家庭则被看成是远离罪恶、丑陋和致命性竞争的避难所，是宜人的花园、沙漠中的绿洲。

---

① [英]拉斯金：《拉斯金读书随笔》，王青松、匡咏梅、于志新译，上海三联书店2000年版，第70页。

② [英]艾瑞克·霍布斯鲍姆：《资本的年代：1848～1875》，张晓华译，中信出版社2014年版，第268页。

不仅中产阶级强调家庭理想，维多利亚女王也越来越沉溺于家庭事务，用家庭来逃避政治纷扰，这让“中产阶级感到特别高兴，他们喜欢夫妻恩爱的美满婚姻，他们喜欢一个把王者之尊与高尚道德结合起来的家庭。他们仿佛从一面光亮镜子中看到自己生活的理想影像”①。与家庭理想相结合，中产阶级信奉家庭的私人世界与商业和政治的公共世界严格分离，形成了两分领域观。所谓的“两分”，是指在中产阶级家庭里，男女分别承担着不同的责任，男性是家庭的“挣面包者”，属于公共领域，包括工作、政治、俱乐部、运动场和其他许多活动，应该在社会上奋斗、拼搏，控制家庭的财富和生活；女性则属于私人领域，仅限于家庭生活，主要责任是管理家政、相夫教子。在价值观上，“私人领域”——家代表了空闲时间，以及与家人私人、亲密的关系，代表了感情和非理性、道德、温暖、轻松、温柔、和谐和健康，也代表了自然和真诚的生活。与之相对，“公共领域”——外面的世界代表了工作时间，以及非个人的、匿名的与非家人的关系，代表了理性和效率、不道德、不一致、不和谐，也代表了不自然的、虚伪的生活。②总之，“男人耕田地，女人守锅台/男人佩刀剑，女人拿针线/男人有头脑，女人有心地/男人发号令，女人愿听命”，出自阿尔弗雷德·丁尼生的叙事诗《公主》(1847)，反映了维多利亚时期对男女两性的性别角色分工的普遍看法。两分领域观是维多利亚时期对社会性别观念的理解，由本时期的文化、家庭、宗教、法律和社会组织等复杂的社会关系制度共同构建。

与理想的家庭观、两分领域观相联系的是“家庭天使”(the angel in the house)观。中产阶级认为，既然女性与外界的竞争格格不入，她们的空间主

① ［英］G.L.斯特雷奇：《维多利亚女王传》，薛诗绮译，东方出版中心 1997 年版，第 111 页。

② 参见李宝芳：《维多利亚时期英国中产阶级婚姻家庭生活研究》，社会科学文献出版社 2015 年版，第 30 页。

要在家中，她们的职责便是做一个好妻子和好母亲，在生活上照顾男性，感情和道德精神上抚慰男性，营造和谐的家庭氛围，成为家里的天使，创造家庭的舒适氛围便是女性对社会最大的贡献。从十八世纪以来，针对女性的行为指南大量出现，要求年轻姑娘做到顺从、谦逊、无私，并提醒每一位女性：成为一位天使。社会历史学家们充分考察了它对于"永恒女性"的一系列美德所造成的影响，这些美德包括谦逊、优雅、精致、纯洁、恭敬、驯顺、缄默、禁欲、和蔼和殷勤——所有这一切构成了一种行为方式。行为指南中告诫女性："假如说女性从男子那里获得舒适和利益的话，那么，她小心翼翼，努力让自己的丈夫满意、争取他的欢心就是理所当然的了。"①取悦丈夫便是一位令人尊重的女性应有的行为举止。用本时期道德家的话来说，就是"女人要取悦于男人，要贡献给男人，要赢得男人的爱和尊重，要哺育男人，要照顾男人，要劝慰男人，并要使男人的生活甜蜜且愉悦"②。此外，卢梭的《爱弥尔》(1762)在维多利亚时期的中产阶级中拥有大量的读者。卢梭对女性纯洁和慈母般美德的大加称颂与本时期中产阶级对女性优雅、谦恭品质的要求不谋而合。卢梭笔下的理想女性形象成为中产阶级培养女性的现实目标——丈夫热情的伴侣、孩子的教师、家仆的好主人，并且具有温柔、忠诚、顺从与柔弱等美好品格，卢梭关于女性的论调在维多利亚时期被中产阶级宣扬到了极致，并有力地促成了"家庭天使"的观念。拉斐尔前派画家乔治·埃尔加·希克斯于1863年展出了一组标题为《女人的使命》的作品："儿童的导师，男人的同伴，老人的安慰者"(*Guide to Childhood*, *Companion of Manhood and Comfort of Old Age*)，这应是本时期性别图景最恰当的注脚，女人的所

---

①、［美］桑德拉·吉尔伯特、苏珊·古芭：《阁楼上的疯女人：女性作家与19世纪文学想象》，杨莉馨译，上海人民出版社2015年版，第31页。

② ［美］苏珊·艾丽丝·沃特肯斯：《女性主义》，陈侃如译，广州出版社1998年版，第9页。

有职责都在家里并服从于男性成员：儿子、丈夫和父亲。

乔治·埃尔加·希克斯的画作

约翰·拉斯金的描述概括了女性在家中的职责所在：

> 而且，无论一位真正的妻子走到哪里，家就随她来到哪里。星星只可能高挂头顶，夜间冰冷草丛中的萤火虫可能是她脚边仅有的亮光；但她的所在即是家的所在；对一位高贵的妇女来说，家自她身边延伸及远方，胜过松木作天花板的家，或用朱红色彩绘的家，它流泄出静幽的光射向远方，披被无家可归的人们。①

妻子在哪里，家就出现在哪里。天使般的女性应该成为丈夫逃离外界纷争的神圣的避难所，否则男性就成了“无家可归的人”。身为“家庭天使”，女性在持家、道德和生育方面，都承担了极其重要的责任。尤其是在道德方面，女性应该成为丈夫和孩子的道德模范，只有这样才能为男性提供一个巩固的道德基础去服务社会、服务国家。这种观念在考文垂·帕特莫尔于

① ［英］拉斯金：《拉斯金读书随笔》，王青松、匡咏梅、于志新译，上海三联书店 2000 年版，第 70 页。

1854年发表的诗集《家里的天使》(*The Angel in the House*)中得以强化，理想的中产阶级妻子被要求扮演双重角色，既有母性，又有儿童般的纯洁。在本时期萨克雷的小说《名利场》(1847)、夏洛蒂·勃朗特的小说《谢利》(1849)、伊丽莎白·盖斯凯尔的小说《玛丽·巴顿》(1848)等文学作品中，都对女性美德予以了描述。

在文学史上，"家庭天使"形象的出现经历了一个发展过程。依照批评家桑德拉·吉尔伯特和苏珊·古芭的观点，文学史上男性作者梦想创造的理想女性始终是一位天使。在中世纪，人们追求的对象是圣母玛利亚，这位母性的女神完美地顺应了"仁慈的拯救者"形象的女性职能。到了十九世纪，这种女性形象走向世俗化，女性纯洁的永恒类属不再由天国的圣母玛利亚所代表，而由"家庭天使"取而代之。追究这其中的变化，可以在文学史上理出一条清晰的线索，经过但丁、约翰·弥尔顿和歌德等大诗人笔下的人物，显示出从圣母玛利亚到"家庭天使"的文学上的继承关系。

但丁作为中世纪的终结和文艺复兴时期的开端的伟大诗人，在《新生》和《神曲》等作品中，通过对圣母玛利亚身边圣洁的女子贝雅特丽齐的理解，诗人得以理解了上帝和圣母玛利亚。与但丁相似，十七世纪的英国诗人弥尔顿也说过曾经从"我那圣洁的亡妻"(my late espoused saint)身上获得过一种形象：

> 姗姗而来，全身披着白纱，就和她的心灵一样纯洁。
> 她的面容被面纱遮住，然而在我的想象之中，
> 她的甜蜜和善良使她的整个人都焕发出光芒，
> 她的面容是如此清晰，如此快乐，没有任何一个人能够及得上她。①

---

① [美]桑德拉·吉尔伯特、苏珊·古芭：《阁楼上的疯女人：女性作家与19世纪文学想象》，杨莉馨译，上海人民出版社2015年版，第27页。

通过死亡，弥尔顿几间的妻子既获得了玛利亚属于天国的神圣的光芒，又获得了贝雅特丽齐的处女般的纯洁。可以想见，假如弥尔顿的妻子复活而恢复血肉之身，那么她或许就已经是一个家庭天使。到了十八世纪，歌德在《浮士德》中提到了“永恒女性”(Eternal Female)，这一形象使女性成为天使般的处女。在小说《威廉·迈斯特的漫游年代》中，通过玛卡莉这一形象，歌德概括了家庭天使赖以存在的形而上的背景：

> 她……过着一种几乎十分单纯的静思生活……在一个乡下庄园里孤居独处着……她的生活不受外部事件的干扰——从她的生活中无法得到任何故事，因为她的生活中本来就没有故事。但她的存在却并不是没有用处的。相反……她像黑暗世界中的一盏灯那样在闪光，像是一座屹立不动的灯塔，其他人、旅行者们如果自己的生活中出现了故事的话，就会寻找她的指引，设定正确的航道。当那些卷入了某种感情和事件的人们急切地转向她寻求帮助的时候，他们从来不会受到怠慢，相反，却被给予了忠告和抚慰。她是一个理想的人物、一个无私的典范、代表着心灵的纯洁。①

玛卡莉自己的生活中没有任何故事，但她却对别人提出“忠告和抚慰”，她倾听、微笑、怜悯：这些品格表明，玛卡莉不仅是西方文化中与尘世隔绝的圣洁女性的后继，也是帕特莫尔笔下“家里的天使”出现的直接先导，帕特莫尔的长诗《家里的天使》成了十九世纪中期英国最受欢迎的诗歌作品。

《家里的天使》是一部组诗，题辞是“怀念她，既是由于她，也是为了她，我

---

① [美]桑德拉·吉尔伯特、苏珊·古芭：《阁楼上的疯女人：女性作家与19世纪文学想象》，杨莉馨译，上海人民出版社2015年版，第28页。

才成为一名诗人”，这部组诗叙述了诗人自己和一位乡村牧师的女儿霍诺利亚的恋爱与婚姻，这位姑娘有无私的优雅、教养、单纯和高贵，她不仅是维多利亚时期女性的楷模，还是尘世中的一位天使。丈夫因拥有她而深感幸福：

我自问，还有什么样的生活能比现在更幸福吗，
能够终其一生和她厮守。
爱的双翼使我获得了自由的快乐，
她的优雅使我将成为一个伟大的人，
我要告诉人们，男子应该变得多么高贵
才能够有幸和这样的一位爱侣相配。①

事实上，诗中所写霍诺利亚的日常生活极为普通：摘紫罗兰花、遗失了手套、喂鸟、为玫瑰花浇水、和做牧师的父亲一起乘火车去伦敦、腿上搁着一卷彼特拉克的诗集，尽管这卷诗有着和书一样重的金子的价值，但她却对此一无所知。霍诺利亚最根本的美德在于用自己的美德创造了自己丈夫的“伟大”，她本人并无出众之处。因此，和歌德笔下的玛卡莉一样，她所拥有的仅仅是缺乏故事的无私的单纯，“她有虔诚的气质，天使般的神情；最善良的人所知善良的事都写在她那亲切的脸庞，失去信仰的人从她的神情可看见天堂和希望……纯洁的妇女的生活应该完全在家中。她维护着较高的道德水准，保护丈夫的良心，指导孩子的训练，通过日常行动中的基督教精神来帮助革新社会”②。这一形象印证了“家庭天使”的特性：男性需要被取

① [美]桑德拉·吉尔伯特、苏珊·古芭：《阁楼上的疯女人：女性作家与19世纪文学想象》，杨莉馨译，上海人民出版社2015年版，第29页。

② 李宝芳：《维多利亚时期英国中产阶级婚姻家庭生活研究》，社会科学文献出版社2015年版，第33页。

悦，女性的价值在于取悦男性。

回顾西方历史长河，女性地位的变迁与确立几经沉浮。在《西方妇女史》中，学者裔昭印探寻了西方妇女的各个历史发展阶段，爱琴文明时期，女性的地位较高，自荷马时代开始，西方男女两性关系逐渐从伙伴式的合作关系转变为女性从属于男性的不平等关系。在希腊化时代和罗马时代，女性的状况出现一些新的变化。在希腊化时代，女性在公共和私人领域的地位有了较大的提高，而与希腊女性相比，罗马的女性有了较多的自由与权利，她们可以走出家门，出现在公共场所中。到了中世纪，强调女性从属于男性，女性顺从男性，应保持贞洁等男尊女卑的观念得到重新确认，但性别关系发生了一些变化，出现了强调两性平等的思想，圣母崇拜得以兴盛，女性在公共领域的作用增强，女性的社会作用也得到突显。十四世纪到十八世纪是西方近代化转型时期，社会性别关系也在重构，强调女性贞洁、缄默、温顺的传统女性观不仅得以重新流行，而且还得到了进一步的强化。在启蒙运动时期，许多启蒙思想家仍然把女性视作低于男性的二等公民。十八世纪六十年代发轫于英国的工业革命，女性的命运发生了变化："中产阶级妇女从社会生产和劳动领域离开，成为囿限在家庭天地里的'家庭天使'；而广大的下层妇女为了弥补家庭生计的不足，或受雇于工厂、农庄充当产业工人，或进入富裕家庭作女佣。工业革命尽管为广大劳动阶层妇女走出家庭提供了更多的机会，但并没有对她们的社会和家庭地位的变化产生立竿见影的影响。"①维多利亚时期是大英帝国的国力增强，社会大步前进的时代，但是女性的地位与待遇似乎与这个高呼"进步"口号的社会格格不入。正因如此，女性小说家们如勃朗特姐妹、伊丽莎白·盖斯凯尔、哈丽叶特·马蒂诺、伊丽莎白·巴雷特·勃朗宁、乔治·艾略特等通过女性特有的细腻笔

① 裔昭印:《西方妇女史》，商务印书馆 2009 年版，第 6 页。

触，书写了本时期女性的生活和思想状态，成就了“她们自己的文学”。

当然，不仅有女作家在描绘女性生活，展示女性情感，男性作家同样关注了女性话题，在这一点上，对女性的“表现者”，也就是女性的代言人或代理者非常关键：

> 我们需要质问的不是妇女如何被表现或她们如何被当作某些思想的代表，而是谁在从事这些表现的工作，他们的动机是什么。比如，在以特定的方式“表现”女性时，表现者是描述性的还是指令性的？他们是客观地描写事物还是将某些先入为主的成见强加于读者？他们是否不顾妇女自己的观点如何，只是代替她们说话？①

可见，“谁”在表现，以及动机如何，这是值得关注的问题，维多利亚时期的小说家们通过小说延续了传统的童话主题，并在其中融入了维多利亚时期的思想观念，在女性问题的表现上，尤其是两分领域观和“家庭天使”观的文化准则，与文本叙事之间形成了复杂关系。对这一问题，学者戴岚的《女性创作与童话模式》(2010)追溯女性与童话之间的必然关联，女性书写的童话思维模式、叙事方式等问题，并对十九世纪英国女性经典小说与童话内涵作了比照和文本分析，探究童话与女性小说两者深层的同质特性。本书则将关注点放在维多利亚时期的六部小说：夏洛蒂·勃朗特的《简·爱》(*Jane Eyre*, 1847)、玛丽·布雷登的《奥德利夫人的秘密》(*Lady Audle's Secret*, 1862)、乔治·艾略特的《弗洛斯河上的磨坊》(*The Mill on the Floss*, 1860)、威尔基·柯林斯的《白衣女人》(*The Woman in White*, 1859)、安

① 马元曦、康宏锦主编：《西方女性主义文学文化译文集》，广西师范大学出版社2008年版，第31页。

妮·勃朗特的《怀尔德菲尔山庄的房客》(*The Tenant of Wildfell Hall*, 1848)以及查尔斯·狄更斯的《我们共同的朋友》(*Our Mutual Friend*, 1864—1865),探析《灰姑娘》《美妞与怪兽》《蓝胡子》和《画眉嘴国王》等童话主题在向小说的重构过程中,社会观念的文学表征发挥了怎样的叙事功能,小说作者如何将童话作为文本模式来达到特定的意识形态目的,并展示了怎样的性别图景。

第一章 《简·爱》与《奥德利夫人的秘密》：“灰姑娘”的变形故事

“灰姑娘”应是所有民间故事中最为著名的一个：勤劳善良的灰姑娘早年丧母，备受继母及其女儿的欺凌，但她最终得到魔法的帮助，嫁给王子，美梦成真。美国心理学家布鲁诺·贝特尔海姆谈到，“在所有童话故事里，《灰姑娘》流传最广，而且遍及世界各地。”①灰姑娘的故事在古今中外世界各民族文学中都有不同类型的变体，其影响超越了国界，也超越了时代，作品中对正义、善良、美丽的歌颂和对邪恶、虚伪、丑陋的鞭挞不仅带给孩子们温馨的慰藉，更代表了人类共同的价值取向，因而使《灰姑娘》博得了众多读者的认可，成为童话中的经典。夏尔·佩罗的《鹅妈妈的故事》和格林兄弟童话集中，都收有《灰姑娘》故事。《灰姑娘》的中心情节广为人知——主人公克服了贫穷和家庭的虐待，最终达到了物质和精神上双重的美满。从阶级身份来看，“灰姑娘”也是关于社会地位转换的故事——她一开始是一个不为人所注意的可怜女孩，嫁给王子之后拥有了高贵的地位和身份，从默默无闻

① [美]布鲁诺·贝特尔海姆：《童话的魅力：童话的心理意义与价值》，舒伟、丁素萍、樊高月译，社会科学文献出版社 2015 年版，第 388 页。

转而成为引人注目的中心。“灰姑娘”故事的核心是，灰姑娘将她身上的灰尘拂去，变得光彩照人，重新认知自己并且显出了更为真实的自我。在维多利亚小说中，夏洛蒂·勃朗特的《简·爱》凸显了“灰姑娘”的故事主题，如果说《简·爱》讲述了“灰姑娘”如何赢得“王子”爱情的故事，那么另一位小说家玛丽·布雷登的《奥德利夫人的秘密》则向读者展示了“灰姑娘”婚后的另一副面孔。

在维多利亚时期的英国，大量的外国童话、民间故事被译入英国，因此夏洛蒂·勃朗特应是熟知《灰姑娘》故事的。这一点从《简·爱》中便可见出，当简·爱初到桑菲尔德府时：“我在楼梯脚下的长过道里徘徊着，这个过道把三楼前后两排房间分隔开来，它又窄又低又暗，只在远远的一头有一扇小窗，两边的两排小黑门全都关着，看上去就像是蓝胡子城堡里的走廊一样。”①“蓝胡子”是佩罗童话中与《灰姑娘》同样有名的故事，可见夏洛蒂·勃朗特已对佩罗童话如数家珍。德国格林兄弟的《灰姑娘》在英国的接受度也很高，在格林兄弟的有生之年，一直致力于格林童话的英译，曾经做过家庭教师、阅读广泛的夏洛蒂·勃朗特应该也是熟悉格林童话的。

比起夏洛蒂·勃朗特，1835年出生的玛丽·布雷登更加熟悉外国文学作品，也善于从外国文学艺术中吸取营养。在玛丽·布雷登生活的时代，法国小说以其内容坦诚率真、技术高超而在英国获得众多读者，玛丽·布雷登可以说是走在这个潮流前端的文化人，她改编仲马的剧本来应付检察官，使其得以在英国舞台上演，她有一部连载小说《医生的妻子》，实际上是法国作家福楼拜《包法利夫人》的改写本，同时她酷爱巴尔扎克的作品。可见，玛丽·布雷登对外国文学尤其是法国文学在英国的传播作出了一定的贡献，并且在创作中有所借鉴，在其代表作《奥德利夫人的秘密》中，更是直接提到

① [英]夏洛蒂·勃朗特：《简·爱》，祝庆英译，上海译文出版社2006年版，第98页。

了来自法国的“灰姑娘”形象，玛丽·布雷登比夏洛蒂·勃朗特更熟悉外国文学作品，也对风靡欧洲的“灰姑娘”故事进行了重写。

第一节 “灰姑娘”的困境与成长

佩罗的《灰姑娘》和格林兄弟《灰姑娘》故事的开头分别是这样的：

从前有一位贵族，在他第二次结婚的时候，娶了一个嚣张跋扈、傲慢无比的女人。这个女人有两个女儿，她们的性格脾气就和自己的母亲一模一样。这位先生自己也有一个女儿，这个小姑娘性情温柔，还有一副别人都及不上的好心肠，这是从她母亲那儿继承来的——她的母亲是这世上最好的人。①

——夏尔·佩罗《灰姑娘》

一位富人的妻子病了。她感到快死去的时候，就把独生女儿唤到床前，对她说：“亲爱的孩子，你要永远忠诚、善良，这样仁慈的上帝就会永远保佑你，我也乐意从天上注视着你，对你关心照顾。”说完她就阖上眼，离开了人世。小姑娘每天都去屋后母亲的墓地上哭，并且保持着忠诚和善良的本性。冬天到了，雪花给坟包盖上一块白头巾；当春天的太阳又把这白头巾揭下来的时候，富人便另娶了一个妻子。她带了两个亲生女儿来丈夫家；两个女儿都脸蛋漂亮而白皙，但是心很坏、很黑。②

——格林兄弟《灰姑娘》

① [法]夏尔·佩罗：《鹅妈妈的故事》，张小言译，上海译文出版社2013年版，第87页。

② [德]雅各布·格林、威廉·格林：《格林童话全集》，杨武能、杨悦译，译林出版社2010年版，第75页。

关于灰姑娘所遭受的双重打击，在故事的开端就有了交待：失去了母亲，父亲另娶，并且继母带来了和她一样外表美丽心地丑恶的女儿们。丧母之殇和坏脾气继母的到来，犹如两道冲击波，改变了这个涉世未深的女孩子的命运。

在“灰姑娘”的故事中，继母是灰姑娘最核心的对立者，她昂然走进灰姑娘的生活，且立即将这个不幸的女孩置于仆人的角色。继母形象是童话故事中常常出现的形象，“童话故事中女巫的化身经常是恶毒的继母。格林兄弟的《儿童与家庭童话集》中，就有超过一打故事讲述后母如何虐待女主角：嘲弄，不给东西吃，或强迫完成不可能的工作等，其中又以《白雪公主》和《灰姑娘》为显著的例子。后母不但有女巫般的心肠，甚至还跟女巫一样会使用魔法来做坏事”①。格林童话中与继母有关的故事有《灰姑娘》《白雪公主》《小姐姐和小弟弟》《糖果屋》等。应该说，继母角色在主人公性格的形成过程中具有重要作用。比如制造各种困境，《白雪公主》里的继母王后一心渴望成为天下最美的人，便设计将美丽的白雪公主赶出宫门，并打算置之于死地，继母从魔镜口中得知白雪公主还活着后，就三番两次地设下陷阱加害她，先后以漂亮的丝带、美丽的梳子和香甜的苹果引诱白雪公主，以达到其目的，这类不断制造难题的继母角色很常见。此外，继母形象也可以反射读者内心的阴暗面，在阅读童话的过程中，读者尤其是儿童读者会不自觉地将潜意识中的阴暗一面投入角色，如同希腊神话中的美少年纳西斯，《白雪公主》的继母王后是自恋的典型，她每天早上都会问：“魔镜魔镜，告诉我，谁是世界上最美丽的女人？”镜子总会回答：“是你，王后，你就是世界上最美丽的女人。”明知自己很漂亮，还要让魔镜一遍一遍地重复。儿童读者在阅读过

① [美]谢尔登·卡什丹：《女巫一定得死：童话如何塑造性格》，李淑珺译，机械工业出版社 2014 年版，第 18 页。

程中,会倾向于对白雪公主的认同,这意味着孩子渴望积极地克服内心自恋与虚荣的阴暗面。继母形象还能培养是非观念,继母大多是反面角色,她们制造致命的诱惑,在这些诱惑面前,稍有不慎就会陷入可怕的灾难,童话中的主人公在承受种种诱惑带来的痛苦之后,都能运用自己的智慧,或者在外力的帮助下逃离诱惑并最终取得胜利,这象征了人们在现实生活中与邪恶欲望相抗衡的过程,并引导读者建立正确的价值观。显然,从继母的三种功能看,“灰姑娘”故事中的继母具有制造困境的作用。

从故事层看,继母在物质上和精神上同时压迫着灰姑娘,灰姑娘同继母和异母姐姐们一起生活,没有漂亮的衣裙,只能睡在炉灰中,而且不断受到继母和异母姐姐们的压制和排挤。从话语层看,继母形象被赋予了象征意味,象征着对灰姑娘原有身份的消除,灰姑娘是贵族的女儿,本应过着锦衣玉食的生活,但是母亲的去世让灰姑娘的生活发生了重大的变故。母亲是孩子与外界联系的重要媒介,也是孩子们得以认知和界定自身的第一个角色。在个体的成长过程中母亲的力量是巨大的,孩子借由母亲的孕育成为独立个体,并由此踏入社会。童话中的母亲形象是孩子的守护者和养育之爱的来源,继母则不同。在童话故事中,经常把继母描绘得既恶毒又残忍,贝特尔海姆在分析灰姑娘故事时指出,“还没有任何别的广为流传的童话故事,如此泾渭分明地把慈爱的母亲与凶恶的母亲并列起来加以表现”①。即使在呈现了世界上最歹毒继母之一的《白雪公主》里,继母王后也没有逼迫白雪公主去做根本无法完成的事情,或者让她受尽奴役之苦,而灰姑娘的继母驱使女儿干脏活重活,并且给她分配了看来无法完成的事,贝特尔海姆这样解释继母的存在:

---

① [美]布鲁诺·贝特尔海姆:《童话的魅力:童话的心理意义与价值》,舒伟、丁素萍、樊高月译,社会科学文献出版社 2015 年版,第 420 页。

> 要是女主人公没有首先经历被迫沦为“灰姑娘”的过程，她绝对不会成为王子的如意新娘，这在故事里表现得很清楚。故事向我们表明，为了建立人格的同一性，以及在最高层次上获得自我价值的实现，无论是最初的慈爱的父母，还是后来似乎对孩子“凶狠恶毒”，“不近情理”地严加要求的“继”父“继”母，这两者对于孩子都是不可缺少的。正是这对立的两方面构成了“灰姑娘”这个故事。如果慈爱善良的母亲没有在某个时期变成凶狠歹毒的继母，孩子就缺少动力去发展独立的自我，去认识和分辨世上的善恶，去培养自主精神和自立能力。①

贝特尔海姆认为继母在促成灰姑娘的成长中扮演了重要角色，继母凶狠恶毒、不近情理地严加要求她，无论灰姑娘是否做好成长的准备，继母迫使灰姑娘走向成熟，从社会和文化当中建构个体身份，当然，这个身份一开始是被继母有意歪曲的。

一旦继母掌握了灰姑娘的生活，她的女儿们也理所当然地成了母亲的代理人。灰姑娘是她的异母姐姐们的对立面，也是姐姐们生活中最大的威胁，继母看到了这一点，“那好心眼儿的小姑娘让她忍无可忍，同这孩子一比，自己那两个女儿就更加让人生厌了”②。为什么呢，因为灰姑娘的善良美好更加衬托了两位异母姐姐的嚣张与傲慢，这是让继母难以忍受的，她的女儿们在灰姑娘面前显得如此丑陋不堪，她立即将灰姑娘降到了仆人的地位，以此来保护她的女儿们，或者说是通过保护女儿来保护她自己。

自从继母打发灰姑娘去干家里最脏、最累的活儿之后，叙述者便将关于继母的叙述中断了，故事没有直接讲到继母对灰姑娘的虐待或威胁。事实

---

① [美]布鲁诺·贝特尔海姆:《童话的魅力:童话的心理意义与价值》，舒伟、丁素萍、樊高月译，社会科学文献出版社 2015 年版，第 420 页。

② [法]夏尔·佩罗:《鹅妈妈的故事》，张小言译，上海译文出版社 2013 年版，第 87 页。

上这种威胁一直存在着,因为继母可以通过她的女儿们或其他仆人来压迫灰姑娘,佩罗的《灰姑娘》故事中异母姐姐们在自己母亲的鼓励之下,成为继母的代理人,使得灰姑娘的生活变得更加悲惨。

异母姐姐们在建构灰姑娘的歪曲身份时起到了重要作用。异母姐姐们改变了灰姑娘之前的名字,大姐叫她“灰屁股”,二姐则没有那么狠毒,叫她“灰姑娘”,灰姑娘每天睡在炉灰里,做苦工做家务。生活环境的改变使灰姑娘对自己产生了错误的认知,她知道自己的地位降低了,不再是贵族家的小姐而是低人一等的仆人,只能被主人压榨和剥削。而且,“灰屁股”和“灰姑娘”这两个名字的差别也显示了两个异母姐姐品行的差异,为灰姑娘起难听的名字表达了对她的恶意,名字本身则反映了命名者的一些特征,比起二姐,大姐更为嚣张。通过“灰屁股”“灰姑娘”这样的名字,异母姐姐们为灰姑娘的身份贴上了标签。当然,姐姐们也确知灰姑娘的价值,在必要的时候只有灰姑娘能够帮助她们,她们在准备去参加舞会时找到灰姑娘,让灰姑娘为她们熨衣服,在她们的袖口打上褶子,给她们梳头……在要求灰姑娘帮忙的同时,异母姐姐们又在贬低灰姑娘,嘲笑她不应去参加舞会,否则会让人笑掉大牙。这句话不仅表达了继母和异母姐姐们对灰姑娘的看法,还让这种看法影响了其他人,她们眼中的“灰屁股”自然也是让其他人耻笑的“灰屁股”,无法改变。

比起佩罗童话,在格林童话中对灰姑娘的贬低更加残忍。贝特尔海姆认为佩罗童话和格林童话中两位女主人公的区别是“在贝洛的故事里,灰姑娘睡在炉灰之中是出于已愿,非他人所迫,‘干完活儿以后,她朝烟囱脚下的角落走去,坐在炉灰之中’,她的名字便由此而来。而在格林兄弟的故事里,没有出现这种自我糟蹋。灰姑娘受人逼迫,不得不在炉灰之中安身过夜”①。佩

① [美]布鲁诺·贝特尔海姆:《童话的魅力:童话的心理意义与价值》,舒伟、丁素萍、樊高月译,社会科学文献出版社 2015 年版,第 386 页。

罗童话中的灰姑娘应该是已经将异母姐姐们对她的评价内化为自己的认知。正因如此,同样是贵族的女儿,当被异母姐姐们问到是否想去参加舞会时,灰姑娘的回答显然不符合她的阶级身份:“你们可别取笑我了,那哪儿是我该去的地方呀!”①而在格林童话中,灰姑娘对自己身份的理解是被迫的:

> 她们夺走她美丽的衣裙,给她穿上一个灰色的旧外套,一双木头做的鞋子。“瞧瞧这骄傲的公主打扮得有多美!”她们嚷着,笑着,把她推进了厨房。在厨房中她从早到晚干重活儿粗活儿,天不亮就起来挑水、生火、煮饭和洗衣服。这还不算,两个姊姊还想方设法叫她伤心,讥讽她,把豌豆和扁豆倒进炭灰里,害得她坐在那里再一粒粒拣出来。夜晚,她干活儿干累了,没有床铺睡觉,只好躺在灶旁的炭灰里。②

这种折磨既是肉体上的,也是精神上的。在准备参加舞会时,异母姐姐们不是邀请灰姑娘帮忙,而是以命令式的口吻要求灰姑娘给她们梳头、擦皮鞋、扣紧鞋绊。灰姑娘作为仆人,她理所应当是被主人责骂和欺负的对象,异母姐姐们身体力行地强化着这一观念。

比起佩罗童话中的灰姑娘,格林兄弟的灰姑娘较为主动,当前者泪眼蒙眬地目送异母姐姐们去参加舞会的时候,后者一直在争取参加舞会的机会,但是继母变着法儿地折磨她。继母给灰姑娘一个要求作为参加舞会的交换条件:只要她在两个小时内把一大碗小扁豆从炭灰里挑出来,便能参加舞会了。继母通过这种方式宣布了自己对灰姑娘的权威:只有她才有能力为灰

---

① [法]夏尔·佩罗:《鹅妈妈的故事》,张小言译,上海译文出版社 2013 年版,第 89 页。

② [德]雅各布·格林、威廉·格林:《格林童话全集》,杨武能、杨悦译,译林出版社 2010 年版,第 75 页。

姑娘提供漂亮衣服和鞋子,有资格决定灰姑娘是否能去参加舞会。继母相信,只要她不给灰姑娘提供任何物质上的帮助,对方将永远无法摆脱自己被划定了的仆人角色。

在鸟儿们的帮助下,灰姑娘完成了任务,继母依旧找到了拒绝她的新理由:灰姑娘没有合适的衣服,不能去跳舞,又把一盘扁豆倒在炉灰之中,然后告诉灰姑娘,如果她能在一小时之内捡出豆子,就可以赴会,鸟儿们帮助灰姑娘完成了新的任务,然而继母再次翻脸变卦,还是不让她参加舞会。这是灰姑娘故事中必不可少的考验情节,在东方流传的"灰姑娘"型故事里,女主人公必须纺纱织布;而在一些西方故事里,主人公必须筛选沙粒。从表面看,这又是灰姑娘被欺压的一个表现,但也意味着她的命运已经出现重大转机,因为获得了像鸟儿们这样的神通广大、能满足她所有愿望的帮手。这段情节对比出了继母与灰姑娘的品性,继母两次食言变卦,她虚伪又反复无常,而灰姑娘默默完成了继母交给的任务,她有智慧又有见识,故事由此告诫人们需要分辨善良与丑恶。这样,拣豆任务变成了一个善恶之争的道德问题,灰姑娘通过善行将自己从继母所代表的丑恶价值观念中脱离,成为正确的一方。

灰姑娘之所以具有善良的品性,很大程度上来自母亲的教育。母亲是故事中一个缺席的在场,也是继母的对立面。佩罗的《灰姑娘》中介绍灰姑娘之前先介绍了继母,她是一个嚣张跋扈又傲慢无比的女人,随后介绍了这位母亲的两个女儿,她们性格脾气就和自己的母亲一模一样。之后才向读者描述了灰姑娘,她性情温柔,还有一副别人都比不上的好心肠,灰姑娘的温柔性情和好心肠都源自她的母亲,因为她的母亲是世界上最好的人。从这样一个开端来看,读者便可以这样理解故事中的人物关系:从女儿的人格特性和行为举止当中,能够反映出母亲的种种特征,"在这些故事里,母亲和女儿们非常相似,如出一辙,人们不禁感到,她们是裂变成不同人物的同一实体”[①]。佩罗在开篇就指明了继母/异母姐姐们和灰姑娘的对立，格林兄弟的《灰姑娘》则介绍了灰姑娘和母亲的联系，读者一开始听到的是主人公母亲的声音，她告诫灰姑娘要忠诚善良，并将得到回报：“亲爱的孩子，你要永远忠诚/善良，这样仁慈的上帝就会永远保佑你，我也愿意从天上注视着你，对你关心照顾。”[②]这段话有利于在家庭领域当中塑造女儿的美德，并帮助女儿确认其应有的身份，尽管这一身份在继母到来之后受到了威胁，但在经历丧母之痛的时刻具有安慰剂的作用，母亲的话强调一种精神上的依赖，灰姑娘必须依赖上帝和母亲灵魂的在场而从困境中得到解救。

通过两位母亲形象，灰姑娘故事表现了两种价值观念的差异，一种是灰姑娘的母亲所代表的对精神性的重视，这种观念由灰姑娘所延续，另一种是继母代表的物质主义观念，这由异母姐姐们所延续。这一点尤其体现在格林兄弟的故事中，父亲要去赶交易会，问孩子们需要带什么东西回家，异母姐姐们一个要漂亮的衣服，一个要珍珠和宝石，而灰姑娘想要的礼物很简单，她要父亲将回家路上碰到他帽子的第一根树枝带回家。灰姑娘将父亲带回家的榛树枝种在了母亲的坟头，用泪水浇灌着榛树枝。如果说在母亲去世时听从母亲的教诲，是灰姑娘对母亲代表的价值观的第一次接受，那么浇灌榛树枝便是第二次接受，她逐渐认同了母亲。通过榛树枝长成的小树，灰姑娘取得了与母亲在精神上的联系，这种联系实际上一直威胁着继母，因此遭到了继母的敌视。

在佩罗的《灰姑娘》中，灰姑娘面对继母的刁难时并未为自己辩护什么，她只是在异母姐姐们去参加舞会后，久久地凝望着她们的身影，直到她们的

---

① ［美］布鲁诺·贝特尔海姆：《童话的魅力：童话的心理意义与价值》，舒伟、丁素萍、樊高月译，社会科学文献出版社 2015 年版，第 380 页。

② ［德］雅各布·格林、威廉·格林：《格林童话全集》，杨武能、杨悦译，译林出版社 2010 年版，第 75 页。

身影消失，灰姑娘开始默默哭泣。杰克·齐普斯指出，灰姑娘的被动是佩罗故事中的一个要点："佩罗的女主人公面对着苦工需要慎重与耐心，她必须保持被动以等待合适的男性欣赏她的美德并与她结婚。"①这样的灰姑娘是一个处于苦难当中待嫁的少女。与之相似，格林兄弟的灰姑娘从一开始便接受了母亲的思想：只要有一颗仁慈的心，上帝就能帮助她，母亲的在天之灵也能默默庇佑她，因此"仁慈"便意味着被动地等待其他更强力量的帮助。民间文学研究专家麦克斯·吕蒂认为，童话主人公在面对困境时，"信赖的仍然不是他的意志的力量和耐力，而是外在的'助力'。只要有可能，童话就用外在的东西代替内在的东西，用外在的推动代替内心的动力"②。由于无法得到周围人的同情与理解，灰姑娘必须在别处寻找"助力"并对此加倍感恩。继母将灰姑娘归入错误的形象当中，相反的，帮助者角色把灰姑娘引入了正确的自我形象。"灰姑娘"理应参与到自身的转变过程中，但与格林兄弟的灰姑娘相比，佩罗的灰姑娘显得更为被动，贝特尔海姆认为："贝洛的少女甜蜜有余，可爱不足，而且全然缺少蓬勃的朝气……绝大多数其他故事里的灰姑娘大同小异，基本相似。"③的确如此，灰姑娘含泪找到教母时，她甚至无法表达自己的愿望：

她的教母看见她眼泪汪汪的，就问她发生了什么事。

"我好想……好想……"灰姑娘哭得泣不成声。

教母其实是一位仙女，她对灰姑娘说："你也想去参加舞会，是不是呀？"

---

① Jack Zipes, *Fairy Tales and the Art of Subversion*: *The Classical Genre for Children and the Process of Civilization*, NY: Wildman Press, 1983, p.25.

② [瑞士]麦克斯·吕蒂：《欧洲民间童话的形式与本质》，户晓辉译，河北教育出版社 2018 年版，第 24 页。

③ [美]布鲁诺·贝特尔海姆：《童话的魅力：童话的心理意义与价值》，舒伟、丁素萍、樊高月译，社会科学文献出版社 2015 年版，第 385 页。

“唉,是呀。”灰姑娘叹息着回答道。

“那好吧,”教母说,“如果你听话,我就让你去那里。”①

“那好吧”在这里代表了疑虑的减轻和耐心,对灰姑娘而言,只要有耐心,教母就能够用魔法帮助她实现愿望。教母将南瓜变成马车,小老鼠变成马队,大老鼠是马夫,壁虎成了仆人,还将灰姑娘的旧衣服变为缀满宝石的华服,并给了她一双水晶鞋……教母的魔法能将所有微不足道之物变为漂亮女士的装饰品。事实上这个美丽的形象并不真实,午夜十二点之后,灰姑娘所拥有的一切又将变回从前的样子,灰姑娘的真面目并未得以展现。

但灰姑娘得到了爱情的眷顾,在舞会上,王子之所以注意到灰姑娘,是因为她的装束太过于吸引人,所有的贵妇都仔细打量她的发饰和衣裳,她们羡慕灰姑娘衣裳精美的布料,渴望找到能做出同样衣裳的裁缝师傅,灰姑娘最后穿上水晶鞋,被教母打扮过后出现在王子面前时,王子觉得她比舞会上还要美丽。灰姑娘之所以能够嫁给王子,成功到达社会阶层的最顶端,是因为教母赠与她美丽的装束,给了她物质上的帮助,但教母并没有教会灰姑娘内在精神的自由,她始终是一个被动接受外力馈赠的女孩。

相反地,格林兄弟的灰姑娘通过自身的努力改变了继母赋予她的形象,灰姑娘要求一棵榛子树,象征逝去母亲灵魂的重生以及大自然的帮助。正如贝特尔海姆指出的,“灰姑娘把榛树枝种在母亲的坟墓之上,并用自己的莹莹泪水加以浇灌,这是故事在艺术上最感人,在心理上最富有意义的情节之一。它象征地表明,对孩提时代理想化母亲的怀念,如果成为一个人内心经历的重要部分后,能够而且确实在最艰难困苦的时候支撑着我们”②。这

① [法]夏尔·佩罗:《鹅妈妈的故事》,张小言译,上海译文出版社2013年版,第91页。

② [美]布鲁诺·贝特尔海姆:《童话的魅力:童话的心理意义与价值》,舒伟、丁素萍、樊高月译,社会科学文献出版社2015年版,第394页。

在“灰姑娘”类型的故事中都有所描述，在最早的以书面形式记录的中国“灰姑娘”类型故事里，女主人公喂养了一条温顺的善解人意的鱼儿，继母将鱼儿吃掉之后，智者指引女主人公把鱼骨挖出来安放在自己的屋里，并告诉她，只要她向这些鱼骨祈祷，就会得到任何想要的东西。在一些欧洲和东方的故事里，死去的母亲化作一条小牛或者奶牛、山羊或别的动物，成为女主人公的神奇救护者。十六世纪流传的苏格兰故事《拉辛·科蒂》中，帮助女主人公脱离困境的是母亲临死前给女儿拉辛·科蒂留下的一头小牛犊，小牛被害之后的灵魂依旧帮助着女主人公。

在“灰姑娘”类型的故事里，代表母亲的动物与树木融为一体，表明二者可以互换。尽管继母可以杀死善良助人的动物，但却不能剥夺赋予灰姑娘内在力量的东西。这表明，人内心的情感经历比外在的现实存在更为重要。比起动物，以树作为意象更加贴切，伴随着树木生长的过程，孩子也日趋成熟，得到榛树枝之后，灰姑娘将泪水洒在她亲手种下的嫩枝之上，表明她把逝去的母亲记忆长留在了心中。母亲的灵魂化身成对灰姑娘有求必应的小鸟，犹如慈祥温暖的母爱，使灰姑娘在艰难困苦之际得到支持和鼓舞，拥有勇气和力量去自己创造幸福的生活。贝特尔海姆认为：

> 这是一个美好动人、鲜明深刻的意象，对于正在把父母形象和影响熔铸在心中的孩子更富有意义，也更有教益。这无论对男孩还是女孩都同样重要，因为内化的母亲形象——或基本信赖感——对于任何人都是一个相当重要的心理现象。所以，贝洛对那棵树弃之不用，代之以一个突然间不知从哪里冒出来的仙女教母，从而使这个故事丧失了一些最丰富深邃的意义。格林兄弟的《灰姑娘》非常巧妙地向孩子表明，他尽可能在眼下由于同胞相争或任何其他原因而深感度日艰难，但只要他像灰姑娘那样用全部心血去培育小树，疏导自己的痛苦与不幸，他

就能依靠自己而战胜困难,使生活变得美好起来。①

灰姑娘培育小树,追求与大自然的协调一致,正是她所追求的精神价值的外化,她可以向大自然寻求帮助,属于大自然的榛子树满足了灰姑娘的一切愿望,但这需要她主动的请求:“小树啊,你摇一摇,你晃一晃,/把金子银子抖在我身上。”②当继母和姐姐们缺席时,灰姑娘便利用自己与自然,与逝去母亲之间的亲密联系去重塑自我。

无论是被动等待还是主动争取,佩罗与格林兄弟童话中的灰姑娘最后与王子两情相悦、恩恩爱爱。灰姑娘首先在母亲的代理人——教母或榛树枝的帮助下奔赴舞会见到王子,之后由王子将她带出水深火热的困苦生活,拥有了完美的爱情,在这个过程中,灰姑娘更多凭借了外力的帮助才得以走向幸福。在小说《简·爱》与《奥德利夫人的秘密》中,则塑造了积极主动的“灰姑娘”形象,展示了别样的“灰姑娘”故事。

第二节 《简·爱》:自我发声的“灰姑娘”

小说《简·爱》之所以成为世界闻名的文学作品,是因为它塑造了一个敢于反抗、敢于争取自由和平等地位的女性形象,作家夏洛蒂·勃朗特通过一个孤女的人生故事,反映了女性摆脱男性压迫和歧视的呼声。简·爱的经历与灰姑娘有诸多相似之处:童年时期在舅妈家受欺凌,少年时期到劳渥

---

① [美]布鲁诺·贝特尔海姆:《童话的魅力:童话的心理意义与价值》,舒伟、丁素萍、樊高月译,社会科学文献出版社 2015 年版,第 398 页。

② [德]雅各布·格林、威廉·格林:《格林童话全集》,杨武能、杨悦译,译林出版社 2010 年版,第 77 页。

德学校学习,遇到了帮助她、关心她的伙伴,青年时期遇到了贵族罗切斯特并且与之相爱结合,当然其中经历了重重波折。简·爱是孤儿,因此她的生活中必然离不开继母般的人物,她的“继母”由多位人物所扮演。首当其冲的是简·爱的舅妈里德夫人,里德夫人始终坚持简·爱是盖茨海德府里低人一等的人,而府里的人们也受里德夫人的影响,将她视为外来人。简·爱出生不久就失去了双亲,舅舅里德先生出于怜悯之心,将简·爱接到家中抚养,在里德先生临终前,里德夫人曾答应自己的丈夫,要将简·爱视如己出抚养长大,但这对里德夫人来讲绝非易事,简·爱也深知这一点:

> 我毕竟不是她自己家的人,自从她丈夫去世之后,和她再也沾不上什么亲属关系,只不过是一个碍手碍脚的外来人罢了,她又怎么会真正地喜欢我呢?由一个勉强许下的诺言束缚着,眼看着一家人永远要受到一个合不来的陌生人的妨碍,这一定是最令人厌恶的事。①

简·爱的处境与灰姑娘很相似:她们都要克服继母将之束缚的从属地位和价值观念,最终获取自由,成为独立个体。

在《灰姑娘》中,灰姑娘的继母和异母姐姐们通过努力,建构了一个被歪曲的灰姑娘形象——强行将贵族小姐转变为炉边工作的仆人。简·爱的童年时光也是如此,在盖茨海德府这样一个由里德夫人所主宰的地方,简·爱无法达到对自己的正确认知。叙述者一再提道:

> 我在盖茨海德府,是个和大伙儿合不来的人;我跟那儿的谁也不像;我跟里德太太,或者跟她的孩子们,或者跟她宠爱的下人,都没有一

① [英]夏洛蒂·勃朗特:《简·爱》,祝庆英译,上海译文出版社 2006 年版,第 10 页。

点一致的地方。如果说他们不爱我，那末老实说，我也一样不爱他们。我是个异种人，在脾气、能力、爱好上，都和他们相反；我是个没用的人，不会迎合他们的趣味，或者增加他们的快乐；我是个有害的人，对他们的虐待越来越气愤，我对他们的见解越来越鄙视；对这样一个和他们之间谁也没有共同感情的人，他们没有必要怀着热爱来对待。①

简·爱认为自己是一个异种人、没用的人和有害的人，一个懵懂无知的孩子能够这样评价自己，可想而知她所处的是一个多么恶劣的环境！里德夫人是造成简·爱形成这种认知的主要原因。

里德夫人通过一系列措施对简·爱进行了思想改造，她首先压制了简·爱自我表达的欲望，一次又一次地控制了简·爱说话的权力，要求简·爱保持沉默。在小说开端，简·爱独自坐在育儿室的窗台上读书，里德夫人与儿女们在客厅里享受着炉火的温暖和家人的温情，简·爱希望得到和表兄表姐们同样的待遇，里德夫人认为简·爱吹毛求疵、寻根究底，还打断长辈的话，她命令简·爱独自坐着，不要多嘴。可见简·爱并没有机会表达自己的想法，或者说她表达的机会是受到限制的，当她因为挨了约翰·里德的打骂而反抗时，却被舅妈关进红屋子里。在别人看来，里德夫人怀有仁慈之心，在丈夫去世之后还照顾着孤女简·爱长大，假如简·爱不满足于此，还指责她的恩人里德夫人的话，那么简·爱就是那个不懂感恩的恶人。因此对里德夫人而言，只要简·爱保持沉默，那么她就能够任意地贬低简·爱而抬高自己，因为她占据着道德的制高点——养育孤女的她才是应该受人尊敬的人。

---

① ［英］夏洛蒂·勃朗特：《简·爱》，祝庆英译，上海译文出版社 2006 年版，第 10 页。

“红屋子事件”对简·爱造成了极大的精神创伤。红屋子是盖茨海德府里闹鬼的所在，里德先生正是在这里咽了气。贝特尔海姆认为“紧靠在炉火旁生活起居，以至于就睡在炉灰之中，就可以成为一种象征，象征着仅仅抓住母亲，或重新回到母亲身旁以及母亲所代表的温暖之中的一种努力”①。贝特尔海姆将灰姑娘睡在炉灰当中的行为与悲悼亡母相联系：

> 须知“从灰中来，到灰中去”这句话并非是唯一能引起灰烬与死者之密切联系的说法；把炉灰覆盖在某人身上就是一种哀悼的象征。至于衣衫褴褛则象征着贫困潦倒。因此，睡在炉灰之中既象征着和母亲一起偎坐在炉火旁的幸福时光，也象征着我们为长大以后失去了与母亲的亲密关系而深切感到的悲伤之情；而这种亲密关系的失去是以母亲的“死去”作为象征的。正是由于这些意象的组合，炉火产生了强烈的移情作用，使我们缅怀自己曾经生活过的幸福乐园；使我们回想起在我们不得不告别那幸福单纯的幼年生活，去迎接我们进入青春期乃至成人期的所有问题和矛盾冲突时，生活发生了多么剧烈的变化。②

贝特尔海姆的观点富有启发，将灰烬与灰姑娘母亲的死亡相联系，简·爱的经历与之相似。里德夫人将简·爱驱逐到红屋子，令人想起灰姑娘被赶到炉边的情形。红屋子是里德先生的临终之所，而灰烬是灰姑娘与母亲的联结之地。里德先生和简·爱的母亲有着深厚的亲情，虽然简·爱不记得里德舅舅了，但是她深信：“我不怀疑——也从没怀疑过——如

---

① [美]布鲁诺·贝特尔海姆：《童话的魅力：童话的心理意义与价值》，舒伟、丁素萍、樊高月译，社会科学文献出版社 2015 年版，第 381 页。

② 同上书，第 391 页。

果里德先生在世，他一定会待我很好。”①可以看到，简·爱和灰姑娘一样，受困于她的“继母”（舅妈）的控制当中，她亟须要认识到自己是一个有价值的人。

读者可以发现，在“红屋子事件”中里德夫人极力让简·爱保持沉默，有意孤立她，这种行为深化了简·爱对自己的错误认知。在黑暗中，简·爱从镜子里看到的一切显得比现实更冷酷、更阴暗，简·爱在里德夫人所构筑的牢笼之镜中看到了自己，叙述者说：“里面那个瞪眼盯着我的古怪小家伙，在黑暗里显出苍白的脸庞和胳臂，在那一切都静止不动的地方转动着明亮的恐惧的双眼，看来就像一个真正的幽灵。我想，这小家伙就像那些半神半妖的小鬼中的一个。”②在很长一段时间里，简·爱都认为自己是半神半妖的小鬼，这种异己的形象几乎成了简·爱对自己的全部认知，难以摆脱。当然也在简·爱的内心深处种下了敌对和报复的种子，白茜是盖茨海德府对简·爱最友好的女仆，由于受里德夫人的影响，白茜也因为简·爱向舅妈顶嘴而责备她，白茜告诉简·爱：如果她乱发脾气、粗暴无礼，里德夫人会将她撵走。因此当周围的人都认为简·爱是坏人的时候，她更加无从发泄自己的愤怒与委屈。

里德夫人对简·爱自我认知的控制，第一步是不让简·爱说话，让简·爱认为自己低人一等，第二步便是切断一切外界的影响，以保证周围人都认同里德夫人的看法。里德夫人告诉仆人们，要将简·爱与自己的孩子们区别对待，女仆阿葆特对简·爱的态度典型地说明了这一点，当简·爱被阿葆特和白茜抓进红屋子里时，阿葆特说：“你还比不上用人呢，你靠人家养活，却什么事也不干。……爱小姐，等剩下你一个人的时候，做做祷告吧。你要

① [英]夏洛蒂·勃朗特：《简·爱》，祝庆英译，上海译文出版社 2006 年版，第 10 页。
② 同上书，第 9 页。

是不忏悔，准会有样什么邪恶的东西从烟囱里下来，把你抓走。”①显而易见，简·爱是盖茨海德府最不受欢迎的人，人们都认为简·爱是受人恩惠却不知感恩的孩子，尽管阿葆特同样也是低人一等的女仆，她不仅看不起简·爱，还成为里德夫人的代言人。

在“红屋子事件”之后，里德夫人打算将简·爱送往慈善学校上学，里德夫人的可恨之处在于，她驱逐了简·爱，还要在慈善学校这个远离盖茨海德府之地，继续控制简·爱的生活环境，让人们维持她对简·爱的评价。里德夫人选择了劳渥德学校，这里生活的女孩子们经受着物质和精神上双重的被歧视，在校长布洛克尔赫斯特先生的控制下，劳渥德学校所遵循的价值体系与盖茨海德府的价值体系并无二致，这正是里德夫人所需要的，布洛克尔赫斯特先生的叙述证明了这一点：

> 我的二女儿奥古斯塔跟她妈去参观学校，回来的时候，她嚷道：“哦，好爸爸，劳渥德所有的姑娘看上去都是多么文静、多么朴素啊！头发都梳到耳朵后面；围着长长的围裙，衣服外面还钉着荷兰麻布的小口袋——她们都跟穷人家的孩子差不多！还有，”她说，“她们瞧着我跟妈妈的衣服，仿佛从来没有见过绸衣服似的。”②

正如简·爱在盖茨海德府的处境，劳渥德学校的学生们受人恩惠才能学习生活，这些被供养学生的自我价值是被穿着“绸衣服”的人们所决定的。因此，看似简·爱离开了盖茨海德府，摆脱了“继母”的控制，但是事实上，“继母”里德夫人仍然将灰姑娘简·爱留在她早已置身其中的炉灰当中。

---

① [英]夏洛蒂·勃朗特：《简·爱》，祝庆英译，上海译文出版社 2006 年版，第 7 页。
② 同上书，第 28 页。

继女仆阿葆特之后，里德夫人找到了另一个代言人——布洛克尔赫斯特先生。布洛克尔赫斯特先生在盖茨海德府面见简·爱时，问她是否是一个好孩子，简·爱不能回答"是的"，因为没有人会认同她。简·爱沉默了，里德夫人很快补充了这个答案，她将简·爱塑造为一个令人生厌的孩子，说她性情脾气差，还爱骗人。简·爱无力反抗舅妈，批评家卡洛尔·博克认为"在布洛克尔赫斯特先生带有强迫性的问题和里德夫人的禁止的双重作用之下，简·爱彻底沉默了"①。布洛克尔赫斯特先生要以宗教之名"拯救"简·爱，说她心眼坏，送给她一本书——《蒙童必读》，尤其要阅读"一个惯于说谎和欺骗的淘气孩子的暴死经过"。由此开始，布洛克尔赫斯特先生接替里德夫人成为控制简·爱身份的人，"继母"角色便由布洛克尔赫斯特先生继续扮演，他在劳渥德学校公开指责简·爱，并且给她定了罪——撒谎者。

"继母"里德夫人用了各种方法，几乎倾尽大半生的时光和精力去控制简·爱。在里德夫人临终前，简·爱前往盖茨海德府看望她的场景令人回味，里德夫人为自己曾经的所作所为真诚地向简·爱道了歉，但她始终无法摆脱自己的贵族观念，她认为简·爱继承了穷牧师父亲的衣钵，是"穷要饭的"，因此简·爱不能改变灰姑娘似的与炉灰相伴的日子。当里德夫人得知简·爱有一个有钱的叔父约翰·爱，对方愿意将简·爱收为养女并让她继承财产时，里德夫人开始恐慌，她决定向约翰·爱撒谎，她写信告知对方：简·爱已经在劳渥德学校生伤寒病死了。里德夫人通过这种方式杀死了那个能够从灰姑娘般的境遇中解脱，而获得物质和精神上双重独立的简·爱，里德夫人认为只有这样做，最初的那个低人一等的、受人恩惠的、被人所控制的简·爱才能存活下来。如同童话中的继母，里德夫人无法接受离开炉

---

① Carol Bock, *Charlotte Bronte and the Storyteller's Audience*, Iowa City: University of Iowa Press, 1992, p.76.

灰的灰姑娘——简·爱的存在,这是一个与她的想象截然不同的女孩,因此只能固执地沉迷于她对简·爱的身份界定里。当然,里德夫人之所以不喜欢简·爱,一个主要原因是她不喜欢简·爱的母亲,在她眼中,简·爱的母亲是一个异类,她说:

> 我一直不喜欢她的母亲,因为她是我丈夫惟一的妹妹,也是他很喜欢的人,她降低身份结了婚,家里不承认她,他反对家里的这个做法;她的死讯传来的时候,他哭得像个傻子似的。①

简·爱的母亲和里德先生同样慷慨地表达自己的爱,里德夫人则相反,她无法尊敬或爱戴任何一个和她的价值观相左的人,这种爱的无能也表现在她对自己丈夫的轻视态度上,她认为丈夫天生软弱。与里德夫人相比,简·爱的母亲与里德先生是另一类人,简·爱的母亲为了爱情无视出身、阶级地位嫁给穷牧师,里德先生出于对亲人的爱,无条件地支持妹妹的举动,在妹妹去世后收养了她的孩子,他们注重情感的善行在简·爱的身上得以延续,而这恰恰是里德夫人所缺失的。

如同灰姑娘,简·爱需要修正他人对她的错误评价,将自己书写为有价值的、正确的一方。在盖茨海德府,简·爱所经历的被剥夺和被责备不仅是物质上的,更重要的是情感上的,她知道里德夫人一家并不值得珍视和爱惜,却依然渴望付出与得到爱。年幼时,简·爱宠爱着一个小叫花子似的褪色木偶,认为它有生命有知觉,希望从木偶身上找到一些盖茨海德府里缺失的东西——爱与同情,她深知人与人之间在感情上相互依赖的重要性,这种想法贯穿了小说的始终。

---

① [英]夏洛蒂·勃朗特:《简·爱》,祝庆英译,上海译文出版社2006年版,第219页。

简·爱还通过阅读书籍获取知识，来证明自己在精神上的高人一等。当里德夫人和孩子们围坐在温暖的客厅谈笑风生时，简·爱只能溜进早餐室，挑一本喜欢的书坐在窗台上阅读，这种独处的时光很快被约翰·里德所打断，约翰拿起书并打了简·爱，她将约翰称为罗马皇帝，“罗马皇帝”是阅读哥尔斯密的《罗马史》之后学到的知识，简·爱通过阅读，将自己所掌握的知识与里德夫人一家对她的不公正行为联系在了一起，以此准确地评价对方的粗暴无礼。正是书籍为简·爱提供了一个他人所不能控制的世界，任由自己的想象力驰骋在这个虚拟的世界里。书籍会影响简·爱的思想，激发她丰富的想象力，她读过《格列佛游记》，从中看到了魔鬼，还将大船看作海上的幽灵。阅读的体验影响到了简·爱看待世界的眼光，“红屋子事件”中有一段细节描写：

> 我把下垂在眼睛上的头发甩开去，抬起头，试着大胆向周围看一看这间黑暗的屋子；这时候墙上闪耀起一丝亮光。我暗自纳闷，是月光从窗帘上的哪个缝隙里透进来了吧？不像；月光不会动，而这个亮光却会动。我正瞧着，它忽然溜到了天花板上，在我头顶上跳动。……我脑子里只想到恐惧的事，又害怕得神经极其脆弱，还以为这一道迅速滑动的亮光是从另一个世界来的鬼魂的先驱。我的心怦怦地乱跳，我的头发烫，耳朵里充满了一种声音，我以为是翅膀扑动的声音；似乎有样什么东西在我身边。①

《格列佛游记》中的可怕海景和平时听到的鬼怪故事给了简·爱看待世界的不同方式，这与她平时的阅读体验紧密相关，能够很自然地将自己的生

① ［英］夏洛蒂·勃朗特：《简·爱》，祝庆英译，上海译文出版社 2006 年版，第 11 页。

活场景与书中的描写联系在一起。更重要的是，简·爱从阅读中增长见识，学会独立思考，敢于为自己发声，建构合理的自我形象。

“灰姑娘”是一个被动顺从，富有女性美德的形象，简·爱不同，她积极主动地表达自己的想法。在《灰姑娘》中，主人公总是期待着外界力量的帮助，为了保护自己而怯于主动表达。批评家桑德拉·吉尔伯特和古芭指出童话女主人公：

> 男孩趋向成熟的发展体现为一种既趋向自我决断又趋向自我表达的成长过程……女孩却必须学习保持沉默的技巧，这要么是因为她是一个被男性作者创作的文本所创造和限定的沉默形象，要么是因为她是一个因自己的哀伤而沉默的舞者，这位舞者只能扮演，却无法自我表达。①

灰姑娘也许是一个“哀伤而沉默的舞者”，读者无法听到她内心的声音。这样一来，虽然灰姑娘的社会地位得到了提升，实现了“幸福结局”，但她凭借的是外力的帮助和确认。

“灰姑娘”的被动正是作家夏洛蒂·勃朗特着力打破的，简·爱有意选择了主动言说，反驳了童话中沉默被动的角色设定。在《简·爱》的主题框架中，一个重要的内核是简·爱将自己与里德夫人相对立，里德夫人在布洛克尔赫斯特先生面前冤枉简·爱是骗子时，简·爱开始为自己辩护，指出里德夫人又坏又狠心，还会骗人。对于别人强加于己的错误形象，简·爱不满足于如灰姑娘般在沉默中忍耐，或是等待外界的帮助，而是用自己的方式进

---

① ［美］桑德拉·吉尔伯特、苏珊·古芭：《阁楼上的疯女人：女性作家与19世纪文学想象》，杨莉馨译，上海人民出版社2015年版，第56页。

行了对抗。简·爱不能在布洛克尔赫斯特先生在场时报复里德夫人,因为她知道,布洛克尔赫斯特先生的观点代表了外界普遍对里德夫人的看法,大家都认为她是一个收养了孤女的善良人,如果她在此刻反抗,那么就会更加坐实里德夫人对她是说谎者的评价,她只有等待布洛克尔赫斯特先生离开,再去反抗舅妈。正如批评家吉尔伯特和古芭指出的,"在不顾一切的情绪支配下,简挣脱了束缚,告诉了里德太太自己对她的看法,而这种不同凡响的自我告白无论是维多利亚时代的孩子,还是一位灰姑娘都被认为是决不应该去做的"①。

简·爱努力挣脱了束缚,她从三个方面反抗了里德夫人。首先,她指明自己不是说谎者。其次,她一件件细数了里德夫人一家的错误:乔奇安娜是撒谎者、约翰无缘无故地打了简·爱、里德夫人是一个又坏又狠心的坏女人。第三,简·爱树立了自己在道德上的优越感,通过正确的是非观改变里德夫人在外界的形象,在外界看来,里德夫人是收养孤女、热心善良的女性,但简·爱要否定这一点,她决心要说出受欺负被虐待的实情。这种反抗很有效,简·爱道出了里德夫人最害怕被揭示的真相,出于恐惧,里德夫人将简·爱送到了劳渥德学校。

离开舅妈之后,简·爱不仅需要从"继母"的权力当中解脱,也要从继母的种种缺失处弥补继母带来的缺憾,这需要"帮助者"角色,帮助简·爱培育并滋养美德。

通过《简·爱》,作者夏洛蒂·勃朗特将"灰姑娘"童话置入维多利亚时期的英国,改变了童话中超自然神秘力量的帮助,也不再将土地与自然人格化。简·爱在生活中遇到了一系列"帮助者",他们通过实际行动告诉

① [美]桑德拉·吉尔伯特、苏珊·古芭:《阁楼上的疯女人:女性作家与19世纪文学想象》,杨莉馨译,上海人民出版社2015年版,第439页。

她:真正的个人价值与经济物质价值无关,而与善行、同情心和强有力的思想有关。

简·爱的“帮助者”角色由几个人物共同完成。在“红屋子事件”后,家庭医生劳埃德先生是简·爱悲惨遭遇的第一个倾听者,他建议简·爱应当离开盖茨海德府去上学。在劳渥德学校,简·爱遇到了比自己年长的海伦,海伦是一个与物质世界相隔离的,富有智慧的女孩。海伦努力满足简·爱的各种需求,在布洛克尔赫斯特先生当众指责简·爱是说谎者时,海伦第一个来到简·爱的身边,送来了咖啡和面包。不仅在物质上,海伦还在智慧、感情和精神上帮助简·爱,她成了灰姑娘的榛子树母亲般的养育者,帮助简·爱更好地确立了自己在他人眼中的形象,这是对个体自我的新认识,“哪怕全世界的人都恨你,都相信你坏,只要你自己问心无愧,你也不会没有朋友的”①。这种新的眼光使简·爱更好地摆脱了里德夫人的影响。当简·爱第一次向海伦讲述里德夫人对她的虐待时,为了得到海伦的同情,简·爱的语言毫无克制、尖刻毒辣。海伦耐心听完却未作评价,她为简·爱上了重要的一课——过于愤怒会让自己树敌,海伦认为,只要里德夫人的所言所行还能够触动简·爱愤怒的神经,那就证明简·爱并未摆脱舅妈的控制,假如简·爱不希望里德夫人左右她的情绪,她必须学会理性克制。简·爱试着用另一种方式向谭波尔小姐讲述自己的故事:

> 我在心底里决定,一定要说得非常有分寸,非常正确。我思考了几分钟,把我要说的东西有条有理地安排了一下。我把忧郁的童年生活的故事一古脑儿都讲给她听。我激动得筋疲力尽,用的语言比平时发挥这个悲哀题材的时候要温和得多,而且还记得海伦的关于憎恨过度

① [英]夏洛蒂·勃朗特:《简·爱》,祝庆英译,上海译文出版社 2006 年版,第 61 页。

的警告，因此在讲的时候，加入的怨恨和苦恼要比平时少得多。这样压缩和简化了一下，听起来更加真实可靠。我一边讲一边觉察到，谭波尔小姐完全相信我的话。①

海伦的警告给予简·爱以力量，这正是海伦作为“帮助者”送给简·爱的礼物，简·爱通过真实可信的人生故事呈现了一个理性善良的自我形象。在格林兄弟的童话中，灰姑娘需要接受榛子树赠与的“金子银子”才能向他人展示自己，但对简·爱来说，只要她冷静克制，便得到了战胜“继母”里德夫人的“金子银子”。

比起简·爱，海伦更像一个灰姑娘，唯一与灰姑娘的不同之处在于，海伦耐心等待的王子不是有钱有势的丈夫，而是无所不能的上帝。简·爱多次对海伦的沉默感到不满，海伦由于生活不够整洁受到班长的责骂，还被教师史凯契尔德小姐指责为犟脾气并且邋遢的姑娘，无论是班长还是教师，都带着与里德夫人一样的评价标准看待他人，她们只看重批评对象的外在形象而非内在精神。但是海伦与简·爱不同，海伦不能大声反抗对自己的不公正待遇，她只能如灰姑娘一般默默承受生活的苦难。

与海伦相比，简·爱的确打破了灰姑娘的沉默，简·爱钦慕海伦，也认识到海伦的坚忍之可贵，但是海伦过度的自我抑制与简·爱勇敢地反抗不公是相悖的，简·爱决定替海伦采取行动，当史凯契尔德小姐将写有“邋遢”二字的纸板绑在海伦额头时，简·爱采取了反抗：

下午放学以后，史凯契尔德小姐一走，我就奔到海伦面前，把它扯下来，扔到火里。她所不能感到的怒火整天在我心里燃烧着，大滴的，

① [英]夏洛蒂·勃朗特：《简·爱》，祝庆英译，上海译文出版社 2006 年版，第 63 页。

热泪一直不断地在洗着我的脸颊，看着她那悲哀的逆来顺受的样子，叫我心痛得无法忍受。①

批评家吉尔伯特和古芭认为，海伦“为简提供了一个既完全不同又同样绝无可能仿效的理想模式：这一被歌德笔下的玛卡莉所定义的理想模式意味着自我退隐、意味着毁灭性的精神性”②。海伦明知自己所主张的逆来顺受会助长更多的压迫，她依旧选择用沉默去面对这个剥夺了自身权力的世界。对海伦而言，她依赖和信仰的幸福在别处，她向往的是彼岸的上帝和天堂，而不是此生此世，海伦的人生观让简·爱认识到：海伦祈求的幸福是诉诸死，而非诉诸生，这事实上是对尘世之爱的低估，在读者眼中，海伦是作者夏洛蒂·勃朗特创造的一个纯洁无瑕的天使，简·爱不同，她改变了女性是“天使”的观点，她对小说中的王子形象——罗切斯特先生的拒绝更加强化了简·爱的新女性特征。既然简·爱需要抛弃海伦的“天使”，重塑一个新女性，那么海伦注定会死去，简·爱则注定会继续前进，迎接新生活的挑战。

关于灰姑娘的婚姻，贝特尔海姆极富洞察力，指出灰姑娘的欲望从未被表达：

至于灰姑娘，她在故事结束时已经喜结良缘，即将步入幸福美满的婚姻生活。但是，灰姑娘爱上王子了吗？故事始终没有表明这一点。③

在格林兄弟的《灰姑娘》中，两性之间的爱情欲望只能从王子身上看到，

① [英]夏洛蒂·勃朗特：《简·爱》，祝庆英译，上海译文出版社 2006 年版，第 66 页。

② [美]桑德拉·吉尔伯特、苏珊·古芭：《阁楼上的疯女人：女性作家与 19 世纪文学想象》，杨莉馨译，上海人民出版社 2015 年版，第 442 页。

③ [美]布鲁诺·贝特尔海姆：《童话的魅力：童话的心理意义与价值》，舒伟、丁素萍、樊高月译，社会科学文献出版社 2015 年版，第 424 页。

王子在舞会上倾倒于灰姑娘的美貌，一直拉着她的手不放，只愿和她跳每一支舞，却只字未提灰姑娘的感受与体验。这样读者只能推断，灰姑娘与王子结婚的理由与她希望参加舞会的理由是一致的：从继母的权威当中逃离，因为这是她摆脱奴役生活的唯一机会，王子成为灰姑娘的一个“帮助者”。作家夏洛蒂·勃朗特则不同，在《简·爱》中将灰姑娘角色——简·爱，以及王子角色——罗切斯特二人的关系改造为一个浪漫动人的爱情故事，颠覆了童话故事中对灰姑娘情感的描绘。

小说《简·爱》用了大量笔墨描述简·爱的欲望，尤其强调了简·爱在看到罗切斯特时的心理感受，凡此种种说明简·爱并未将罗切斯特作为从“继母”权威中逃离的帮助者。罗切斯特之所以吸引她，不是因为金钱与地位，在第一次见面时，简·爱并不知道罗切斯特的身份背景，但罗切斯特与众不同的外表与性格给了简·爱全新的人生体验：“这张新的脸，仿佛是刚陈列在记忆的画廊里的一幅新的画；而且它和所有挂在那儿的其他的画都不同。首先，因为它是男的；其次，因为它又黑又强壮又严肃。”①众所周知，童话故事往往将美丽与仁慈对等，将丑陋与恶行对等，外在的容貌可以成为灵魂的窗户，因此外表丑陋的人内心往往丑恶，与之相反，外表美丽的人则内心仁慈。假如依照了这个逻辑，罗切斯特的外貌就成了对他性格的勾画——暴躁、喜怒无常，但《简·爱》所展示的是与童话故事完全不同的思想。罗切斯特深深地吸引了简·爱，他的独一无二之处恰恰在于他的外貌和性格，这在简·爱眼中有着与众不同的气质——这是独特、活跃、宽广的心灵。罗切斯特很富有，但物质财富的意义在于财富能使罗切斯特获得比简·爱更加丰富的人生阅历。简·爱与灰姑娘不同，她是一个极其平凡的、其貌不扬的女性。灰姑娘孤苦无依、贫穷卑微、饱尝辛酸，但她总是天生丽

① [英]夏洛蒂·勃朗特：《简·爱》，祝庆英译，上海译文出版社 2006 年版，第 107 页。

质，在她身上找不到任何久经风霜的痕迹，皮肤白皙光洁、貌美如花。在神奇力量的帮助下，灰姑娘获得了美丽的衣服、鞋子、坐骑，变得美若天仙，表现出无法抗拒的女性魅力，终于在王子的舞会上以焕然一新的模样赢得了王子的爱情。灰姑娘在舞会上的装扮是整个童话故事最浓墨重彩的一部分，她用美貌和漂亮的衣裳成功地引起了王子的注意，因此王子爱的并非是她不可见的善良与贫困，而是她可见的外貌与衣着，美貌和华丽服饰成了灰姑娘寻找自身价值的重要筹码。在《简·爱》中，相较于简·爱，拥有灰姑娘般美貌的女子是布兰奇小姐，但是布兰奇的角色又如同灰姑娘的异母姐姐，当布兰奇知道罗切斯特的财产并不像传言中那么丰厚时，便主动放弃了对罗切斯特的追求。《简·爱》中也有类似于灰姑娘故事的"舞会场景"，这是罗切斯特在桑菲尔德府和他的富豪朋友们的一场聚会，正是在这场聚会之后，罗切斯特放弃了光彩照人的布兰奇而钟情于平凡的简·爱。

简·爱在聚会中表达了自己的愿望，她渴望的不是与一个能够保证她后半生富裕生活的贵族结婚，而是与一个能在思想上与之共鸣的人生活。在《简·爱》中，无论是爱情还是友情，反复被提及的关键词便是人与人之间在精神上的平等交流。在这次"舞会场景"中，简·爱默默观察了罗切斯特与他的朋友们，并且准确地判断出罗切斯特与他的客人并不相似：

> 他并不属于他们那个类型。我相信他是属于我这一类的——我肯定他是的——我觉得我跟他很相似——我懂得他的面部表情和一举一动的意思。虽然社会地位和财富把我们远远地分开，但是在我的脑子和心灵里，在我的血液和神经中，却有一种东西使我在精神上和他相似。①

---

① [英]夏洛蒂·勃朗特：《简·爱》，祝庆英译，上海译文出版社2006年版，第164页。

事实上罗切斯特也有相似的体验，他在向简·爱求婚时说："我的新娘在这儿……因为和我平等的人，和我相似的人在这儿。"①"相似"的不是身份、地位，外表，而是灵魂，因此简·爱不需要依照灰姑娘的方法穿上华丽的衣裙完成外表上的转变，心灵和思想的契合才是最高程度的相似。

作家夏洛蒂·勃朗特对童话观念的颠覆还体现在罗切斯特与简·爱订婚后的情节中，罗切斯特遵循传统的婚姻观念，行使未婚夫的职责，赠与简·爱以华美的衣服和首饰，罗切斯特要让简·爱穿上缎子和花边衣服，为她的头发插上玫瑰。并蒙上无价的面纱，这些举动会令人回想起佩罗童话中为灰姑娘悉心装扮的教母。简·爱深知自己的内心需求，因此拒绝了对方的好意，她不是一个灰姑娘般出身高贵但受尽欺压的漂亮女子，而是一个并不适合华服的普通女性，而且，假如简·爱允许罗切斯特想尽办法去装扮她，那么就落入了灰姑娘的窠臼，成了一个借由与王子结婚而让自己摆脱悲惨命运的女子，这样一来，简·爱追求的平等便无从谈起。

当罗切斯特带着简·爱去绸缎铺、首饰铺时，简·爱考虑的是自立的方法：

> "要是我能有很小的一点儿独立财产，"我想，"那将是一种安慰；我永远也受不了让罗切斯特先生把我打扮得像个玩偶，或者像第二个达那厄每天让金雨淋洒在我周围。我要一回家就写封信到马德拉去，告诉我的约翰叔叔说，我就要结婚了，以及和谁结婚；只要我想到将来有一天能让罗切斯特先生增加一笔财产，那自己现在由他供养，也会觉得好受一点。"②

---

① ［英］夏洛蒂·勃朗特：《简·爱》，祝庆英译，上海译文出版社 2006 年版，第 240 页。
② 同上书，第 255 页。

“打扮得像个玩偶”、“让金雨淋洒”，这样的句子呼应了格林兄弟的灰姑娘参加舞会的经历，为了打扮自己，灰姑娘走到母亲墓前的榛子树下：“小树啊，你摇一摇，你晃一晃，把金子银子抖在我身上。”①如果说灰姑娘是要用金子银子打扮自己来复归自己曾经的样子的话，那么简·爱被罗切斯特所打扮出来的形象就是虚假的，因为那样就不再是罗切斯特爱上的那个女子了。此后，简·爱与罗切斯特的婚礼直接导致了一个真相的被发现——罗切斯特已有妻室，简·爱毅然离开了桑菲尔德府。简·爱应当拒绝两种形象，一种是“继母”——里德舅妈赋予她的无用的依赖者形象，另一种是罗切斯特赋予她的披金戴银的公主形象，这二者都与简·爱自我认知的形象截然不符。

经历了沼屋流浪，桑菲尔德府被烧，伯莎被烧死之后，简·爱与罗切斯特的故事迎来了真正的结局，简·爱成了富有的女继承人，而罗切斯特是失明又残废的落魄贵族，简·爱不再是当初那个需要罗切斯特费尽心思打扮的灰姑娘，她告诉罗切斯特：“要是你不让我跟你住在一块儿，我可以在你家旁边造一所我自己的房子，你晚上要人陪伴的时候，可以过来坐在我的客厅里。”②对简·爱而言，外在的独立——从被禁闭的家庭中走出，和内在的独立——求得心灵和思想的自由，这二者之间是分离的，事实上与罗切斯特的婚姻并没有解决好这两种独立。从外在的独立看，简·爱早在结婚之前就离开了舅妈的压迫，从内在的独立看，简·爱在劳渥德学校读书期间已经找到心灵上的慰藉，谭波尔小姐和海伦帮助她探索着心灵的自由。

因此，简·爱形象的独特之处在于，她没有依赖婚姻去寻求个体身份与自由，而是通过成长和历练一步步确认了自我。里德夫人与简·爱的最后一次会面证明简·爱已经寻得了解脱。这次见面代表权力的翻转，简·爱

---

① [德]雅各布·格林、威廉·格林：《格林童话全集》，杨武能、杨悦译，译林出版社2010年版，第77页。

② [英]夏洛蒂·勃朗特：《简·爱》，祝庆英译，上海译文出版社2006年版，第417页。

是拥有权力的一方,而里德夫人是失去权力的一方。里德夫人此时的身体极为虚弱,不能用暴力征服简・爱,精神上也处于崩溃的边缘,在她的一生中最为看重的是外在的物质财富,但是她即将要去往的那个世界是物质财富毫无意义的世界。为了在临死之前让自己心安,里德夫人决定说出自己曾经对简・爱说谎的事实,简・爱宽恕了她,还夹杂着一丝蔑视。这种宽恕与佩罗《灰姑娘》中的原谅不同,灰姑娘原谅了两位异母姐姐,还祈求对方能永远地爱自己,在与王子结婚后,灰姑娘安排姐姐们与宫廷中的两位大人喜结连理,这是女性美德的外化,原因在于灰姑娘不但美丽,心地也无比善良。简・爱对里德夫人的宽恕则包含了两个层面:一方面是出于道德上的优越感,更重要的是一种自我确认的体现。

按照"善恶有报"的原则,恶毒的继母和异母姐姐们必须受到惩罚。佩罗的《灰姑娘》采取了折中的立场,异母姐姐们并未对其曾经的邪恶行为付出代价,在她们参加灰姑娘的婚礼并主动忏悔时,就已经证明她们不再依照母亲的方式行事,这样继母对灰姑娘身份的控制就消失了。而格林兄弟的《灰姑娘》中,在母亲的指使下,异母姐姐们最后一次试图以欺骗手段夺走本应属于灰姑娘的一切,为了能穿上舞鞋,她们不惜削脚致残。大姐的脚趾太大穿不进鞋,母亲给她一把刀子,要她把脚趾头削下来,因为一旦成为王后,她就用不着步行走路了。大女儿勉强穿上鞋子后与王子骑马前往教堂,经过灰姑娘母亲的坟墓时,歇在榛子树上的两只白鸽高声唱起来:"快看看,快看看,/鲜血已流进鞋里面;/鞋太小,鞋太小,/真未婚妻还得在家里找。"①王子一看她脚上的那只鞋,果然有鲜血渗出,他立即拨转马头把假新娘送了回去。轮到二姐试鞋,她的脚后跟太大穿不进去,母亲又要求她砍去脚后

---

① [德]雅各布・格林、威廉・格林:《格林童话全集》,杨武能、杨悦译,译林出版社2010年版,第79页。

跟,接下来发生的一切和大姐经历的一样。异母姐姐们想通过欺骗手段获取荣华富贵,在母亲的强迫下残害自己的身体,并且受到了灰姑娘帮助者的报复:在灰姑娘的婚礼上分别被两只鸽子啄去了双眼。眼睛被啄是一个隐喻,说明了继母和异母姐姐们所看重的外在物质条件其实没有任何意义,她们还因此受到了惩罚。在灰姑娘的世界里,人只会因仁慈之心受到奖励。

与灰姑娘的异母姐姐们相似,简·爱的表姐乔奇安娜和伊丽莎都热衷于在他人面前展示自己。在母亲临终前,乔奇安娜转而向简·爱寻求支持,但是简·爱发现乔奇安娜言语的空洞无物,她的谈话只有同一个主题——她自己,她的恋爱和悲哀。乔奇安娜是只知道过度消费自己的自私鬼,她已经失去了关爱其他人的能力,她不会提到母亲的病,或者哥哥的死,或者家庭前途的悲惨。她的心里只有对往日欢乐的回忆和对未来放荡生活的渴望。伊丽莎又有所不同,她看上去很忙碌,别人却看不出她勤奋的任何效果。"看上去"指出了伊丽莎忙碌的实质,与其说她忙,不如说这是她自我展示的一种方式,这与乔奇安娜并无差别,只是通过并无实际意义的事情来填补内心的空虚。

从简·爱的两位表姐身上可以看到,身为母亲的里德夫人无力培育出一个思想丰富而成熟的灵魂,女儿们和她一样精神贫乏,缺失了人性当中重要的一个部分——爱,正如《灰姑娘》中的两位异母姐姐失去了脚趾和脚后跟,简·爱的两位表姐与母亲一同受到了惩罚,缺失"爱"的能力让她们失去了应对生活中变化的能力,简·爱与她们形成了鲜明的对照:

> 然而,不管是明嘲还是暗讽,现在对我来说,都已不再具有一度有过的那种力量了。我坐在表姐们中间,吃惊地发现,我虽然受到其中一个人的完全怠慢和另一个人的半带讥讽的殷勤,我还是多么地泰然自若——伊丽莎并没有使我感到难堪,乔奇安娜也没使我感到生气。①

① [英]夏洛蒂·勃朗特:《简·爱》,祝庆英译,上海译文出版社2006年版,第216页。

“完全怠慢”也好,“半带讥讽的殷勤”也罢,都不能影响到简·爱,因为她是一个内心世界丰盈的人,可以无视表姐们失礼的言行,表姐们的归宿也许是最好的归宿——乔奇安娜嫁给了上流社会一个有钱但是衰老的男子,伊丽莎去修道院当了修女。

《简·爱》中,与简·爱对立的人们虽然无法决定她生活的结局,但是帮助简·爱形成了一种价值观:面对自我的质疑,简·爱永远选择情感而非物质。简·爱可以接受物质上的赠与,比如叔父的遗产,但这是为了更好地表达情感,简·爱将遗产分给了表亲圣约翰兄妹,并保证其余的部分能够使她在经济上与罗切斯特对等,她以此对里德夫人只看重物质条件的观念给予了有力的回击,并改变了里德夫人对她的评价。《简·爱》讲述了维多利亚时期的小资产阶级女性简·爱的人生故事,她之所以光彩夺目,就是因为她的不同寻常的气质,她的丰富的感情世界。简·爱走的是一条个人奋斗的道路,由于阶级和时代的局限性,作者夏洛蒂·勃朗特还无法考虑女性解放这样的大问题,但是至少通过简·爱这样一个新型女性改变了柔弱顺从的“家庭天使”形象,并且大声告诉周围人“我不是天使”,相比于《灰姑娘》中的灰姑娘借助魔法力量获得幸福,《简·爱》通过重构灰姑娘故事来证明:“灰姑娘”可以通过内在的思想“自我发声”,而不需要依靠外在的锦衣华服。

第三节 《奥德利夫人的秘密》:“灰姑娘”婚姻的另一种可能

女作家玛丽·布雷登在创作早期曾经写过一些小说,但并未引起注意,在1861年至1863年间发表了两部长篇小说《奥德利夫人的秘密》和《奥罗拉·芙洛埃德》,使她立刻成为文学市场上的女强人,一般都认为她是足以与威尔基·柯林斯并驾齐驱的通俗小说家。玛丽·布雷登生前共发表了八十多部作品，其中不乏《亨利·顿巴》《食肉鸟》《夏绿特的遗产》等引人入胜的好作品，但至今玛丽·布雷登的名字总是与《奥德利夫人的秘密》相联系。第十五版的《简明不列颠百科全书》列的玛丽·布雷登的条目中介绍她是"英国女小说家，所著《奥德利夫人的秘密》(1862)曾经轰动和畅销一时。这部小说共三卷，描写上流社会一个恐怖的犯罪故事"①。小说出版一百二十五年以后的 1987 年，牛津大学出版社又将这部小说列入"世界古典文学丛书"，冠以新序，作为古典文学名著推荐给新时代的读者，以通俗小说跻身于文学经典之列，实非易事。

与威尔基·柯林斯的《白衣女人》相似，《奥德利夫人的秘密》具备通俗小说的所有特质，包含冒名、讹诈、暴力、谋杀等情节。但与《白衣女人》不同的是，《奥德利夫人的秘密》中的阴谋家是一位年轻美貌的女性，小说写了一个重婚、杀人的俊俏女子的故事，读来更显刺激性。具备极强的可读性的同时，《奥德利夫人的秘密》在描绘社会现实时也别出心裁，讲述了维多利亚时期另一个"灰姑娘"的故事。

小说开端这样介绍奥德利夫人，她"之成为迈克尔爵士的妻子，便是缔结了一桩显然是高攀显贵的有利婚姻，这可十分容易引起女性对她的妒忌和憎恨"②。这是维多利亚时期中产阶级普遍认同的女性观，婚姻决定了女性的角色、地位、职责、住所、经济状况和生活方式，决定了她们的舒适、安全和健康。婚姻是女性通向未来的钥匙，嫁了显贵就意味着从此衣食无忧，因此奥德利夫人的婚姻才如此令人瞩目。奥德利夫人本身是在奥德利庄院一个村子里的外科医生家里的家庭教师露西·格雷厄姆，她的地位也不比仆人高，衣衫破破烂烂，有些已经磨损打了补丁，然而不知为何，她看上去总是

---

① [英]玛丽·伊丽莎白·布雷登:《奥德利夫人的秘密》，吴岩译，上海译文出版社 1993 年版，译者序第 3 页。

② 同上书，第 7 页。

"漂漂亮亮的"。正是由于漂漂亮亮且多才多艺,露西引起了邻居奥德利爵士的爱慕之情,于是女家庭教师露西·格雷厄姆摇身一变成了奥德利夫人,这样的故事情节显然如同贫寒的灰姑娘嫁给高高在上的王子,是地位较低的女子通过婚姻进入上等阶层,从而改变社会地位的故事。在小说中有一段关于"灰姑娘"的叙述:

> 当舞厅里美丽可爱的仙女,在长夜狂欢之后重新回到化妆室里,丢下带有头巾的庞大外套和憔悴的花束,脱下面具,象丢掉了水晶鞋的另一个灰姑娘,她曾凭着水晶鞋的闪光领袖群芳,如今又落入了褴褛肮脏的境地;夫人的贴身侍女就在旁边亲眼目睹了这种变化,从古兰津的先知那里领取薪金的贴身男仆,必定看到他的主人有时不戴面纱的样子;必定对盲目崇拜这怪物的人们暗中耻笑。①

这段描述颇有意味,从丢下外套的仙女、丢掉水晶鞋的灰姑娘到不戴面纱的先知,放下光鲜亮丽的装束之后,仙女不再美丽可爱,灰姑娘依然褴褛肮脏,先知也许面目可怕,这里强调的是真实与表象之间的差别,一个人呈现出来的面貌或许不是其本身所是的样子。这种情况在童话故事中并不少见,童话中往往会塑造一些表象和实质相剥离的人物形象,以造成更好的艺术效果。如放鹅姑娘实际上不是一个普通女孩,而是一个被她的女仆强迫降低身份的公主,还有每天清晨引起公主注意的、头上长癣的小花匠其实是一个王子,他只是用一张兽皮遮住了自己的金发。灰姑娘也是如此,她最初是一个遭人唾弃、朝夕与煤渣相伴的可怜女孩,继而又是一个引人赞叹、身

① [英]玛丽·伊丽莎白·布雷登:《奥德利夫人的秘密》,吴岩译,上海译文出版社 1993 年版,第 347 页。

着华丽衣裙的跳舞女子。民间文学研究专家麦克斯·吕蒂认为,童话故事中“主人公或女主人公——无论是王子还是小猪倌、是沙皇的女儿还是灰姑娘——以金子、宝石、王国和公主这些升华的形式获得财产、政权和家庭”①。灰姑娘的故事正是这种表象与实质相剥离的“升华”,小说《奥德利夫人的秘密》从表面看来,是女家庭教师露西·格雷厄姆升华成了奥德利夫人,但更加吸引人的是,小说讲了“升华”之后发生的种种事件,奥德利夫人的人生故事层层展现,她是露西·格雷厄姆,同时也是海伦·马尔东,是海伦·托尔博伊斯,是奥德利夫人,最后成了泰勒夫人。追索奥德利夫人“秘密”的过程,正是一层层抽丝剥茧,透过“表象”发现“真实”的过程。

从表象上看,女家庭教师露西之所以吸引了爵士的注意,是因为她身上具备所有“家庭天使”的特征。“家庭天使”形象在维多利亚小说中并不少见,如威廉·萨克雷《名利场》中的爱米莉,威尔基·柯林斯《白衣女人》中的劳娜,夏洛蒂·勃朗特在《简·爱》中更是将谭波尔小姐、黛安娜姐妹作为完美“天使”的化身,她们无私、善良,仁慈,具备女性一切美好的品性。奥德利夫人同样如此,在她人生的不同阶段,总是由于美丽善良而引人注目。在奥德利夫人尚未嫁给第一任丈夫乔治时,她还是“海伦”,家乡的人就认为她生得俊俏,而且有聪明地赢得人心的手腕,乔治眼中的海伦是文雅、天真、多情的小妻子。在海伦改名为露西做教师的阶段,雇主们对她也是赞赏有加,文森特夫人同情她远离故土,忍受生活的苦痛,是“十全十美的小姐”。之后她又到了道森医生家中,道森眼中的露西是最可爱的女人中的一个。叙述者这样描绘这位女家庭教师:

---

① [瑞士]麦克斯·吕蒂:《欧洲民间童话:形式与本质》,户晓辉译,河北教育出版社2018年版,第118页。

她多才多艺，才华横溢，竟对道森先生那则广告应了聘，并不在乎那些相当菲薄的报酬条件，这似乎是奇怪的；然而格雷厄姆小姐好象对她的处境倒心满意足，她教女孩子们弹奏贝多芬的奏鸣曲，模仿克雷齐克作风景写生，每逢星期日，三次徒步穿过萧条、偏僻的村庄，到寒酸的小教堂里去做礼拜，她是那么心甘情愿，仿佛她一生其余的日子里，在这世界上再也没有较之做这些事情更高的愿望了。①

露西看起来对生活并无所求，如同佩罗《灰姑娘》中的灰姑娘，默默承受生活带给她的重担。露西喜爱偏僻乡村的女家庭教师生活，她看起来比简·爱更令人敬佩，因为简·爱并不满足于平静，在劳渥德学校度过八年时光后，随着谭波尔小姐结婚离开学校，简·爱本性当中不安分的一面再次显露，"几年来，我的世界一直局限于劳渥德，我的经验一直局限于它的规章制度；这时候我才想起，真正的世界是广阔的，有一个充满希望和恐惧、感动和兴奋的天地，正在等着有勇气进去、冒着危险寻求人生真谛的人们。"②这种想法促使简·爱离开学校前往桑菲尔德府做家庭教师，在新的环境里，尽管有菲尔费克斯太太和学生阿黛勒作伴，简·爱并不知足，在罗切斯特尚未归家之前，简·爱发出这样的呼告"说人们应该对平静感到满足，这是徒然的；人们总得有行动；即使找不到行动，也得创造行动。千百万人被注定了要处在比我的更加死气沉沉的困境中，千百万人在默默地反抗自己的命运"③。露西不同，她不但自己满足，还能让他人快乐，她可以坐上一刻钟和老妇人聊天，尽管并未为对方留下财物，老妇人依旧会称赞她的文雅、美丽和仁慈，

① [英]玛丽·伊丽莎白·布雷登：《奥德利夫人的秘密》，吴岩译，上海译文出版社1993年版，第7页。

② [英]夏洛蒂·勃朗特：《简·爱》，祝庆英译，上海译文出版社2006年版，第76页。

③ 同上书，第101页。

在她身上似乎有一种迷惑人的魔力，人人爱她、羡慕她、称赞她，大家一致认为露西·格雷厄姆是世上最讨人欢喜的姑娘。

无论是身为地位卑微的女家庭教师露西·格雷厄姆，还是成为众人瞩目的爵士夫人，奥德利夫人总是表现出一种和蔼可亲、温柔文雅的气质，使她周围的每个人都发昏发狂，是人们议论纷纷的热门话题，她为迈克尔爵士原本孤寂单调的家庭生活带来了快慰与喜悦。在与爵士结婚后，“她的高贵地位和华美住宅使她满心欢喜；种种恣意任性得到满足，种种异想天开得到纵容；不论走到哪儿都受到艳羡和奉承；她溺爱她的慷慨大方的丈夫；他给她的脂粉钱极为阔绰；没有穷亲戚来打扰她，求她资助或庇护——整个埃塞克斯郡很难找出比奥德利夫人露西更有福气的人物了”①。如此美满的婚姻中，奥德利夫人时时刻刻展现着“家庭天使”的美好品质：甘于奉献、勤于家务、善解人意、体贴家人。约翰·拉斯金认为，一个真正的女人“无论处于什么社会地位，应当知道她丈夫可能知道的一切，但知道的方法却不一样。丈夫掌握知识，应是基础性的和不断发展的；她呢，则是一般性的和已经完备的，以供日常辅助性的运用”②。奥德利夫人是一个“真正的女人”：她对丈夫的生活起居关怀备至，每次经过一整天奔波劳累的爵士回家之后，她服侍丈夫早早休息，爵士生病后，最为焦虑不安的便是这位年轻的妻子。她也是丈夫精神上的抚慰者，在丈夫小憩时给丈夫弹奏钢琴、为丈夫沏茶以享受休闲时光。

奥德利夫人的婚姻生活闲适又空虚，与诗人帕特莫尔的组诗《家里的天使》中的女主角霍诺莉亚的生活并无二致，霍诺莉亚的日常生活便是：“她去

---

① [英]玛丽·伊丽莎白·布雷登：《奥德利夫人的秘密》，吴岩译，上海译文出版社1993年版，第57页。

② [英]拉斯金：《拉斯金读书随笔》，王青松、匡咏梅、于志新译，上海三联书店2000年版，第75页。

摘紫罗兰花，遗失了手套，喂鸟，为玫瑰花浇水，和她的身为牧师的父亲一起乘火车去伦敦，腿上搁着一卷彼特拉克的诗集。”①奥德利夫人何尝不是如此，小说中不止一次描述她作为“家庭天使”的生活：

她的一切娱乐都是孩子气的。她厌恶读书或作任何钻研，她热爱社交；与其独自一人，她宁可把菲比·马克斯引为心腹；她在她奢华的化妆室里，懒洋洋地靠在一只沙发上，跟这姑娘讨论她要在某一个宴会上穿的新衣裳，或者坐着和这姑娘闲谈，珠宝匣放在身旁绸缎垫子上，迈克尔爵士送的礼物摆在她的裙兜里，而菲比·马克斯则一件又一件的数着女主人的珍品，无限羡慕。②

奥德利夫人在九月明朗的阳光里从这个房间飞到那个房间——一会儿在钢琴前坐下弹奏一曲民歌或意大利悲壮曲的第一页，再不然就以轻快的指法弹奏一曲才华横溢的华尔兹舞曲——一会儿逗留在一架暖房培养的花卉面前，用一把灵巧的镶银绣花剪刀，干她那业余爱好的园艺活儿——一会儿又溜达到化妆室里去和菲比·马克斯闲谈，让她第三回或第四回重新给她做头发；因为她的鬈发老是有点儿乱，这给爵士夫人的侍女添了不少麻烦。③

弹琴、做简单的园艺活、和侍女闲聊……这些占据了奥德利夫人生活中的主要时间。作为“家庭天使”，女性最为人称道的好品质是纯洁无瑕、天真

---

① [美]桑德拉·吉尔伯特、苏珊·古芭：《阁楼上的疯女人：女性作家与19世纪文学想象》，杨莉馨译，上海人民出版社2015年版，第30页。

② [英]玛丽·伊丽莎白·布雷登：《奥德利夫人的秘密》，吴岩译，上海译文出版社1993年版，第56页。

③ 同上书，第82页。

无邪、充满童心，奥德利夫人孩童般的天性便是“天使”特质的最好表达，在她身上有一种婴儿的天真和坦率，有着白皙的脸庞、大大的水汪汪的蓝眼睛、玫瑰红的嘴唇、精致的鼻子以及浓密的美妙鬈发，看起来还不到十七岁，她喜欢打扮得花枝招展，像一个去参加化装舞会的女孩子，又仿佛刚从幼儿园里出来似的稚气十足。不仅自己表现出婴儿般的天真，夫人还可以让爵士对她的单纯可爱深信不疑，她告诉丈夫，自己始终是个傻里傻气的、心慌害怕的女人，害怕狗、害怕牛、害怕大雷雨、害怕汹涌的大海，害怕一切东西，唯独不怕自己高贵而漂亮的丈夫。尽管是一个婴儿一般娇生惯养的小妇人，奥德利夫人却深谙驭夫之道——丈夫总是看她的脸色行事。

奥德利夫人是如此的单纯又美丽，这个人物与“天使”的标准达到了完美契合。作为上流社会的贵妇人，她端庄优雅，举止得体；作为奥德利庄院的女主人，她心满意足地生活在这里，关心继女和侄子罗伯特，善待仆人，款待客人，尽心尽力地完成着庄院里的事务；作为迈克尔爵士的妻子，她温柔体贴，满腔热情地给丈夫带来抚慰与快乐。

叙述者渲染了奥德利夫人的“天使”特征，第一任丈夫乔治觉得她像意大利图画上所见到的圣母，爵士的侄子罗伯特拜访生病的伯父时，看到奥德利夫人照料丈夫：“露西·奥德利的蓬松头发，在她沉思的脸蛋周围形成一团金黄色的淡淡雾霭，她的柔软的薄纱晨衣，褶缝笔直，一直落到她的脚边，腰间则束着狭狭一圈玛瑙链子，她很可以作为一个中世纪天使的模型，安置于深藏在灰色古老的大教堂隐蔽角落里的小礼拜堂中，不论是宗教改革或克伦威尔都改变不了它；而那位苍白胡子纷披在高贵眠床的深色绸被上的老人，有哪一个中世纪的殉难圣徒的容貌长得比他更圣洁的呢？”①一面是

---

① [英]玛丽·伊丽莎白·布雷登:《奥德利夫人的秘密》，吴岩译，上海译文出版社1993年版，第226页。

天使般照料丈夫的妻子,一面是殉难圣徒般的丈夫,这是一幅多么和谐的家庭场景!“天使”“圣母”是小说描述露西时常用到的字眼,但这只是一重光环,“家庭天使”或许有另一副面孔。二十世纪美国女诗人劳拉·赖丁曾言:

> 屋子里的淑女只有在按照主人的意愿,在每一个房间里出现的时候,她才可以为人所知。没有人能看清楚她的全部。因为她显露出来的既是她的身体,又是她的镜像。没有人能够对她的全部看得分明,谁也不能,除了她自己以外。①

屋子里的淑女只有“按照主人的意愿”才能为人所知,但她并未让人看到真实的自我,往往被遮蔽的部分才是她的“全部”,小说从不同角度,一步步展示了奥德利夫人的“全部”——她的身体、她的思想以及她的所有罪恶。

作为“家庭天使”,奥德利夫人美好的女性气质更多地由外界环境所建构。由于天生美貌,她深知自己的外表可以成为改变命运的资本,她并不掩饰自己的野心,明白自己天生丽质,因此而风采动人。当迈克尔爵士求婚时,露西·格雷厄姆毫不掩饰这场求婚会带给她的好处,这种坦诚反倒让她在爵士眼中有了更加迷惑人的魅力:

> 可是你对我的要求太高了。你对我的要求太高了!要记住,我曾经过的是什么生活,只要记住这一层就好了。我从婴儿时期起,看见的只是贫穷,其他啥也没见过。我的父亲是个有教养的人;聪明,多才多艺,宽宏大量,清秀漂亮——可是贫穷。我的母亲——可是别让我提到

① [美]桑德拉·吉尔伯特、苏珊·古芭:《阁楼上的疯女人:女性作家与19世纪文学想象》,杨莉馨译,上海人民出版社2015年版,第3页。

她吧。贫穷，穷之又穷，艰苦，气恼，屈辱，剥夺！……你属于处境顺利、生活舒适的人们之列，你永远猜不到象我这样的人忍受的是什么苦难。因此，别对我要求太高。无私无欲，我做不到；对这样一桩婚姻的好处视而不见，我也做不到。我做不到，我做不到啊！①

显然，这在一开始就是一桩男方追求爱情，女方提升地位的婚姻，爵士不得不接受对方为了财产而与他结合的事实。正如佩罗故事中的灰姑娘，从舞会上逃走丢下水晶鞋后，王子“就这么一直痴痴地看着它。姐妹俩认定王子已经爱上了水晶鞋的主人，也就是那位美人”②。比起王子的痴情，灰姑娘是否同样钟爱王子，读者不得而知。灰姑娘般的露西没有向爵士回报相应的爱恋，她答应婚事之后，首先想到的是自己将来命运的变化：寄人篱下、辛劳苦役和委屈羞辱的生活都将离她远去。

在灰姑娘故事中，灰姑娘之所以成功地引起王子的注意，是因为“帮助者”打造了舞会上光彩照人的神秘女子：

教母用魔法棒在灰姑娘的身上点了一下，那旧衣服瞬间就变成金丝银线织成的华服，上面还缀满宝石。教母又给了灰姑娘一双世界上最美丽的水晶鞋。③

——夏尔·佩罗《灰姑娘》

小鸟就给她扔下来一件金丝银线缝成的裙子，一双镶银的缎子绣

---

① [英]玛丽·伊丽莎白·布雷登：《奥德利夫人的秘密》，吴岩译，上海译文出版社1993年版，第12页。

② [法]夏尔·佩罗：《鹅妈妈的故事》，张小言译，上海译文出版社2013年版，第99页。

③ 同上书，第93页。

花鞋。小姑娘急急忙忙穿戴好，来到舞会上。她穿着这一身金光闪闪的舞衣真是美极啦，两个姐姐和继母都没认出她来，还以为准是位外国公主哩。①

——格林兄弟《灰姑娘》

“教母”或榛子树上的“小鸟”在改变灰姑娘命运的过程中起到了非常关键的作用，正是有了这些美丽的装扮，灰姑娘才在舞会上成功地吸引了王子的注意。在《简·爱》中，“王子”罗切斯特要想尽办法为简·爱置办衣装，同样地，灰姑娘露西·格雷厄姆成为奥德利夫人的过程中，打扮她的不是其他人，而是将自己带入婚姻的王子——迈克尔爵士。对简·爱而言，穿上漂亮的衣裙便是“自我”的迷失，只有穿着以往朴素的衣裳才能保有那个最真实的自己。但是露西不同，她欣然接受了爵士的赠与，自她成为奥德利夫人的那一刻起，便彻底改头换面，成了一个被重新塑造的女性。奥德利夫人的物质生活极为富足，小说用细节描写展示了她屋子里的陈设：

黄金和象牙的酒杯，都是本文纳托切利尼雕刻的；镶嵌金、银、鳖甲的布尔柜子和瓷器，在玫瑰花苞、真情同心结、飞鸟与蝴蝶、爱神与牧女、女神与廷臣、村民与挤奶女等所构成的装饰性图案之中，还有着奥斯特里安·玛莉·昂朵涅特的花押；用帕洛岛的大理石制作的小雕像和本色瓷器；盛放着暖房花卉的镀金花篮；妙想天开的用金银丝编织的印度首饰匣；薄而脆的青瓷茶杯，杯子上还雕刻着微型雕像，伟大的路易啦，受人爱戴的路易啦，瓦里埃的路易啦，让娜·玛莉·迪·巴列啦；

① [德]雅各布·格林、威廉·格林：《格林童话全集》，杨武能、杨悦译，译林出版社2010年版，第77页。

六吋大小的图画和镶着镀金框子的镜子，微微闪光的锦缎和半透明的花边；一切金钱买得到、艺术设计得出的东西，都收集拢来美化这安静的房间。①

奥德利夫人的生活表现了美国经济学家托斯丹·凡勃伦所称的"替代性消费"，凡勃伦在《有闲阶级论》一书中论证，有产阶级通过他们的妇女来炫耀其财富，她们的无所事事和奢华被用来表现她们的丈夫和父亲的勤劳和威望。迈克尔爵士便是如此，为了讨得妻子的欢心，慷慨的爵士已经把古老的庄院改造成了一个小小的王宫，宛如生活在童话城堡中的灰姑娘，奥德利夫人是那么的幸福快乐。有趣的是，当奥德利夫人的身份被揭穿时，她不得不离开奥德利的府邸，此时奥德利夫人也消失了，罗伯特将她带到休养院并给了她一个新的身份——泰勒夫人。奥德利夫人只有在奥德利府中才成其为"奥德利夫人"，一旦离开便失去了一切：财产、地位以及爵士夫人身份。因此"奥德利夫人"是仅仅属于奥德利府这个特定地点的人物，她只是被府中奢华的装饰、美丽的衣裙和首饰所包裹的不真实的幻象，一个空洞的能指。

小说从不同的角度说明了"奥德利夫人"这一形象的不真实性。读者首先跟随罗伯特与乔治的目光观赏了奥德利夫人的画像，由此造成了一个叙事的悬念。当罗伯特与乔治步入夫人的卧室，带给他们的是强烈的感官上的刺激：

整套闪闪发光的梳妆用具散乱地放在大理石梳妆台上。香水瓶的

① [英]玛丽·伊丽莎白·布雷登：《奥德利夫人的秘密》，吴岩译，上海译文出版社1993年版，第306页。

金塞子都不曾塞好，房间的空气里充满了强烈的香气，香得几乎咄咄逼人。一束暖房里培养出来的鲜花，正在一张小巧玲珑的写字台上枯萎下去。而三件漂亮衣裳扰堆在地上，打开门的衣橱露出了里面珍藏的衣服。①

闪闪发光的梳妆用具、带有金塞子的香水瓶及浓烈的香气、枯萎的鲜花、随处可见的漂亮衣裳……这一切从侧面勾勒出房间的女主人过着旁人难以想象的、精致豪华的生活，在这样一个魔幻般的空间里，爵士夫人的肖像放在八角形房间中央的画架上，用绿呢遮盖着。画家描绘的便是她站立在房间里的场景，肖像画的背景是挂满绘画的墙壁的忠实再现。这是一幅拉斐尔前派风格的作品，画家对细节做了非常详细的处理，包括爵士夫人的鬈发和猩红丝绒衣裳的厚裥，以达到纤毫毕现的效果。叙述者花了大量篇幅专门描绘了这幅画像：画面中的一切都被夸大地描绘出来，爵士夫人火红的衣裳重重折叠着，像一团火焰，而她的脑袋仿佛从熊熊燃烧的熔炉里探出头来一样。整体来看，火红的衣裳、脸上的阳光、黄头发里金红色的光泽，包括撅起着的嘴巴上丰满的猩红色，这些鲜艳色彩组合而成的画面，给人的感受决不是怡人宜人的，因此叙述者这样评价：

这肖像画得极象又极不象，仿佛曾在爵士夫人的面前燃烧起色彩强烈的火焰，凭借这火焰的力量，把过去从来没有见到过的、新的线条和新的表情突出来了。容貌的十全十美，色彩的辉煌灿烂，全都有了，但我揣想画家曾临摹过奇妙的中世纪的神怪画，临摹得脑子也搞糊涂

① [英]玛丽·伊丽莎白·布雷登：《奥德利夫人的秘密》，吴岩译，上海译文出版社1993年版，第73页。

了，因为在他画得那幅肖像画里，我们的爵士夫人竟具有一个美丽的恶魔的某些模样儿哩。①

拉斐尔前派的绘画以传统的写实风格为主，画风审慎而细致，在这位尚未留下姓名的画家笔下，奥德利夫人变成了“恶魔”一般的女子，这与模特本身绝不相称。当乔治看到夫人画像时，认出了这位华贵夫人正是自己“死去”的妻子海伦，可想而知他是多么的震惊，同时也引起了读者的好奇心与疑惑，画像与生活中的奥德利夫人，究竟哪一个才是真实的？

应该说，房间中的陈设已经暗示了奥德利夫人这一人物的不真实性。从夫人的画像来看，画像画好之后挂在屋子里，跻身于克罗德、蒲桑和伍维曼等大画家的作品之间，两相对比，大画家们的作品由于色彩不太鲜明，反倒被这位当代画家的鲜明色彩掩盖了，一位无名画家对拉斐尔前派风格的夸张性模仿，已经说明了这幅画作是复制的艺术，复制的画作对应了画作中复制的人物——这个美丽的人物只是理想的女子气的一种复制。人们不仅可以从画像中看到奥德利夫人，还可以通过镜子观看她美丽的身影：

爵士夫人的绣得极美的镶着花边的轻纱，七彩纷呈的丝绸，色泽文雅的羊毛织物，在奢华的套间里丢得到处都是，而镜子则由懂得艺术的房间装潢者巧妙地以一定的角度安排在相对的角落里，从而增添了爵士夫人的图像，并在图像里反映出这迷人房间里最美丽的倩影。②

有了镜子作为辅助，每当奥德利夫人待在房间里的时候，她本人和镜子

① [英]玛丽·伊丽莎白·布雷登:《奥德利夫人的秘密》，吴岩译，上海译文出版社1993年版，第75页。

② 同上书，第305页。

可以时时将她迷人的身影展现给他人。因此,“画像”和“镜子”被叙述者巧妙地用来表达奥德利夫人的“客体性”,她是被人所观看的对象,观看者看到的是一系列通过视觉所呈现的“表象”。

在他人眼中,奥德利夫人往往如同一个假想中的人。乔治认为妻子海伦很像那些使得可怜的老头儿尤利西斯陷入困境的海妖,海妖塞壬是希腊神话中人首鸟身的怪物,飞翔在大海上,常用天籁般的歌声诱惑过路的航海者而使航船触礁沉没,船员则成了塞壬的腹中餐,将奥德利夫人比作海妖,这一方面说明奥德利夫人的魅力令人不可抗拒,另一方面也暗示了她的魅力带有一些危险性。乔治还觉得这样的女人太美了,不宜生活在尘世或用之于尘世,而接近她就是在更高的大气层里散步,呼吸更加纯净的空气。在乔治眼中,海伦既是海妖也是仙女,总之不适宜于正常的凡间生活。叙述者描述奥德利夫人的脸容光焕发,像一道阳光,还说她像鸟儿花儿一样,当她在草坪上走过,看上去便像她手里的花儿一样鲜艳,一样光彩照人。奥德利夫人像阳光、像鸟儿花儿……对她的诸多描绘,让人感到这个角色更多的是依靠言语建构的形象,而非实际存在的肉身。事实也是如此,小说用“头发”这一意象作为指引,牵出了奥德利夫人的真实身份,揭穿了她的伪装,让人看到了她实际的模样。

奥德利夫人有一头漂亮的头发,她的淡金色鬈发像一阵羽毛雨似的落在肩颈上,为她带来一种稚气的美。在小说中“头发”多次出现,成了查找犯罪证据的线索。“头发”第一次出现是女仆菲比带未婚夫溜入奥德利夫人的卧室,看到了她的秘密抽屉,抽屉里既没有金子,又没有宝石,只有婴儿穿的一只旧鞋子,还有从婴儿头上剪下来的,小小的一束丝一般的淡黄色头发。这一束头发引起了读者的好奇心:这是谁的头发,为什么会珍藏在奥德利夫人的抽屉里?罗伯特也见到了同样的头发,在罗伯特寻找奥德利夫人的犯罪证据时,从乔治留下的物品中发现了一本 1845 年的年鉴,在罗伯特翻阅书页的过程中看到一圈明晃晃的金色头发,仿佛葡萄藤的卷须一般自然而然地鬈曲着。正当罗伯特找不到线索,要把年鉴放回其他书籍中间时,发现年鉴开头的两张空白页黏在了一起:

> 他果断地要把他的搜索工作做到底,便不怕麻烦地用裁纸刀的锋刃将这两页纸分了开来;他由此得到的收获是在一页纸上发现了题词。题词分三个部分,三种不同的笔迹。第一段题词远在这年鉴出版的那一年,叙明这书原是某一位伊丽莎白·安·宾丝小姐的财产,她获得这部珍贵的图书,是嘉奖她井井有条的习惯和处处服从托基的坎福公司培训学校当局的教导。第二段题词是五年以后由宾丝小姐送给她的好朋友海伦·马尔东,作为永不消失的深情和永不减退的尊敬的标志。第三段题词写于1853年9月,是海伦·马尔东的笔迹,她把这部年鉴送给了乔治·托尔博伊斯;正是看到了这第三段题词,罗伯特·奥德利先生的脸便由自然天生的颜色变成一片阴沉呆滞的苍白色了。①

这卷孩子的头发引导罗伯特发现了更多的真相。藏着头发的是一本有着猩红封面的烫金厚书,宾丝小姐将它送给海伦,海伦又将书转赠给丈夫乔治,这段题词是海伦的笔迹,两度转赠,这本年鉴由此将海伦·马尔东与海伦·托尔博伊斯相联系,通过年鉴上可见的笔迹,罗伯特发现了不可见的秘密,罗伯特曾经见过奥德利夫人的笔迹:

> 如果我从来没有见过这位伯母,但是凭着这张信笺,我就知道她是

① [英]玛丽·伊丽莎白·布雷登:《奥德利夫人的秘密》,吴岩译,上海译文出版社1993年版,第167页。

个怎么样的人。一点不错,一切都在这儿了——那羽毛似的,闪着金光的、淡黄鬈发,那眉笔画出来的眉毛,那娇小笔挺的鼻子,那迷人的、稚气的微笑,都可以从这寥寥几行、优雅的朝上朝下的笔迹里琢磨出来的。①

借由"头发"作为线索,通过将奥德利夫人的两次笔迹相联系,罗伯特开始填补奥德利夫人闪亮光环之外的人生故事。

批评家林恩·皮克特在《感伤小说》中指出,"布雷登的女主角,出于某种原因,常常是表里不一的。"②这一点上,奥德利夫人与灰姑娘有些相似。根据灰姑娘故事的逻辑,灰姑娘的胜利便是"真相"的胜利:灰姑娘本身是贵族小姐,只是在继母的压迫下成了任劳任怨的仆人,但这一切只是暂时的,她最终会回到她所属的贵族阶层。异母姐姐们想通过外在之物来达到预期目的——精心挑选和准备衣饰服装,千方百计想穿上鞋子,但这都是徒劳的努力,只有像灰姑娘一般忠诚老实、表里如一才能最终获得成功。当灰姑娘穿上了华丽的衣裙去参加舞会时,故事便揭示了她真正所属的阶层和权力,这说明:外表只是一层表象而非真实,灰姑娘的继母恰恰没有看到这一点。灰姑娘便是一种表象与真实之间的反差:满身是灰的女孩穿上华服之后,便是众人瞩目的对象,因为真正的她是贵族女子,只是暂时被遮蔽了身份而已,而奥德利夫人是表象与本质差异的另一个版本——表面上是美丽纯真的"天使",实际上是杀人重婚的"恶魔"。

奥德利夫人隐藏了许多不能与外人道的秘密,当年的海伦出身底层,父

---

① [英]玛丽·伊丽莎白·布雷登:《奥德利夫人的秘密》,吴岩译,上海译文出版社1993年版,第69页。

② 转引自马晓俐、张秀:《〈奥德利夫人的秘密〉中"家中天使"的两面性》,《长春大学学报》2018年第7期。

亲是退役的海军小军官,从少女时代起,她就深知自己可以凭借天生美貌来换取一段理想的姻缘,并且对此深信不疑:既然自己比其他同学生得俊俏,那么她的婚姻应该比其他人都美满。海伦刚满 17 岁就嫁给了“出价最高”的一位有钱乡绅的独子——乔治·托尔博伊斯。由于乔治的父亲极力反对这门地位悬殊的亲事,没有给他们应有的资助,所以海伦和乔治的经济状况并不如海伦所想象的那样富裕,再加上婚后不知合理规划,二人过了一段恣意挥霍的生活后,很快花光了所有的积蓄,不久之后乔治便留下妻儿,只身远走澳大利亚投入淘金浪潮之中,想借此发一笔大财。起初,海伦凭一己之力艰难地维持着一家人的生活,但最终不堪重负离开了,她在临走之前留给父亲的便条说明了自己要与过去的生活断绝的勇气:

> 我对于我在这儿的生活感到厌倦,如果办得到,我要另找新生活。我要闯荡江湖,隔断那把我束缚于可恨的过去的一切联系,另找一个家,另谋一份好运道。如果我曾烦躁、任性、多变,则请多多原谅。你应该宽恕我,因为你知道我何以如此。你知道我的秘密,那是弄明白我的生活的钥匙。①

海伦丢弃了妻子、女儿以及母亲的角色,选择从旧有的身份逃离寻找新生活。她先更名为露西·格雷厄姆,姓名本身意味着身份的建构,是人对于自我的一种认同,一种所有权关系的确认。改名换姓说明了海伦决心与过去的一切割断联系,建构另一种身份。离家之后,已为人母的少妇海伦·托尔博伊斯摇身一变成了不谙世事的露西·格雷厄姆,应聘到文森特夫人的

---

① [英]玛丽·伊丽莎白·布雷登:《奥德利夫人的秘密》,吴岩译,上海译文出版社 1993 年版,第 260 页。

学校当教师,后经文森特夫人推荐到外科医生道森家成为家庭教师。在这个阶段,露西用一个完美"天使"形象感动了众人,赢得了迈克尔·奥德利男爵的爱情,成了人人羡慕的奥德利夫人。曾经的贫家姑娘海伦在王宫般的奥德利庄院里心满意足,别无所求。人们不知道的是,奥德利夫人只是被重塑的一个空洞的能指,一旦象征了她过往生活的丈夫乔治重回生活,便唤回了那个冷酷无情、抛父弃子的海伦。

当奥德利夫人发现乔治已经出现在她的身边,并有可能让她原形毕露时,奥德利夫人果断地采取了措施,绝不拖延。第一步是离开奥德利庄院,伙同父亲找了一个将死的女子作为自己的替身,发布自己去世的虚假讣告:海伦·托尔博伊斯已在怀特岛文特诺去世,得年二十二岁。通过这种方式,奥德利夫人埋葬了曾经的海伦·托尔博伊斯,既然海伦已死,意味着与海伦有关的一切都将无迹可寻。人死了,与人有关的记忆还在,乔治是这份记忆的保留者,他固执地寻找奥德利夫人,追索有关海伦的一切,当奥德利夫人伪造身份骗婚的谎言被乔治识破后,她将乔治推入了奥德利庄院的枯井中,乔治失去了音讯,生死未卜。奥德利夫人为逃避罗伯特的步步追查,屡屡撒谎,想办法毁灭一切可疑的证据,不惜纵火烧毁罗伯特栖身的城堡旅馆。

奥德利夫人之所以做出如此疯狂的举动,是因为她的价值观与《简·爱》中简·爱的价值观截然相反:她所看重的是金钱的富足而非情感的满足。第一段婚姻中面临经济困顿的状况,海伦接近精神崩溃,乔治回忆当时的她:"爆发出呜咽和号啕大哭的风暴,如果我只能给她带来贫穷和苦恼,我就不应该和她结婚;我娶她为妻,就是残酷地虐待了她。"①在奥德利夫人看

① [英]玛丽·伊丽莎白·布雷登:《奥德利夫人的秘密》,吴岩译,上海译文出版社1993年版,第21页。

来，贫穷是最可怕的字眼，为了得到和保住物质财富，她可以不惜一切代价，但是她看上去又是那么的天真无辜。让一个表里不一的女性成为小说的女主角，作者玛丽·布雷登的用意绝不仅仅是为了讲述一个杀人重婚的故事，而是有着深刻的现实意义。

罗伯特曾经在乔治的物品中发现了一本1845年的年鉴，它的封面是猩红色的，这恰恰呼应了之前对奥德利夫人画像的描绘，她穿着猩红色的裙子，如同“美丽的恶魔”，“猩红色”变成了一种危险的颜色——令人炫目，惹人遐想。打开年鉴，里面刻着当年风行一时的美女铜版画，颜色已经发黄并且沾满了霉点，画中的美人痴笑着，服装奇异怪诞、粗糙笨拙，看上去暗淡失色、平凡庸俗。女性美在这里成了人工的、刻意为之的东西，奇装异服掩盖的是思想贫瘠的灵魂。年鉴的主人几度变更，第一个主人宾丝小姐具有井井有条的习惯和处处服从领导的特质，公司向她赠送本书是为了赞扬她的美德，在书的美女铜版画中，所谓“美女”则粗糙笨拙、平凡庸俗。事实上，宾丝小姐也好，铜版画中的美女也罢，她们是同质的，都由社会主流观念所打造，社会需要的正是这种装饰性的、处处顺从的女性——家庭天使。

在十九世纪的英国，工业革命使中产阶级家庭的生产经营场所与生活场所分离，家庭曾经是工作场所，如今家庭的生产功能已让位于工厂。曾经，女性是男性工作的得力助手，她们如今能够不稼不穑，在家闲居，她们的活动范围仅限于家庭领域。“女人的位置在家中”这一观念虽然并非维多利亚时期的发明，但本时期的中产阶级无疑是将之付诸实施的重要力量。在维多利亚时期，和谐向上的家庭成为整个社会的价值核心之一，中产阶级认为女性的地位不是在社会上，而是在家庭中。女人的职责是做一个好妻子和好母亲，创造家庭舒适氛围是她们对社会最大的贡献。在小说中，当年鉴的主人宾丝小姐将书转赠给海伦时，宾丝小姐认为海伦也将成为一个遵从女性美德的“天使”，从这个情节可以看出奥德利夫人成功地依靠伪装骗取了他人的信任,她的确费尽心思,将自己打造成了休闲的、装饰性的、被动的、文雅的、完全无助的和依赖性的“天使”。

奥德利夫人曾对女仆菲比说:“没有关系,只要用一瓶染发药水(就象我们在广告上看到的那种),一管胭脂,哪天都可以打扮得同我一样好看,菲比。”①有了染发药水和胭脂的帮助,无论相貌如何,都可以装扮出一个美人。这是一个暗示:只要肯花钱购买化妆品,就可以打造出美丽的外表。在小说中,罗伯特拜访奥德利夫人曾经的房东巴坎布夫人时,他看到巴坎布夫人退到窗畔一张桌子边,桌子上摆着一张老式的镶绿呢边的桃花心木小台架,台架上堆积了很多的文件,它们从四面八方溢出来,包括信件、收据、账单、存货报表、税单……看起来乱成一团、难以清理,巴坎布夫人便在这一乱七八糟的东西中间寻找马尔东上尉的来信。巴坎布夫人是一个不愁吃穿、生活优渥闲适的女子,这里有一个细节:上尉的信件与收据、账单、存货报表、税单堆在一起,无论是收据、账单、存货报表还是税单,凡此种种都与金钱相关,她的房间整洁,有熊熊炉火,养着宠物……这些意象共同呼应着奥德利夫人对菲比说过的话:女性可以通过金钱让自己呈现出理想的状态。金钱成了灰姑娘故事中的“帮助者”,巴坎布夫人是维多利亚时期中产阶级的一位普通女性,正如罗伯特所观察到的,巴坎布夫人“外表安逸”,这是靠着收据、账单支撑起的生活,她的内心如何?谁也猜不透,与其说巴坎布夫人自愿过这样的生活,不如说社会要求她如此,否则就不符合人们认可的中产阶级女性形象。在巴坎布夫人铺着绿色台呢的牌桌上,点缀着华丽精装的年鉴或美容书籍,这些书籍可以帮助女性形成理想的女性气质,书籍刚好呼应了之前罗伯特发现的1845年鉴,所有这些都指向了同一个问题:所谓

---

① [英]玛丽·伊丽莎白·布雷登:《奥德利夫人的秘密》,吴岩译,上海译文出版社1993年版,第62页。

理想的女子气来自文化的建构,而不是女性自身的需求。奥德利夫人深知这一点:为了过上自己理想的富贵生活,她必须隐藏本性,安安稳稳做一个"家庭天使"。批评家马琳·特龙普认为:"小说中最具颠覆性的情节是奥德利夫人表现出一种似乎是与生俱来的优雅。……她揭示了'女士'的品质是作为一种社会的建构,而不是与生俱来的。"①既然理想的"女子气"是建构而非本质的,那么在每一个"天使"的背后必然存在着欺骗和伪装,这是作者玛丽·布雷登对维多利亚时期社会性别话语体系的深刻洞察。

当年乔治遇到海伦时,他情窦未开,快乐单纯,除了在花展和舞厅遇见过女人外,还没有和女人交际的实践经验,遇到海伦之后的乔治恍若中了魔法:"他还没有来得及从迷惑之中清醒过来时,嗨,说时迟,那时快,魔法已经开始了,他的周围给画了个魔圈,魅力发作了,蛊惑人的整个方案全面展开了,牺牲者之无力逃脱,正如东方故事里的大理石大腿的王子一样。"②如果说灰姑娘故事中的王子是无意当中落入灰姑娘的帮助者设置的一系列魔法当中的话,那么乔治也好,迈克尔爵士也罢,都是被海伦有意带入到她的魔法圈套当中,被她的美好外表所迷惑,不可自拔。

事实上,小说早已说明了奥德利夫人并非如表面上看起来那么单纯美好,继女艾丽西亚看穿了她的伪装:"你认为她敏感,因为她生着娇嫩白皙的小手,蓝蓝的大眼睛和长长的眉毛,因为她做出各种各样的装腔作势、异想天开的行径来,而你们愚蠢的男人便称之为迷人。敏感! 咳,我看见她用这些白皙的纤细手指做出残酷无情的事情,使别人遭受痛苦后还嘲笑这种痛苦。"③既然奥

---

① 转引自马晓俐、张秀:《〈奥德利夫人的秘密〉中"家中天使"的两面性》,《长春大学学报》2018年第7期。

② [英]玛丽·伊丽莎白·布雷登:《奥德利夫人的秘密》,吴岩译,上海译文出版社1993年版,第257页。

③ 同上书,第111页。

德利夫人如此残酷无情，那么她应该受到惩罚，叙述者早已安排了她的结局。乔治在归国的船上遇到了一个陌生女人，他们谈到了分离太久的夫妻，由于失去联系，他们的未来并不美好，也许会面对各种不幸，包括死亡，一语成谶，乔治果然失去了自己的妻子，一回国就得到了妻子"已故"的消息。奥德利夫人和菲比讨论她们读过的法国小说，这是一个犯了罪的美丽妇人的故事，她在拥有权力、妩媚可爱的时候犯了罪，半个世纪后头发白了，眼睛因年迈而几乎瞎了的时候秘密被泄露，被活活烧死，这样的情节呼应了奥德利夫人在罪行败露后被罗伯特带到疯人院，虽生犹死。小说还用了历史典故暗示奥德利夫人的残忍：让-亨利·拉蒂德因阴谋反对蓬帕杜夫人而被囚禁，虽多次越狱，还是坐了三十五年的牢，因此证明：女人的仁慈、亲热、和蔼并不同她们的美丽优雅成正比、相一致。蓬帕杜夫人的人生极富传奇色彩，是一个引人争议的历史人物。小说中奥德利夫人的人生故事同样令人思考，她重婚再嫁、企图杀人、纵火伤人，还在犯罪秘密被揭开后将罪恶归咎于母亲遗传的精神疾病——自己的所作所为是疯狂基因导致的结果，罗伯特用了最尖刻的语言批评她：

> 她利用她丈夫的死进行投机，她冒着犯罪的风险获得富贵的地位；爵士夫人，她是一个大胆的女人，认为她可以把喜剧扮演到底而不会被侦破；她是一个邪恶的女人，对于她可能给她所背叛的男人诚实的心带来多大的悲痛，她漠不关心；但她也是一个愚蠢的女人，把人生看作是一场碰机会的牌局，最高明的赌徒倒象是手里拿着要赢的牌似的，却忘记了在可怜的投机者们的头上还有一个上帝，而邪恶的秘密是从来不允许长期隐藏下去的。如果我说起的这个女人生平从未犯过更肮脏的罪行，只是在《泰晤士报》上登了个弥天大谎的讣告，我还是要把她看作是天下女性之中最可憎、最可鄙的——人类之中最无情、最刁钻促狭

的。那残酷无情的谎言是黑暗之中最卑怯的一击;是暗杀丑行中狡诈的一刺。①

从这段话中可以发现,也许比起种种罪行,罗伯特更加在意犯罪的人的性别:她是一个大胆、邪恶又愚蠢的女人,是天下女性中最可憎、最可鄙的,是人类之中最无情、最刁钻促狭的。而这样的女人最具威胁性,她们是塞米勒米斯、克里奥帕特拉、贞德、伊丽莎白女王、叶卡捷琳娜二世——是强悍的性别。罗伯特的看法颇具代表性,奥德利夫人这样的女性之所以可憎,是因为她打破了人们惯常对于女性的理解:“人们理所当然地认为,女性应当听命于他人;她应当待在幕后或者置身于帐帘的后面;应当对丈夫保持忠贞,而且,如果她失去了丈夫,就应当走遍海角天涯去找到他。她要用女人自己特有的方式去行动。她更多的是运用聪明智谋,而不是简单率性地行事,她要使用魔力和欺骗手段;如果情况需要,她会以各种伪装出现,而且她会有超乎想象的耐心。她必须这样做才能保全自己,因为从传统来看,女性与男性相比,拥有更少的权力。正如月亮通过反射太阳的光芒来发出光亮一样,女性有所作为都是因为她与男性之间的关系。”②奥德利夫人的确用了魔力、欺骗手段和伪装,但是她这样做不是为了保全自己,而是为了满足贪欲,得到更多的财富与地位,她的所有行为不是因为她与男性之间的关系,而是她与自己之间的关系,当她的一切只从自身需要出发的时候,已经不再是事事顺从于男性、为社会树立道德榜样的“家庭天使”。奥德利夫人有意识地跨过了两性的性别领域,僭越了男性的权力,因此她必须被禁闭,这样才能

---

① [英]玛丽·伊丽莎白·布雷登:《奥德利夫人的秘密》,吴岩译,上海译文出版社1993年版,第278页。

② [美]艾伦·B.知念:《拯救王子的公主——唤醒世界的女性童话故事》,舒伟、丁素萍译,广西师范大学出版社2017年版,英文版前言第ii页。

保全男性应有的领地。

在《简·爱》中,骗人且犯了重婚罪的是罗切斯特,作者夏洛蒂·勃朗特安排罗切斯特经历了情感的痛苦和灵魂的洗礼之后,与他心爱的简·爱过上了幸福的家庭生活,这是对维多利亚时期中产阶级家庭结构的维护。《奥德利夫人的秘密》将重婚且谎话连天的罪行给了一个女性,她得到的惩罚更重,但小说又以“疯狂”之名,看似是要从某种程度上缓解读者对她的厌恶——她杀人放火的行为也许是不受理智控制,而是疯狂的结果。正如面对一个硬币的正反两面,当我们从奥德利夫人的一面去看待问题时,也许会是另一番情形。《简·爱》中的伯莎便是例子,这个疯狂狡诈、如同野兽一般的女人,在二十世纪女作家简·里斯的重新演绎下,便成了《藻海无边》(1966)中被侮辱、被损害的女性。同样地,站在奥德利夫人的立场上来评价她,会得出不一样的结果。在《她们自己的文学》中,女性主义批评家伊莱恩·肖瓦尔特指出:“所有的女读者肯定都意识到,奥德利夫人真正的秘密就是她神志清醒,而且,她具有代表性。”①在小说中,莫斯格雷夫医生这样判断她的“疯狂”:

> 因为在她所作所为的任何行动中,都没有什么疯狂的症候。因为她的家庭不是一个愉快舒适的家,她离开家时希望换一个更好的家,其中毫无疯狂可言。她犯了重婚罪,因为犯了这个罪她就可以获得财产和地位。其中毫无疯狂可言。当她发现自己处于绝境时,她自己并没有变得绝望。她运用了聪明的办法,她实现了阴谋诡计,这个阴谋执行时可需要冷静和深思熟虑哩。其中毫无疯狂可言。②

---

① [美]伊莱恩·肖瓦尔特:《她们自己的文学:英国女小说家:从勃朗特到莱辛》,韩敏中译,浙江大学出版社 2012 年版,第 156 页。

② [英]玛丽·伊丽莎白·布雷登:《奥德利夫人的秘密》,吴岩译,上海译文出版社 1993 年版,第 388 页。

医生用三个“毫无疯狂可言”来说明奥德利夫人的一系列活动并不能成为疯狂的证据，批评家玛丽·S.哈特曼认为作者玛丽·布雷登借此表示女性对社会的不满与报复，很多女性在最隐秘的思想活动中不太敢想的事情，却由奥德利夫人这样的女性罪犯付诸实践了，哈特曼的观点不无见地，女性不敢想，并不代表她们不认同这些“罪恶行径”，因为犯罪的人让“有体统”的女性“未曾清晰言述的欲望有了替代性了却的机会。……许多‘有头有脸’的妇女深受审判的吸引，对她们说来，这个经历与其说像在观看一场畸人展，不如说是在照一面哈哈镜”①。她们从中看到的是自己生活和思想的复现，站在女性的角度，奥德利夫人由于出身贫贱、有疯狂基因、犯有重婚罪、杀人纵火，成了不安分的、不遵守社会思想惯例的女性代表，最可怕的是，这些罪恶都是在古老的庄院内部发生，“冒名的奥德利夫人不是欺骗了一个色迷心窍的老男人，而是冒犯了整个英国社会，亵渎了其历史、文化、传统、尊严。她在向以男权统治为基础的社会秩序、社会制度宣战。她成了要改变现状的不安分女人的总代表”②。因此奥德利夫人才格外引人注目。

莫斯格雷夫医生的判断是正确的，回顾奥德利夫人的人生轨迹，她并不疯狂，她的行为似乎都能找到合理的解释。当年在乔治离家出走后，父亲花光了所有的钱，海伦走投无路才隐姓埋名离家出走；嫁给迈克尔爵士之后，乔治找到奥德利夫人，并声称要揭露她的罪恶经历，所以她才将乔治推下枯井；乔治失踪后，罗伯特为了追查朋友的下落，决定要彻底搜查，不惜将房屋夷为平地，将园子里的树木连根拔起，奥德利夫人因此下决心要先于罗伯特

① 转引自[美]伊莱恩·肖瓦尔特：《她们自己的文学：英国女小说家：从勃朗特到莱辛》，韩敏中译，浙江大学出版社 2012 年版，第 159 页。

② 朱虹：《疯狂的女性和女性的疯狂——〈奥德利夫人的秘密〉赏析》，《名作欣赏》1995 年第 3 期。

采取行动,在他栖身的旅馆放了火。在《简·爱》中,简·爱宣称自己不满足于平静的生活,但她也深知如果女性要做更多的事、学更多的东西,会遭到“谴责”和“嘲笑”,甚至会被人称作疯子,我们可以认为,奥德利夫人正是渴望如简·爱那样求取个人的发展,满足个人的要求,莫斯格雷夫医生将之总结为:她希望换一个更好的家,获得财产和地位,敢于走出绝境。当奥德利夫人以这样的面貌呈现出来时,读者将恍然大悟,奥德利夫人清醒而理性,她的疯狂是为了逃避来自男性的道德惩罚而作出的尝试。罗伯特想要证明奥德利夫人的疯狂,这样他就可以为驱逐这类危险女性找到合适的理由。正如《简·爱》中的伯莎,由于不能为自我发声,她的疯狂由不得自己,只要罗切斯特判定她疯了,就可以被永远地关起来,成为“阁楼上的疯女人”,因此一旦男性话语的代表罗伯特认为奥德利夫人“疯了”,她就必须被放逐,将她送往法国的疯人院。

美国精神分析学家艾伦·B.知念在《拯救王子的公主》中,指出:“在象征意义上,对于一个女人,社会通常认可和推崇的是她的虚假自我,而不是她的真实自我。女人因为她们身材苗条、容貌美丽、能相夫教子、温柔随和而受到社会赞许,但社会不会赞许她们说出自己的想法、坚持实现自己的愿望,或者去关注她们身体的需求。”①在维多利亚时期,中产阶级文化认可和推崇的女性是“家庭天使”,奥德利夫人为了符合这个被认可和推崇的形象,必须重新塑造自己,展示一个虚假的自我,一旦当她坚持自己的愿望和需求时,便会打破已经被固化的“天使”形象。因此比起《白衣女人》中破坏家庭秩序的格莱德爵士,奥德利夫人的罪行更甚,因为她不仅重婚、杀人放火,更可怕的是敢于借“天使”之名,僭越了男性的权力范围,因此只能为她安排一

---

① [美]艾伦·B.知念:《拯救王子的公主》,舒伟、丁素萍译,广西师范大学出版社2017年版,第175页。

个被禁闭在疯人院了却残生的结局。小说用奥德利夫人的故事提醒读者，“天使”之所以为天使，不是天性使然，而是有意为之。

总之，疯狂也好，罪恶也罢，奥德利夫人用自己的方式争取着她想要的生活，也提醒了人们：看似纯洁美丽的灰姑娘，也许深藏着另一副可怕的面孔。

第二章 《简·爱》与《弗洛斯河上的磨坊》中“美妞与怪兽”式的性别角色

在维多利亚时期“家庭天使”女性观的支配下，结婚成了“天使”们最好的归宿。女子教育的核心便是如何赢得一位出色的男性的欢心，使他来娶自己为妻。因此，尤其是对中产阶级女性，从孩提时代起“所受教育的每一方面，都明显趋向于某种有用的目的；或是提高她们自身的天然魅力，或是培养她们含蓄、谨慎、贞洁、节俭；使她们既能成为家庭主妇，又能在充任这一角色时举止端庄。”①简而言之，女性所受的一切教育、所学的一切事情，都是为了日后能找到一位出色的丈夫。在家庭教育中，对女孩、男孩的教育方式不同。女孩按照“家庭天使”的范式去塑造，而男孩却以社会竞争者的角色来培养。因此男孩和女孩从小就在不同的教育模式下成长。虽然在上学之前男孩、女孩住在一起，得到相似的照顾，但是，他们从小穿不同的衣服，玩不同的玩具。他们从父母与女佣在家庭中的作用，了解男女不同的家庭角色和地位；从参与家庭各种仪式中懂得两性不同的生活规范。对于女孩子来说，首先要懂得如何围绕男性的需要组织家庭生活。当时的一位中

---

① 马缨：《工业革命与英国妇女》，上海社会科学院出版社 1993 年版，第 60 页。

产阶级女性皮尔太太坚持认为:“最重要的是女孩在育儿室和学校中要整齐、有条理,以她们周围整洁的环境为荣。而男孩子必须鼓励他们成为未来社会的主人而不是奴隶。”①男孩子从小就轻视女孩,一位男孩子这样说:“在我的家庭生活中,直到上学后,姐姐从未接受正规的学习,钓鱼时,她们只是为长兄放诱饵,或者留在家中,她们温驯地选择服务。”②正因如此,生活于十九世纪末二十世纪初的英国妇女战斗领袖潘克赫斯特夫人曾抱怨,“我深深感到疑惑,为什么是我把家里搞得对我兄弟富于吸引力而不是他们把家为我搞得富有吸引力。”③

约翰·拉斯金关于女性教育的观点颇能代表中产阶级的心声,他在《百合——王后们的花园》中写道:“广义地说,男人应彻底地掌握他所学的语言或科学知识——而妇女掌握同样的语言或科学知识则只要求她能与她丈夫的乐趣,以及他最要好的朋友的乐趣产生共鸣就行了。”④也就是说,让女性接受教育归根结底是为了让她们更好地为男性服务,成为男性更好的伴侣。女性承担的任务不仅是要保证家庭的和谐与宁静,更重要的是用谦恭之心体贴和帮助男性,这是对两性性别角色的一种确定。

法国博蒙夫人的童话《美妞与怪兽》可被视作确立性别角色的蓝本,在博蒙夫人之前,女作家嘉布丽·德维尔纳芙夫人于 1740 年完成了她的“美妞与怪兽”故事版本,该版本成了其后整个十八世纪大多数“美妞与怪兽”故事的经典版本。事实上,它也为博蒙夫人于 1756 年创作的《美妞与怪兽》奠定了基础——后者又为 1785 年的法国作家,教育家德杰利斯伯爵夫人改编

---

① 潘迎华:《19 世纪英国现代化与女性》,浙江人民出版社 2005 年版,第 156 页。

② 同上书,第 157 页。

③ 王晓焰:《18—19 世纪英国妇女地位研究》,人民出版社 2007 年版,第 205 页。

④ [英]拉斯金:《拉斯金读书随笔》,王青松、匡咏梅、于志新译,上海三联书店 2000 年版,第 76 页。

的剧作《美女与怪兽》以及1788年让-弗兰索瓦·马蒙泰尔为比利时作曲家安德·莫德斯特·格雷特里的歌剧《美女与野兽》所创作的剧本提供了素材。德维尔纳芙夫人所创作的两百余页的故事,将资产阶级和贵族都纳入其读者的范围。在故事中,德维尔纳芙夫人关注到了年轻女性的自我实现,美妞之所以受到褒扬,却是由于她的顺从、温驯和专一。在德维尔纳芙夫人的这一版本中,美妞并未违背自己对怪兽的誓言,她及时地看穿了她的五个妹妹设下的诡计,重新回到了她所爱的怪兽身边。当她拯救了怪兽,而怪兽也变成一位英俊的王子时,她再次准备牺牲自己,放弃与怪兽的婚约,因为王子是真正的贵族,而她却来自资产阶级。不过,她的护身仙子以美女的德行远胜于她的出身等级为理由,与赶来现场的王子母亲展开了辩论。故事最后,尽管仙子获得了辩论的胜利,读者却被告知,美妞其实也是一位公主,她之所以被她的商人养父所收养,是为了免遭父亲仇敌所害,而她的父亲恰恰是一位真正的国王。

从这个故事中可以看出,为了平衡男女主人公社会地位的差距,德维尔纳芙夫人将美妞的地位升到了公主的位置,但是这一点并不是最核心的,正如杰克·齐普斯所言:"美女得以同王子结婚的正当性是构成这则故事主要题旨的一系列礼仪话语的一个部分,而这一题旨是:高尚的行为才是真正的美,而只有真正的美才会得到回报,不管你身属哪一阶级。"①美妞命运的转变事实上取决于她的自我克制,而且她相信正是这种克制才使她的愿望得到了满足。德维尔纳芙夫人将美女表现为克己美德的象征,1756年,博蒙夫人以一群正在学习如何成为淑女的年轻小姐为虚拟的讲述对象,将这个故事进行了压缩和改编。博蒙夫人意在让年轻小姐们相信:只有通过自我克

① [美]杰克·齐普斯:《作为神话的童话/作为童话的神话》,赵霞译,少年儿童出版社2008年版,第14页。

制，才能实现人生目标。童话《美妞与怪兽》是博蒙夫人《儿童志林》一书中的一则故事，该书于 1761 年被译成英文，书名为《小小姐杂志，包括一位家庭女教师与其学生——几位年轻名媛之间的对话》(*The Young Misses Magazine Containing Dialogues between a Governess and Several Young Ladies of Quality, Her Scholars*)。被译入英国之后，这个故事版本恰好与英国的社会语境相契合，杰克·齐普斯谈道："博蒙夫人此书的结构和内容说明了女童教育有别于男童教育，换句话说，《美女与野兽》首创了一种性别化的故事，其目的是为了在幼年女童中培养一种得体的礼仪感。"①因此，这个故事强调的不是出离于社会与家庭领域之外的男性主体——怪兽，而是拥有"拯救"美德的女性主体——美妞。不同于灰姑娘故事中的男主人公——王子，怪兽是一个特别的存在，他远离人群，并不属于文明社会，他孑然一身，因此也不属于正常家庭，他鲁莽冲动、且胆大妄为。与怪兽相对的是美妞，美妞如同灰姑娘，美丽动人、天真无邪，但就是这样一位柔弱女子拥有强大的力量，能够阻止怪兽潜在的"威胁"，这种威胁就是怪兽的欲望，美妞害怕被这种欲望所"吞噬"，因此美妞必须想尽办法将这种威胁化解，并将其限制在可控的范围之内。通过美妞的控制力，怪兽最终成了美妞的保护者。

在童话故事中，对美妞和怪兽的社会身份做了限定，美妞是商人的女儿，怪兽是被仙女施了魔法的王子，随着故事情节的发展，美妞帮助和拯救了怪兽，怪兽身上的魔法得以解除，他从生活在城堡中孤单的怪物成功地转变为回归家庭的王子，并通过他高贵的社会地位保证了美妞的幸福生活。从社会身份和地位的角度上看，美妞是其中的获益者，她救了怪兽又嫁给了

① [美]杰克·齐普斯：《作为神话的童话/作为童话的神话》，赵霞译，少年儿童出版社 2008 年版，第 16 页。

他，这样便不需再在父亲家中辛苦劳动。在与父亲、怪兽这两位男性的关系当中，美妞经历了一系列变化，面对父亲的破产和继之而来的种种家庭变故，美妞懂得克制忍耐，一心想帮助父亲渡过难关；面对怪兽的爱意追求，美妞学会将对方身上的兽性改变为人性，并且牺牲自己的自由换取怪兽的幸福，美妞的生活由此从穷困无力转而衣食无忧，当然这依赖了王子的给予。《美妞与怪兽》在表现性别角色问题时，尤其突出了女性美德的重要性，贝特尔海姆指出："这种结合也是一个发展过程的归宿——从一个不成熟的、自我中心的（冲动、暴烈和破坏性的）性特征发展到建立了完美的、深情奉献的人类关系：野兽之所以濒临死亡的边缘就在于它与美女的分离，她既代表着人们钟情属意的女性，又代表着'普赛克'，人们的心灵之魂。"①这一童话的结构模式便是一个天真、柔弱的女性解救了一个强壮有力的男性。

女性主义批评家南希·阿姆斯特朗将性别角色认定为是十九世纪人际关系的"性别契约"，这个契约对女性有严格而具体的要求，也就是对"家庭天使"的要求，根据维多利亚时期男性话语的忠实拥护者萨拉·埃利斯的说法，大多数妻子在照顾疲惫返家的丈夫，以及教育年幼孩子的过程中找到了幸福和满足，女性被教导：无论生活如何沉重，要沉默忍受，忍耐、自我否认和自我牺牲是值得褒扬的高尚品质，女性只有忍耐、恪守和沉静，才能得到男性和上帝的眷顾，让她成为理想的妻子，因此女性的身份最终需要通过婚姻去确立。《美妞与怪兽》中美妞的关键性行动，或者说她的"胜利"，是她将怪兽转变为一个可以被社会所认可，人们所接纳的丈夫，贝特尔海姆指出："《美女和野兽》这个童话故事没有任何野蛮的行为，尽管它有这样的故事名称。美女的父亲受到了野兽的威逼，但人们从一开始就明白，那是一个没有

① [美]布鲁诺·贝特尔海姆：《童话的魅力——童话的心理意义与价值》，舒伟、丁素萍、樊高月译，社会科学文献出版社 2015 年版，第 473 页。

危险的逼迫，其目的在于首先得到美女的亲近，最后获得她的爱情，并随之从一个动物形体中解脱出来。”①女性的能力在于，她拥有将男性“变形”的力量，她可以影响男性的思想和行动，可以使男性在女性的示范之下，更好地在家庭领域行使男性的职责。

美妞首要的美德恰恰在于她的无私，这种无私体现在甘愿牺牲自己的生命去救父亲，又陪伴在野兽身边直到让他重返社会。贝特尔海姆这样认为：

> 在《美女与野兽》中，没有隐藏至深的秘密，人们只是急于知道野兽的真面目。一旦认识了野兽其人，或者更确切地说，认识了他究竟是怎样一个善良可爱的人，幸福的结局便来临了。然而故事的关键在于美女逐渐爱上野兽，甚至不在于她把恋父之情转变为恋人之爱，故事的关键是美女在这一过程中的自我成长。她开初认定她必须在爱父亲和爱情人之间做出选择，但后来终于欣喜地认识到，把这两种爱对立起来是十分幼稚的观点。通过把原来的俄狄浦斯恋父之情转移到未来的丈夫身上，美女向父亲奉献了最有益的感情。这使他每况愈下的健康状况得以好转，也使他能在爱女身旁幸福地生活。而且这一转变使野兽恢复了人性，确保了夫妻恩爱的甜美生活。②

身为女性，美妞能够将自己在婚前对父亲的爱转移到婚后对丈夫的爱，美妞也在这一过程中得到成长。美妞能够意识到，所谓的“幸福结局”不是自我确认或是对个体欲望的追求，而是自我牺牲并满足他人的欲望。在博

---

① [美]布鲁诺·贝特尔海姆：《童话的魅力——童话的心理意义与价值》，舒伟、丁素萍、樊高月译，社会科学文献出版社 2015 年版，第 465 页。

② 同上书，第 472 页。

蒙夫人的故事中,美妞与怪兽之间的阶级差别已经不再重要,故事最后仙女对美妞说:“比起漂亮和聪明来,你宁愿要高尚的品德,现在你得到了这一正确选择的报偿:你有了一位品德完美的丈夫,而且即将成为一个出众的王后。我希望你当了王后以后不要丢掉你的美德。”①仙女一再强调了“美德”的重要性,正是由于美德,美妞得到了完美的丈夫,而且今后也不能丢掉这份美德。美妞的美德在于她的无私和牺牲精神,她能运用女性的智慧发现真正理想的男性——藏在野兽身体中的王子,这样,所有的冲突都通过理想的两性关系而得以完满解决。美妞的阶级身份是商人的女儿,但在仙女的帮助下,美妞的身份从此以后由丈夫所决定——她即将成为王后,这说明女性能够通过美德而将男性家庭化,但她的身份与阶层最后由丈夫来决定,性别角色的确立由此发生。

在夏洛蒂·勃朗特的《简·爱》和乔治·艾略特的《弗洛斯河上的磨坊》中,两位女作家表达了对美妞与怪兽性别角色的不认同,尽管两部小说没有直指“美妞与怪兽”式的故事,但两部小说的确在情节结构和人物形象的设置上与童话《美妞与怪兽》有相似之处,都将一个谦逊忍耐的女性与一个出离于社会秩序的男性相联系,女性从天真无知转而能够应对潜在的各种威胁,当然这种转变中男性起到了重要作用。在《简·爱》和《弗洛斯河上的磨坊》中,两位女小说家都塑造了“怪兽化”的男主人公,两部小说在人物方面体现出女性的天真无邪与男性的经验老到的冲突,在故事主题方面体现出自然状态下的混乱与家庭秩序之间的冲突,如何解决冲突呢?是男女两性双方各自的妥协。在性别角色的秩序规则中,如果女性需要在家庭领域获得“权威”,那么她必须妥协,为男性让出自己在社会政治领域的权力,男性由此占据了女性在公共领域的位置,成为女性在公共领域的仲裁者,当然男

---

① 《外国童话经典100篇》,叶君健等译,人民文学出版社2004年版,第64页。

性也需要对家庭作出贡献。两部小说中，童话故事的幸福结局不再明晰，秩序与混乱之间的冲突成为一个亟待解决的问题，在《简·爱》中，只有当怪兽形象——罗切斯特在桑菲尔德府的大火中又瞎又残，并失去男性权力时，“舒适”的家庭生活才成为可能。《弗洛斯河上的磨坊》则更甚，女主人公麦琪被描绘成类似于动物的形象，这样在美妞与怪兽的联系当中，性别特征变得模糊，小说没有展示性别角色的调和，小说结尾并非大团圆式的婚姻，而是女主人公麦琪的死亡。

第一节　简·爱与麦琪：重塑“美妞”

在博蒙夫人的故事中，美妞被塑造为一个具有资产阶级观念的家庭女性，她的姐姐们则代表贵族观念，作为资产阶级家庭女性，美妞有着自己的思想、行为和价值判断体系。比起姐姐们，美妞的优越性体现在外貌上，也体现在品德上。故事中这样交代：在美妞还是小姑娘的时候，人家就唤她为美妞。她不仅比两个姐姐更美丽，而且也更善良。接下来的描述更加将美妞与姐姐们对立起来，“姐姐们仗着自己有钱，态度很傲慢；她们摆出一副贵妇人的架子，不屑与别的商人的女儿交往，而要门第高贵的人来跟她们做伴。她们每天出去跳舞、看戏、游逛，还要嘲笑小妹妹——她把绝大部分时间都用来阅读各种有益的书籍”①。美妞姐妹本是商人的女儿，但是姐姐们偏要摆出一副贵妇人的架子，可以见出，姐姐们要追求的正是她们所缺失的社会地位，美妞的姐姐们希望能够进入本身不属于她们的贵族社会，当然，这一愿望只能凭借婚姻实现，她们希望嫁给公爵，或者至少嫁一个伯爵。但

① 《外国童话经典 100 篇》，叶君健等译，人民文学出版社 2004 年版，第 51 页。

是很不幸，父亲破产了，姐姐们的梦想看来很难实现了，一家人搬到乡下过起了农耕生活，两个姐姐无聊得要命，因为生活再也不复从前，但她们还维持之前的生活状态，每天睡到上午十点钟才起床，整天去外面游玩，总是嫌自己漂亮的衣服不好看，还时不时唠唠叨叨责怪妹妹，她们一心希望通过改变自身外表来进入她们所渴望的贵族阶层。美妞则相反，她从枯燥的生活中找到了乐趣，每天早晨四点钟就起床，一天忙于打扫屋子，为家人准备饭菜。起初遇到了很多困难，还不习惯像用人那样劳动，两个月之后，她就变得很能干了，劳动也使她的身体变得强壮。与此同时，美妞不断地提升自己内在的思想和灵魂，她做完工作以后，就开始看书、弹琴，或者一边纺纱一边唱歌。在家庭处于困境中时，美妞想尽办法贡献力量去维持家庭的安稳，还不忘将自己提升为一个优雅的淑女。

美妞乐观而知足，满足于在家庭空间当中发挥自己的能力，而不是处处向外界显露自己的才华，由于美妞的勤劳温顺，父亲破产后，美妞虽然穷得没有一分钱，依然有好几位绅士来向她求婚。姐姐们则相反，她们认为自己美丽的外表能够吸引许多追求者，但事实并非如此，“大家都这样说：‘她们不值得我们怜惜。把她们的傲气打下去，我们才高兴呢。让她们到乡下去一边放羊一边摆贵妇人的架子吧！’”①美妞则不同，大家认为：“我们很同情美妞的不幸遭遇，因为她是个那么好心的姑娘。她那么温柔，那么诚恳，对待穷人又是那么善良。”②可见对于女性而言，人们更看重的不是她的物质财富，而是美好的品行。

是否拥有美好的品行正是美妞与姐姐们差异的根源，这一点在姐妹们请求父亲带礼物的情节中得到强化。父亲要出门进城去，姐姐们要求父亲为她们带回连衣裙、皮披肩、帽子和各种各样的物品。美妞则一心为父亲着

①② 《外国童话经典100篇》，叶君健等译，人民文学出版社2004年版，第52页。

想,她认为卖掉货物所得的钱还不够买姐姐们想要的东西,因此要求父亲为她带来一支玫瑰花。这一情节如同格林童话中的灰姑娘,灰姑娘要父亲回家时带回碰到他帽子的榛子树枝,而不是任何漂亮的衣物首饰,这便将精神与物质相对立起来,灰姑娘追求的是精神上的满足而非物质上的富足,美妞同样看重了这一点,美妞并非真的希望得到玫瑰花,她只想维持家庭的和睦,"并不是美妞想要玫瑰花,她只是不愿意突出自己来谴责姐姐们的举动罢了,不然姐姐们会说她不要东西是为了标榜自己"①。这里的"标榜"只说明美妞毫无其他欲望可言,杰克·齐普斯认为:"美女是无私的,或许这也正是她在故事中没有名字的原因。她是无名的,所有的女孩都应当成为'美女',即成为无私的和无名的。"②无私的美德使美妞没有踏入外部花花世界的欲望,因为她不认为自己有所缺失,在《女人的职业》中,作家弗吉尼亚·伍尔夫描述了"家庭天使":"她相当惹人喜爱,有无穷的魅力,一点也不自私,在家庭生活这门难度极高的学科中出类拔萃。每天,她都牺牲自己。如果餐桌上有一只鸡,她拿的是脚,如果屋里有穿堂风,她准在那儿挡着。"③美妞便是如此,但不幸的是,父亲不巧走到怪兽的花廊中摘了玫瑰,因此美妞一家的生活才发生了变故。

总体而言,构成美妞美德的核心便是她的无私无名,无欲无求,这是人们理想中的女性。在夏洛蒂·勃朗特与乔治·艾略特的小说中,两位女作家质疑了《美妞与怪兽》故事中对女性欲望缺失的描述。

《简·爱》中的简·爱最后成为又瞎又残的罗切斯特的帮助者和拯救

① 《外国童话经典100篇》,叶君健等译,人民文学出版社2004年版,第53页。

② [美]杰克·齐普斯:《作为神话的童话/作为童话的神话》,赵霞译,少年儿童出版社2008年版,第17页。

③ 乔继堂主编:《伍尔夫随笔全集》(III),王斌、王保令、胡龙彪、肖宇、童未央译,中国社会科学出版社2001年版,第1367页。

者，她的特殊之处首先在于她的内在美德超越了外在的物质条件，她也因此才赢得了罗切斯特的尊重与爱情。但是简·爱不同于美妞，她并没有被刻画成一个无欲无求的形象，美妞是一个内心充满阳光的女子，毫不在意姐姐们对她的敌意，姐姐们一边把所有的家务都压在她肩上，一边嘲笑她的灵魂低贱和愚蠢，并且辱骂她，在父亲受到怪兽的威胁，让他以死来抵偿偷摘玫瑰的过错时，姐姐们高声尖叫，大骂美妞为她们带来的灾难，可以说在美妞的生活里，不仅丝毫没有感受到姐姐们的亲情，姐姐们反而一直作为她的对立面而存在——排斥她、打压她。简·爱的早年经历同样并不美好，在盖茨海德府的舅妈家，简·爱被舅妈虐待，被表兄打骂，甚至受仆人的欺凌，她敢于和舅妈反抗，并且一心要脱离盖茨海德府的生活："你不是我的亲属，我很高兴。我这一辈子永远不再叫你舅妈。我长大以后也决不来看你；要是有谁问我，我怎么爱你，你又怎么待我，我就说，我一想起你就恶心，你对我残酷到了可耻的地步。"①由于顶撞舅妈，简·爱被送往劳渥德学校，在学校八年的学习和工作经历中，简·爱经受了种种不公正的对待，尽管在与谭波尔小姐和好友海伦的交往中学会了克制情感，谦逊顺从，但是渴望自由，主动行动而非被动等待的想法从未改变，当美妞对家中平静的农耕生活感到满足时，简·爱发出了这样的呼告：

> 说人们应该对平静感到满足，这是徒然的；人们总得有行动；即使找不到行动，也得创造行动。千百万人被注定了要处在比我的更加死气沉沉的困境中，千百万人在默默地反抗自己的命运。②

---

① [英]夏洛蒂·勃朗特：《简·爱》，祝庆英译，上海译文出版社 2006 年版，第 30 页。
② 同上书，第 101 页。

对简·爱而言，平静与死去无异，她用了反抗性的语言表明了自己对“死气沉沉”的生活的不满，事实上，简·爱追求的是和谐的人际关系，这种诉求体现在她人生的每一个阶段。在盖茨海德府期间，简·爱感到与周围的一切格格不入，在经历了“红屋子”事件后，她由于过度惊吓而生病了，只有家庭医生劳埃德先生愿意倾听她的心事，简·爱并不愿意错过这个讲述自己故事的机会：“孩子们能够感觉，可是不能分析他们感觉到的东西，即使在脑子里能够分析一部分，也还是不知道该怎么把分析的结果用言语表达出来。不过，这是我把自己的悲痛一吐为快的第一个也是唯一的机会，我生怕错过。”①在劳渥德学校期间，简·爱和其他学生们过着饥寒交迫的生活，严苛的学校纪律几乎让人喘不过气来，但是这里之所以给了简·爱以温暖，是因为简·爱遇到了能够与她达到精神上交流的师长和朋友，海伦与谭波尔小姐以平等客观的态度，允许简·爱讲述她在盖茨海德府的可怕经历，海伦与简·爱在谭波尔小姐房间里度过的美好夜晚成了让简·爱一生珍视的回忆，谭波尔小姐邀请她们吃了美味的茶点，她们围坐在炉火前谈论着古老的时代、遥远的国家、大自然的奥秘、各种书籍……此后斑疹伤寒在学校肆虐，海伦不幸染病不能出门，简·爱与一个名叫玛丽·安·威尔逊的女孩成了朋友，她们之所以能够愉快地相处，是因为“她喜欢叙述，我喜欢分析；她爱讲，我爱问；所以我们俩就如鱼得水，相处得很好；通过我们的交往，即使没有多少长进吧，至少获得不少的乐趣”②。在简·爱离开劳渥德学校，到了桑菲尔德府之后，她有菲尔费克斯太太和阿黛勒做伴，但在简·爱的内心深处，认为“最最美好的是，听任我内在的耳朵倾听一个无穷无尽的故事——这是个由我的想象不断创造和叙述出来的故事，

---

① ［英］夏洛蒂·勃朗特：《简·爱》，祝庆英译，上海译文出版社2006年版，第18页。
② 同上书，第70页。

我所祈求而在我实际生活中并不存在的插曲、生活、激情和情感，使这个故事变得生动有趣”①。前文已分析，简·爱的身上体现了灰姑娘和美妞共有的特质，即人的内在美德远远胜过外在的物质，但是简·爱又与美妞不同，对美妞而言，为他人着想，并努力为周围的人带来幸福安适的生活便会让她满足，简·爱有自己对生活的看法和渴望，她追求和谐平等的人际关系，渴望人格独立，在此基础上建立相互尊重的婚姻关系并且孜孜以求地为之奋斗。

在《弗洛斯河上的磨坊》中，女主人公麦琪也在追求她理想的人生，表面上看，麦琪比简·爱更加符合美妞的特征，麦琪生活的环境较为符合童话故事中的设定。在《美妞与怪兽》中，美妞与父亲之间血浓于水的父女关系令人动容，美妞遭到姐姐们的辱骂时，只有父亲赞赏她的忍耐精神，当父亲由于偷摘玫瑰花而不得不返回怪兽的宫殿接受惩罚时，美妞义无反顾地代替父亲去宫殿受死，在怪兽的宫殿期间，美妞心心念念牵挂的依旧是孤单的父亲，甚至为了陪伴父亲而忘记了要按时返回怪兽宫殿的约定。麦琪同样拥有对她慈爱有加的父亲，麦琪在九岁时由于冲动而剪掉了长发，引来了母亲的尖叫和姨父姨妈的责备，只有父亲对她说：别哭了，爸爸会帮你的。这一刻对麦琪而言很重要，她感受到了来自父亲的宽容与爱：“多么慈爱亲切的话呀！麦琪再怎么也忘不了她父亲‘帮她’的这些时刻；她把这些时刻牢牢地记在心头，隔了许多年以后，在别人都说她父亲惯坏了他的孩子时，她还会想到这些时刻。”②父亲教会麦琪如何毫无保留地付出和接受爱，如同无私的美妞，麦琪在父亲生意破产后生病时悉心照顾父亲，守在父亲床边，寸步不离。在父亲眼里，麦琪也是一个永远长不大的、需要保护的小女孩儿。

---

① [英]夏洛蒂·勃朗特：《简·爱》，祝庆英译，上海译文出版社 2006 年版，第 101 页。

② [英]乔治·艾略特：《弗洛斯河上的磨坊》，祝庆英、郑淑贞、方乐颜译，上海译文出版社 2008 年版，第 61 页。

正是爱的缘故，麦琪能忽略所爱之人的任何错误，她对哥哥汤姆说："要是你忘了什么，我一定会原谅你的——我不管你做了什么——我还是会原谅你，喜欢你的。"①对麦琪而言，"爱的渴望"是她的性格里最强烈的渴望。在小说伊始，读者便能看到麦琪对哥哥汤姆偶像化的崇拜，这使她从自我沉迷的白日梦中惊醒，"本来在麦琪看书看入了神的时候，只有很少几种声音会使她分心，可是汤姆的名字却有最尖厉的哨子声的效力。她顿时注意起来，眼睛里闪出光芒，好像一条斯凯猎狗疑心出了什么岔子，或是下了决心要不顾一切地朝任何不利于汤姆的人扑上去似的"②。为了哥哥汤姆，麦琪愿意做任何事情，甚至愿意长大以后照顾哥哥，为哥哥当管家，永远和他在一起。

父亲和哥哥都是麦琪心中深深依恋的对象，但是随着时间的流逝和家庭的变故，麦琪逐渐学会了放弃自我的欲望，学会了不断自我克制、自我约束甚至于自我牺牲。为了寻求心灵的寄托，麦琪开始阅读《基督年》，这本书对她的思想产生了超乎一般的影响——书中说：一个人如果放弃自己的欲望、满足于自己所拥有的一切，并且爱他人，为他人的幸福努力，那么他就会更幸福。因此，不管受到汤姆多么不公正的对待，为了不伤害父亲和哥哥的感情，更不想破坏自己在周围人眼中的名誉，麦琪选择了克制，放弃了自己与费利浦的感情，尽管这对麦琪和费利浦而言都弥足珍贵。当麦琪与表妹露西的未婚夫斯蒂芬一见钟情时，她坚决地抵制住了与斯蒂芬私奔的诱惑。小说最后，无情的洪水来临，麦琪奋不顾身地划船去救汤姆，即使两人乘坐的小船沉没了也在所不惜，她以自己的生命为代价来赢得哥哥的谅解。这种自我克制和自我牺牲精神可以使麦琪成为一个理想的家庭女性，并使她更好地确立自己的性别角色。但是，小说更多地表现了麦琪对爱的渴望，而

① [英]乔治·艾略特：《弗洛斯河上的磨坊》，祝庆英、郑淑贞、方乐颜译，上海译文出版社 2008 年版，第 31 页。

② 同上书，第 12 页。

不是她自己对他人无私的爱与付出，因此，麦琪的爱更多地表现为剧烈的、被外界所阻碍的欲望。

这种欲望使麦琪变得极为感性，有时甚至变为激烈的情绪发泄。在小说描述麦琪童年与汤姆的经历时，麦琪对汤姆的爱与付出并不温和，而是充满了暴力，麦琪将自己的蜡娃娃当作哥哥汤姆的替代品，她对蜡娃娃的态度就表达了对汤姆的态度，小说中不止一次讲述了麦琪与蜡娃娃的关系，她与蜡娃娃在一起的时刻，恰好都与汤姆有关："她在汤姆不在家的时候，偶尔高兴起来就会去玩它一下，不过她不大注意它的装饰，仅仅是滥施热情地拼命吻它，吻得那蜡制的两颊露出了憔悴和不健康的颜色。"①汤姆即将被送去学校时，麦琪知道学校太远而不能常常见到汤姆，她把蜡娃娃头朝下地抱着，把它的鼻子压在木头椅子上压坏了。当麦琪不被允许和父亲一起坐马车到中学去接汤姆，她感到失望并且到顶楼上找到了娃娃并拿它出气，不难看出，这是一种奇怪的恋物行为，在这种行为当中同时隐含着毁灭之恨与养育之爱，玩偶既是麦琪宣泄情绪的对象，也是她怜惜爱护的对象：

> 因为长期代人受罪，这个木娃娃已经完全坏了。钉在它头上的三根钉是麦琪在九年人生的斗争里遭遇过的几次大不幸的纪念——这种痛快的雪恨方法，是从《圣经·旧约》里雅亿钉死西西拉的图画中得到指点的。最后一根钉钉得比以前更凶，因为那一次木娃娃代表的是葛莱特姨母。但是隔不了多久，麦琪就想到，要是她钉了许多钉子，她把它往墙上撞的时候，就不会想象到这个头会痛了，而且在她怒气平息以后，也不可能去安慰它，去假装替它敷药了；因为即使是葛

---

① [英]乔治·艾略特：《弗洛斯河上的磨坊》，祝庆英、郑淑贞、方乐颜译，上海译文出版社2008年版，第15页。

莱特姨母吧，如果受了太多的伤，又丢尽了脸向她外甥女求饶，也是够可怜的。①

在玩偶的身上呈现了麦琪对爱的渴求，对汤姆的感情便是如此。对爱的执着也许与麦琪的经历有关，如同简·爱，麦琪的成长环境令人同情——周围没有人欣赏她，她处处受到冷遇，她的生活时时充满了挫败感，这个过程充满了痛苦的挣扎、矛盾和反思。

童年时期，到了该入学的年龄，哥哥汤姆能够获得接受教育的机会，被送去斯特利牧师那里读书。麦琪是女孩子，对她的教育依照社会所公认的对女性的要求，遵从种种令人窒息的禁锢与限制去扮演"家庭天使"的角色。但是麦琪偏偏不像一个"家庭天使"，她曾经出于嫉妒，把干净又漂亮的露茜推倒在牛踩过的泥水里，然后逃到很远的吉普赛人驻地，因为她想以此来报复汤姆和其他总是指责她的亲戚们。父亲准备跟"仇人"威克姆打官司的时候，麦琪却和威克姆的儿子费利浦之间产生了懵懂的爱情，由于她与费利浦偷偷交往，令哥哥汤姆大发雷霆，麦琪也极力为自己辩解。麦琪一直挣扎在对受教育权的争取、对自由爱情的渴望以及家庭对她的期望的冲突之中。麦琪与简·爱相似，可以跨越阶级界限，无视经济地位的重要性，更加看重人与人之间密切的关怀与温情。为了突出麦琪的与众不同，作家乔治·艾略特塑造了一个与麦琪对位的女性露西，从惯常的角度来看，露西比麦琪更加符合理想的女性气质，露西这一类女性在童话中更容易得到幸福的结局。

童年时的麦琪并不讨人喜欢，她聪明又倔强，常常由于淘气而受到责骂，露西则相反，从她的外表中看不到不和谐，而是完美的秩序："露西什么

① ［英］乔治·艾略特：《弗洛斯河上的磨坊》，祝庆英、郑淑贞、方乐颜译，上海译文出版社2008年版，第23页。

都可爱——她那圆圆的小脖子，戴着一串珊瑚珠子，她那笔挺的小鼻子，一点都不扁；她的清秀的小眉毛，颜色比她的鬈发稍微深一些，和她的淡褐色的眼睛很相配。”①露西不仅外表可爱，塔利弗太太还夸奖露西平和的性格：假如叫她坐在凳子上，她就会在那儿一连坐上个把钟头，决不要求离开。没有人会不喜爱露西的乖巧，成年后，在斯蒂芬眼中，她也是最理想的妻子——多才多艺，温柔多情。在这方面，露西比麦琪更加符合“美妞”形象的标准。

麦琪的母亲和姨妈在赞赏露西的乖巧平和时，必然会责备麦琪的不安分，露西的存在使麦琪总是被人忽视和嫌弃，两人的外表都形成了强烈的反差，麦琪站在露西旁边的时候，总是显得比平时还要黑上一倍，将她们二人做对比，犹如一条粗野的长得过大的小黑狗和一只小白猫对比一样。如果说露西是温顺美好的化身，那么麦琪便是叛逆顽劣的代表，麦琪嫉妒汤姆对露西的偏爱，将露西推到了牛踩过的烂泥地里，麦琪也由此破坏了露西留给众人的完美形象，“使蒲来特姨夫又一次吞下菱形糖的那个惊人东西，不是别的，而是小露西。她的半边身子从小脚直到帽顶全都湿透了，还沾满了泥，两只乌黑的小手伸着，一脸可怜相”②。麦琪通过这种方式，使露西的外表和她自己一样狼狈，招人厌烦，但是在麦琪的内心深处，她对露西并不排斥，甚至认同了露西身上的美好特质，希望自己能够成为露西，并在想象世界当中加入了露西：

麦琪总是很愉快地望着露西。她喜欢幻想一个异质的世界，在那个世界里，人永远是像她们一样小的孩子，不会再长大，她把那儿的女

---

① [英]乔治·艾略特：《弗洛斯河上的磨坊》，祝庆英、郑淑贞、方乐颜译，上海译文出版社 2008 年版，第 54 页。

② 同上书，第 88 页。

王想象成一个和露西一模一样的人，头上戴着一顶小小的王冠，手里握着一根小小的王杖——不过这个女王就是有了露西的相貌的她自己。①

但这只是一个梦想，麦琪永远不能让自己成为露西，露西温顺安静，善解人意，对她而言，最开心的事情莫过于能舒舒服服地休息几天，什么也不干，这种波澜不惊的生活对喜欢行动的简·爱而言是不可思议的，麦琪曾经也不适应这种生活。但在麦琪成年后，面对父亲的破产、哥哥的疏远和母亲的怨天尤人，麦琪的性格发生了变化，她变得死气沉沉，忧郁而且单调，更加内向了。麦琪并不快乐，她曾经能够从书本中创造自己的梦幻世界，生活却一次次将她拖回现实，她无法理解自己为什么要过令人窒息的、单调枯燥的生活，她只能压制内心的热情，让自己变得温柔和安详，激情犹如一道潜流，永远被隐藏在了平静的外表下，接近成年的麦琪像换了一个人，"人家也许会以为她不止十七岁——也许是因为她眼光里那种呆滞、顺从的忧郁神情，以前的不安和探索的神情已经消失了……可是看到她，你就会感到不安，感到两种相反的因素即将引起剧烈的冲突"②。麦琪与美妞不同，在内心深处，麦琪并不安于波澜不惊的生活。

从对女主人公的重新塑造当中可以看出，夏洛蒂·勃朗特笔下的简·爱渴望有行动的生活，而乔治·艾略特塑造的麦琪在平静的外表下，依然有着对新生活的渴望，因此，两位女作家也将从不同角度重写美妞与怪兽的故事。

---

① [英]乔治·艾略特：《弗洛斯河上的磨坊》，祝庆英、郑淑贞、方乐颜译，上海译文出版社 2008 年版，第 54 页。

② 同上书，第 277 页。

第二节　怪兽的“罪与罚”

在博蒙夫人的童话故事中，如果说美妞代表了天真无知、无欲无求、家庭和谐，那么怪兽则是促使美妞超越和远离家庭的力量，怪兽的外表丑陋又强壮，看上去令人恐惧，由于长期在宫殿中独居，没有亲人相伴而变得孤僻古怪，他不敢走出宫殿向外界展露自己的真实面目，这也暗示了他本性中的一部分并不为人所知。对美妞而言，生活在宫殿中的怪兽本身就是一个充满了未知的异数，他过着与世隔绝的生活，神秘莫测，但是经过与美妞的交往，他从蛮横的怪兽转变为举止得体的绅士，这是怪兽被家庭化的过程，也是将“怪兽”与“绅士”这一组对立的形象融合为一体的过程。

怪兽的出现看似出于巧合，美妞的父亲在破产之后带着孩子们搬到了乡下，又去了城里交易货物但是失败了，在回家途中遇到暴风雪迷了路，正当这位商人走投无路，担心自己会被冻死饿死，或者被森林中嗥叫的恶狼吃掉的时刻，从林中一道狭长小道的尽头闪着光，原来这是从一座金碧辉煌的宫殿中透出的光。灯光指引着商人走出了暴风雪，并且来到了宫殿，这里成了他的庇护之所，他找到了自己所需的所有物品，他先在马厩里为自己的马找到了草料和燕麦，又在大厅里找到了足以果腹的丰盛的饭菜，在卧室里睡了一夜，第二天有人为他准备了新衣服，还有午饭供他上路。显而易见，宫殿主人的社会和经济地位高于商人，即使是当怪兽出现在商人面前，并危及商人的性命时，这种地位的优越感依旧存在。因为商人偷摘了怪兽花园里的玫瑰，怪兽便要求商人以死来偿还他的损失，但是怪兽也懂得适时地满足商人的需求，他说：“我不想让你空手回去，你到昨晚过夜的卧室里去，那里有一只很大的空箱子，你可以把你所喜欢的东西全装在里面，我将把它送到你的家里。”①通过帮助美妞的父亲渡过经济上的难关，怪兽承担了社会规范所认可的男性责任——供养女性的家庭，之后的故事情节就要开始检验美妞是否能够符合理想的女性标准。

当然，怪兽并非一直蛮横粗暴，他之所以生气，是因为商人偷摘了他的玫瑰，玫瑰本身并不值钱，但在怪兽心中的位置远远胜过财宝，怪兽便以此为由要挟商人，他的语言有一定准确的事实陈述，但又带有误导性：“我在我的城堡里接待了你，救了你的性命，而你却偷走我的玫瑰花——世界上没有别的东西比这玫瑰花更让我心爱了。现在，你只有以死来抵偿这一过错。”②他珍视玫瑰胜过其他一切财产，事实上暗示着怪兽爱惜自然、爱惜所有能让他的精神感到愉悦的东西，这一切由“玫瑰”这一意象所代表，因此看似平凡无奇的玫瑰远比物质财富更加宝贵。怪兽看重自然界的馈赠，珍视精神上的满足，这样一来，怪兽和美妞有了一定的相似之处。商人受到了怪兽的威胁，如果商人的女儿愿意来代父受死，那么就需要这个女儿具备一切女性的美德：甘于牺牲自我，无私地保护家人，也正是这些美德将暴烈粗野的怪兽转变为和谐家庭的维护者。商人回家后，并未直接将美妞送给怪兽，反而将主动权交给了美妞：或者代父亲受死，或者将父亲送回怪兽身边，这样看来，美妞此时的遭遇类似于古代神话中塞姬的故事。

从前有一个国王，他有三个女儿，她们都长得很漂亮，尤其是小女儿赛姬更是美貌非凡。众人对她赞赏不绝，甚至冷落了爱神维纳斯。维纳斯心生妒火，找来儿子小爱神丘比特帮忙，要他用神力使赛姬爱上世间最可憎的动物。然而事与愿违，丘比特非但没有加害于赛姬，反而被她的美貌倾倒，爱上了她。之后，赛姬没有爱上可怕的动物，也没有爱上任何人，更奇怪的

---

① 《外国童话经典100篇》，叶君健等译，人民文学出版社2004年版，第55页。
② 同上书，第54页。

是居然也没有人爱上她。倒是她的两个姐姐先后出嫁了。赛姬的父亲为她的婚事来到阿波罗神庙求助神明。阿波罗按照丘比特的意思告诉他，赛姬必须穿上丧服，独自到山上，她命中的丈夫是一条大蛇。赛姬听了父亲带回来的消息并没有害怕，独自上了山。晚上，她被一阵风吹到了一座豪华的宫殿前，有声音对她说，这是为你准备的。赛姬在宫殿里过着神仙般的生活，她感到晚上有丈夫和她在一起，但被告知不能见他。过了很久，赛姬的两个姐姐来到山上，她们久别重逢，非常高兴。赛姬带她们参观宫殿，用最好的饭菜招待，然而却换来她们的嫉妒。她们告诉她，她的丈夫不是人，是阿波罗预言的一条大蛇。赛姬听了非常害怕，决定违背诺言偷看一下。到了晚上，她趁丈夫睡着后，点上油灯，走到床前，惊讶地发现床上是一个美少年。她的手在颤抖，不小心一滴灯油掉到少年的肩上，少年醒了，告诉她自己就是丘比特，但因赛姬违约而离她而去。丘比特回到母亲那里养伤，维纳斯知道儿子竟然爱上赛姬，因此大怒。维纳斯罚赛姬为奴做苦工，并不让她见丘比特。一次赛姬被派往阴间为维纳斯取物，结果受困于阴间，昏迷不醒。这时丘比特来到阴间，救活赛姬。最后在天神宙斯的帮助下，丘比特和赛姬正式结婚，宙斯还亲自拿出仙丹给赛姬，使她吃了长生不老。

相比于美妞，塞姬的命运是注定了的，她已被爱神施法而难逃厄运，美妞的命运掌握在自己手中，她可以选择不去怪兽的宫殿，但她选择了前往宫殿迎接未知的命运，这是美妞一贯乐观精神的表现，因为她知道在困难面前，除了勇敢面对之外，别无他法："为什么我要哭父亲死呢？他不会死的。既然怪兽同意由他的一个女儿代替他，我情愿把自己送进虎口。我会感到幸福的，因为我将愉快地用自己的死来拯救我的父亲，用这个行动来表示我对他的爱。"①这样一来就更加凸显了美妞的牺牲精神，但是父亲并不赞同，

① 《外国童话经典100篇》，叶君健等译，人民文学出版社2004年版，第55页。

他知道美妞对他的爱能够减轻自己的痛苦，但是他不能让心爱的女儿白白送死。父亲认为既然自己已经老了，即使是去怪兽的宫殿送死，也不过是少活几年，美妞的哥哥们打算与怪兽搏斗时，父亲告诫孩子们：要战胜怪兽是没有任何希望的。杰克·齐普斯认为："美女既可能因为她的勇气而得到褒奖，同时也可能因为她服从了父亲和野兽这两位男性的意志而遭到鄙薄。看情形，仿佛美女的确是主动寻求被统治，并因她高尚勇敢的顺从行为而得到夸奖。"①美妞坚持代替父亲前往，并且告诉父亲：既然怪兽同意由父亲的一个女儿代替，那么她情愿把自己送进虎口。正如杰克·齐普斯所言，此刻的美妞依旧在寻求被男性所统治，因为美妞并无自发的主体意识，她只是将自己置于理想的家庭系统当中：能够牺牲自己换回父亲的性命，这正是自我的价值所在。

美妞形象符合十九世纪英国思想家约翰·斯图尔特·穆勒对女性的概括：

> 所有妇女从最年轻的岁月起就被灌输一种信念，即，她们最理想的性格是与男人的截然相反：没有自己的意志，不是靠自我克制来管束，只有屈服和顺从于旁人的控制。一切道德都告诉她们，女人的责任以及公认的多愁善感的天性都是为旁人活着，要完全地克己，除了同她们喜爱的人之外，没有其他生活。②

从这一点上看，外在的各种权威始终规训着美妞，使她失去确认自我的

① [美]杰克·齐普斯：《作为神话的童话/作为童话的神话》，赵霞译，少年儿童出版社2008年版，第18页。

② [英]约翰·斯图尔特·穆勒：《妇女的屈从地位》，汪溪译，商务印书馆2007年版，第300页。

机会,美妞对父亲的奉献精神也反映了社会公认的准则,因为就生命的价值而言,男性的价值远远胜过女性的价值,美妞牺牲自己去挽救父亲是正确的、合乎社会惯例的做法,在这里美妞的个人意志不重要,她除了挺身而出挽救父亲,别无选择。

到了怪兽的宫殿之后,美妞发现情况并不像自己之前想象的那么糟,怪兽为她准备了陈设精美的房间,可口美味的饭菜,并且告知她:你可以随心所欲地支配一切,你就是这里的王后和主人。当她提出思念父亲时,怪兽帮她施了魔法,她可以从镜中看到父亲在家的场景。尽管如此,美妞依然相信怪兽将杀死她并吃了她。随着时间的流逝,美妞慢慢接受了怪兽,将怪兽看作社会化的存在物,因为怪兽对她是如此细心周到,与怪兽生活了一段时间,美妞每天都从怪兽身上发现新的好品质,好品质远远胜过外貌的丑陋,美妞不仅习惯了怪兽的外表,并且在每次见到对方时一点也不觉得害怕了。美妞从魔镜中看到父亲生了病,便第一次提出了自己的愿望,"'也许我可以答应你永远不离开你,'她对怪兽说,'但是我渴望重新见到我的父亲。如果你拒绝我的这个愿望,我就会郁闷而死的'"①。怪兽答应了这个要求,允许美妞回家照看父亲,怪兽的变化让美妞感到他离文明社会又近了一步。

在《简·爱》中,怪兽形象罗切斯特似乎同样与社会惯例不符,他身为贵族的一员,并未依照人们的主流观念而爱上贵族女性,简·爱也不同于美妞,因为她有自己对生活的要求,她对怪兽形象——罗切斯特的态度也不同于美妞,罗切斯特同怪兽一样从一开始误导了简·爱,使得简·爱将他当作怪兽一般暴力专横的人。

罗切斯特的外表的确有着怪兽的身形。简·爱在干草村与罗切斯特的初遇,便与超自然的因素相关,罗切斯特骑着马,带着狗出现在简·爱面前

① 《外国童话经典100篇》,叶君健等译,人民文学出版社2004年版,第60页。

的小路上时,叙述者说:

> 我想起了白茜讲过的一个故事,说的是英国北部的一个妖精,名叫“盖特拉希”,它变成马、骡子或者大狗的模样,出没在荒僻的路上,有时候袭击天黑了还在赶路的人,就像这匹马现在向我袭来一样。①

罗切斯特渐渐走近,简·爱发现她遇到的并不是什么“妖精”,而是一个真真切切的人,尽管当时的恐怖气氛被打消了,但是在以后的故事情节发展中,罗切斯特与怪兽的对应关系依旧存在。当罗切斯特向简·爱讲述阿黛勒的身世时,他并不认为阿黛勒是自己的亲生女儿,因为从阿黛勒的身上看不出她继承了罗切斯特的容貌,反倒是派洛特更像罗切斯特本人。派洛特是罗切斯特豢养的一条大狗,外形与怪兽无异:它完全是白茜所讲的故事中妖精盖特拉希的一个变形,是像狮子一样的动物,鬃毛很长,头很大,这是罗切斯特主动将自己与怪兽相比拟。此后在桑菲尔德府的聚会期间,简·爱见到了疯妻子伯莎的弟弟理查·梅森,通过比较,简·爱更加认识到罗切斯特与其他男性的不同,“我拿他和罗切斯特先生比较了一下。我想(就带着尊敬来说吧),肥鹅和猛鹰之间,温和的绵羊和毛皮蓬乱、目光犀利的看羊狗之间的对比也不可能比他们之间的更鲜明了。”②简·爱不仅比较理查·梅森与罗切斯特的差别,还将其他客人也做了一番评判:利恩兄弟风流倜傥、英格拉姆勋爵恬淡仪表、丹特上校英姿焕发……罗切斯特与他们相比,相貌难看且神情忧郁,这恰恰是怪兽所具有的特征,尽管他是贵族,却毫无贵族身上的矫饰之气。

---

① [英]夏洛蒂·勃朗特:《简·爱》,祝庆英译,上海译文出版社 2006 年版,第 103 页。
② 同上书,第 179 页。

美妞初到宫殿时,认为怪兽是危险的存在,她见到怪兽时战战兢兢,生怕自己说错话,做错事会让怪兽生气,并且努力将怪兽与自己相隔离。但是简·爱不同,她通过怪兽——罗切斯特确认了自己的身份。每每见到罗切斯特时,简·爱认为自己并不对这位主人感到害怕,只是有点儿羞怯而已。为什么会这样呢?因为简·爱本身并不符合美妞的外形气质,她是一个长相平凡的女家庭教师,在外表上没有任何过人之处,美妞之所以被称为美妞,是因为她非常的美丽善良。简·爱也与里德夫人、布兰奇·英格拉姆小姐等人所代表的贵族社会格格不入,她始终是贵族圈子的旁观者,在盖茨海德府时如此,在桑菲尔德府中亦然,简·爱深知自己并不属于贵族们浮夸矫饰的世界。桑菲尔德府的派对上,简·爱独自坐在窗口的位置,远远地观看贵族太太小姐们的狂欢,一如童年时坐在窗台上孤单阅读的简·爱。因此怪兽般的人物罗切斯特反倒使简·爱感到舒适和自在,“我几乎从来没看见过一个漂亮的青年,一生中也从来没同那样的人说过话。我对于美、文雅、殷勤、魅力,抱有一种理论上的崇敬;但是,如果我遇到这些在男人形体中具体化了的品质,我就会本能地知道:它们同我所有的一切都没有也不可能有一致的地方,我就会躲开它们,像人们躲开火、闪电或者任何其他亮而可怕的东西那样”①。能够吸引简·爱的不是文雅殷勤的绅士,而是如“猛鹰”“看羊狗”一般的罗切斯特,而且通过观察,简·爱发现其他贵族女性对罗切斯特留下的印象与自己对他留下的印象完全不同,简·爱懂得罗切斯特的面部表情和一举一动的意思,她明白了一点:跨越了社会地位和财富,罗切斯特与自己在精神上是相似的,他并非“他者”,而是同类。

简·爱与罗切斯特的初遇,也满足了她渴求行动的愿望,简·爱在帮助摔伤的罗切斯特后回到了桑菲尔德府,这时罗切斯特已先于她到家,简·爱

① [英]夏洛蒂·勃朗特:《简·爱》,祝庆英译,上海译文出版社 2006 年版,第 104 页。

并不知道她帮助过的绅士便是桑菲尔德府的主人，但她已经注意到了府中气氛的变化，正从外面世界来的一条小河流过了桑菲尔德府——主人回家了，这是简·爱生活中的一个变化，比起之前与菲尔费克斯太太和阿黛勒做伴的日子，简·爱更喜欢这个变化。简·爱所面对的新生活不是刻板的生活秩序，或是家庭成员对她的庇护，而是一个更加鲜活的生命，一种更有趣的生活状态："你的生活，先生，这种生活比起我的生活来，要广阔和活跃得多，犹如大海的深处要比流入大海的小河的浅处广阔和活跃得多一样。"① 这样一来，罗切斯特的出现为简·爱的生活注入了新的色彩，当简·爱对罗切斯特表现出同情与关心时，罗切斯特依旧是一个神秘的存在。如果怪兽保持着神秘感，只是为了等待美妞发现他的真实面貌，那么罗切斯特是有意将自我神秘化，他将自己伪装起来，使得简·爱时时对他保持着好奇之心。罗切斯特首先在简·爱的面前带入一个高贵美丽的贵族小姐布兰奇·英格拉姆，通过与布兰奇传出婚事，成功地引发了简·爱的嫉妒之情，但是她又发现布兰奇并不能吸引罗切斯特，这时的简·爱置身于无休止的激动和令人痛苦的抑制之中，因为简·爱恰恰能够从布兰奇的失败之处看到使之成功的方法，但是她不能采取行动去向罗切斯特表白，这时，罗切斯特假扮为吉普赛老妇人，引诱简·爱说出她的心事……更为可怕的是，罗切斯特向简·爱隐瞒了一个骇人的秘密：他早已娶了伯莎·梅森，伯莎才是他的合法妻子。

从外形上，伯莎更像一个怪兽，这是传说故事中才可能出现的人物，她的弟弟理查说她像一只"雌老虎"，罗切斯特称之为"恶劣的野兽般的疯子"，而简·爱在阁楼上看到伯莎时的情景强化了这一点：

---

① ［英］夏洛蒂·勃朗特：《简·爱》，祝庆英译，上海译文出版社 2006 年版，第 267 页。

屋子的那一头，有一个身影在昏暗中来回跑着。那是什么呢，是野兽还是人？乍一看，看不清楚；它似乎在用四肢匍匐着；它像个什么奇怪的野兽似地抓着、嗥叫着；可是它又穿着衣服；密密层层的黑发夹杂着白发，蓬乱得像马鬃似地遮住了它的头和脸。①

罗切斯特能够与伯莎这样一个分不清是兽是人的女性结合，使得罗切斯特更加具有怪兽的特征。首先，罗切斯特为了得到简·爱的爱情，着力隐瞒他已婚的事实，当年罗切斯特与伯莎的婚姻并非出于爱情，罗切斯特是家中次子，父亲的财产将由兄长继承，因此只能通过与有钱人家联姻来保住经济地位，在罗切斯特的父亲和兄长的共同安排下，伯莎的本性被掩盖起来了，“他们让我在舞会上看到她；她穿着华丽。我难得单独见到她，也很少跟她个别交谈。她奉承我，为了取悦于我，过分地卖弄她的魅力和才艺。她那个圈子里所有的男人似乎都爱慕她，嫉妒我”②。这一切迷惑了罗切斯特，让缺乏社会经验的他自认为已经爱上了这个种植园主的女儿。罗切斯特并未从这段婚姻中感到幸福，因为在他眼中，伯莎具有他所看见过的最粗野、最下流、最腐化的性格，但是在法律的约束下，他又不得不维持与伯莎的夫妻关系。这样罗切斯特就为自己的行为找到了理由，既然伯莎是一个粗野下流腐化的女性，那么罗切斯特只有将她禁闭，通过武力去制服伯莎，因为伯莎一旦被曝光，那么便会威胁到罗切斯特当下和未来的生活。在桑菲尔德府聚会期间，伯莎袭击了自己的弟弟理查，理查的喊叫声惊醒了其他客人，罗切斯特说：“女士们，离开点，不然我就变得危险了。”③事实也是如此，他的黑眼睛射出火花，并显示了怪兽的特征，想要简单粗暴地达到自己的目

① [英]夏洛蒂·勃朗特：《简·爱》，祝庆英译，上海译文出版社2006年版，第279页。
② 同上书，第292页。
③ 同上书，第195页。

的，由于害怕理查会向简·爱道出自己受伤的原因，罗切斯特警告理查："如果你和她说话，张开嘴——使你自己激动，那对你的生命是有危险的，我可不对这后果负责。"[①]在简·爱知道了伯莎的秘密，准备永远地离开桑菲尔德府，离开罗切斯特时，罗切斯特的反应犹如野兽一般地可怖：他的声音变得嘶哑，神情就像是一个要挣脱难以忍受的束缚的人，他不顾一切，像发疯般放肆。对罗切斯特而言，伯莎的存在表明了他的约束与控制的无效。当伯莎冲破罗切斯特的禁闭，逃出阁楼放了一把大火烧了桑菲尔德府，这种"发疯般的放肆"让罗切斯特出离于社会之外，让自己成了无法控制的另一个伯莎。

通过罗切斯特形象，作家夏洛蒂·勃朗特塑造了一个能够满足简·爱的渴望与要求的怪兽角色，简·爱更加倾向于怪兽罗切斯特而非其他人所代表的贵族世界。在《弗洛斯河上的磨坊》中，作家乔治·艾略特则将怪兽分为两个角色：一个是费利浦，外表残疾且出离于社会秩序之外，另一个是斯蒂芬，外表英俊但挑战了社会习俗。当美妞角色麦琪试图带领费利浦和斯蒂芬进入家庭和社会的秩序当中，这两位怪兽角色带着麦琪远离这一秩序之外，这使得麦琪最终超越了自我。

费利浦自幼驼背，他无法像其他男孩子一样进行多种多样的户外活动，他只能默默培养自己的才华，他会画画，懂拉丁文、数学，还会讲许多汤姆不曾听过的故事……在学校里，费利浦总能比汤姆更快地领会知识，这些都让汤姆惊叹不已。费利浦还有音乐方面的才华，可以坐在钢琴前自编歌词，自弹自唱。身体的残疾让费利浦成了被其他男孩子排斥的对象，造就了敏感自尊的性格，这些也让他更加渴望得到心灵上的慰藉，从自己的缺失之处寻找外界的认同感。

---

① [英]夏洛蒂·勃朗特：《简·爱》，祝庆英译，上海译文出版社 2006 年版，第 198 页。

正如麦琪最初对爱的强烈渴望使她不符合美妞的女性气质，费利浦的残疾也使他不符合社会认可的男子气质。如同《简·爱》中的罗切斯特，费利浦被描绘为具有动物特质的人，不同于罗切斯特的粗暴坦率，费利浦的动物特性体现为温顺而友善，不会对外界造成任何威胁，费利浦与面目可怖的怪兽不同，他的特质恰好是麦琪所喜爱的：

> 麦琪对一切有残疾的动物都很温柔；她特别喜欢歪脖子的小羊，因为她觉得强壮结实的羊不大在乎人对它们的爱抚；而且她又特别喜欢抚爱那些高兴让她抚爱的动物。①

某种程度上，费利浦身体上的虚弱满足了麦琪抚爱弱者的渴望，这是一个对他人毫无威胁和恶意的怪兽。费利浦甘心屈从，将自己设定为一只温顺的动物——小狗雅泼，费利浦与雅泼都是不被人所重视的存在，麦琪说："它是条很古怪的小狗；除了汤姆和我以外，谁也不关心它。"费利浦只有苦笑着问："麦琪，你会像关心雅泼那样关心我吗？"②这种主动将雅泼与自己相联系的言语，表明了在费利浦的内心深处需要关心和依靠，他更愿意做一个被保护者而非保护者。

费利浦在麦琪的身上寄托了自己对生活所有美好的期待，尽管他们的父亲之间有诸多矛盾，但这并不妨碍他们的感情，费利浦尤其渴求这一点，当麦琪劝他放弃自己的愿望，默默忍受命运的安排时，费利浦向麦琪敞开了心扉："我认为：只要我们是真正活着，我们就绝不可能放弃渴望和愿望。有些事物我们认为是美丽的、好的，我们就一定会追求它们。……我没有一个

---

① [英]乔治·艾略特：《弗洛斯河上的磨坊》，祝庆英、郑淑贞、方乐颜译，上海译文出版社 2008 年版，第 162 页。

② 同上书，第 169 页。

能让我推心置腹倾诉一切的朋友，没有一个人对我有足够的关心。”①所以他唯一渴望的事便是常常与麦琪见面，二人能够互相关怀与帮助，甚至幻想通过与麦琪的来往，在麦琪心里埋下爱情的种子。此时此刻麦琪的内心有所触动，她并不会爱上费利浦，而是希望发挥自我牺牲的精神让他走出孤独的阴霾，正如童话故事中美妞出于好意陪伴怪兽的情形，每当怪兽前来看望美妞并表达爱意时，美妞便起了怜悯之心："真遗憾，他长得那么难看，可他有多么好的心！"②

费利浦身上温顺的动物性使他更像一个被人同情的对象，而非怪兽那样令人感到恐惧。费利浦与麦琪在童年相遇时，他便看到了麦琪眼中的力量。费利浦自觉地将麦琪的眼睛与其他人的眼睛区分开："它们和别的眼睛不一样。它们就好像想说话——想说些体贴的话似的。我不喜欢别人多看我，可是，麦琪，我却喜欢你看我。"③尽管麦琪的注视并非出于爱情，他依旧渴望这种注视。当费利浦问麦琪是否会像爱汤姆那样爱他时，麦琪的回答很诚实，却对费利浦是个打击："因为我想我不会爱你胜过爱汤姆；不过我会觉得非常难过——为你觉得非常难过。"④在费利浦与麦琪的关系当中，二人的诉求并不对等，费利浦要求的是爱情，而麦琪所能给予的只能是朋友间的关心。在《美妞与怪兽》中，美妞对怪兽的感情一开始也满怀同情，在她回家照看生病的父亲时，才意识到自己非常思念怪兽，当初的同情已经在不觉间转化为了爱情，她答应嫁给怪兽，因此才有了一个皆大欢喜的结局，但是麦琪不同，她对费利浦的感情无法如同美妞那样发生转变，不仅如此，费利

---

① ［英］乔治·艾略特：《弗洛斯河上的磨坊》，祝庆英、郑淑贞、方乐颜译，上海译文出版社2008年版，第280页。

② 《外国童话经典100篇》，叶君健等译，人民文学出版社2004年版，第59页。

③ ［英］乔治·艾略特：《弗洛斯河上的磨坊》，祝庆英、郑淑贞、方乐颜译，上海译文出版社2008年版，第169页。

④ 同上书，第168页。

浦眼中的麦琪还具有怪兽的特征。

费利浦总是觉得奇怪，因为每当看到麦琪的黑眼睛，就会使他想起公主变野兽的故事来，他认为这是因为她的眼睛里表示出对智慧和爱情的渴望。麦琪变成了女版的怪兽，这样的描述会令读者想起童话故事里的一类“动物新郎”故事，按照贝特尔海姆的解释，这类动物新郎故事有三个特点：

> 首先，对于新郎是怎样变成和为什么要变成动物，人们不得而知；虽然大多数童话故事一般都要提供有关情况，但这一故事系列却对此避而不谈。其次，将人变成野兽的都是女巫所为，但她却没有为她的这些邪恶行径受到惩罚。最后，让女主人公去见野兽的是父亲本人；而女主人公舍命成行是出于对父亲的爱或者遵从父命；至于母亲的作用，显然是无关紧要的。①

最经典、流传最广的动物新郎故事便是《美妞与怪兽》，格林兄弟的《乌鸦公主》也具有这一特征，费利浦眼中的麦琪具有了动物性，贝特尔海姆指出：

> 当女性以动物形式出现时，她们的动物形态并没有任何危险的或令人厌恶的特征。相反，她们显得十分可爱。……由此似乎可以这么推断，一方面童话故事表明，没有爱和奉献的性行为是动物般的野兽冲动；另一方面至少在西方的传统观念里，当涉及女性时，性的动物般特征并没有危害性，甚至还是迷人的；只有男性方面的性才是野兽般粗野的。②

---

① [美]布鲁诺·贝特尔海姆：《童话的魅力——童话的心理意义与价值》，舒伟、丁素萍、樊高月译，社会科学文献出版社 2015 年版，第 433 页。

② 同上书，第 437 页。

在动物新娘故事里,“女性被魔法变成了动物,而她必须通过一个男性的爱和他坚忍不拔的勇气才能从魔法禁锢中解脱出来”①。因此,当费利浦将麦琪当作动物新娘时,便将自己放在了拯救者的角色。

事实上“公主变野兽”在小说中出现了不止一次,麦琪常常被描绘成野兽的样子。在家庭遭遇困境时,麦琪的眼睛里闪着光,就像一头小狮子的眼睛。麦琪又这样描述自己“我觉得自己真像在杂耍中看到的可怜的、不自由的白熊一样。它在狭小的地方前进后退已经习惯了,我看它一定呆透了,要是一旦给放了出来,怕还是只知道前进后退。我已经染上了老是不高兴的坏习惯”②。麦琪一会儿像小狮子、一会儿像白熊,对她的动物性的强调似乎暗示了她是等待被驯服的对象。麦琪的身上的确拥有一些兽性因子,但是她又在麻痹和约束自己的天性,费利浦深知这一点,他不止一次地告诫麦琪:“你把你自己禁闭在狭窄的、自己骗自己的狂热中,这只是硬把你天性中最崇高的力量变得迟钝来逃避痛苦……你也不是听凭命运摆布,你只不过想麻痹你自己。”③因此费利浦想借助爱情的力量帮助麦琪,释放被她所压抑的天性,避免她歪曲和摧毁自己的本性,但是在麦琪的心中,费利浦永远都是让她带着自我牺牲的精神去爱护的朋友。

麦琪明白自己对费利浦的感情永远无法转化为爱情,正因如此,当麦琪与费利浦偷偷交往的事情被汤姆发现之后,他们被迫分离时麦琪感到了“如释重负”,对于麦琪而言,比起与费利浦分离的伤心,欺骗哥哥汤姆才是更加让她心烦意乱的事。《美妞与怪兽》中,美妞在离开怪兽的日子里体会到了

---

① [美]布鲁诺·贝特尔海姆:《童话的魅力——童话的心理意义与价值》,舒伟、丁素萍、樊高月译,社会科学文献出版社 2015 年版,第 437 页。

② [英]乔治·艾略特:《弗洛斯河上的磨坊》,祝庆英、郑淑贞、方乐颜译,上海译文出版社 2008 年版,第 346 页。

③ 同上书,第 303 页。

自己对怪兽的牵挂，原来她已经在不知不觉中爱上了怪兽，她主动回到了怪兽身边。美妞尚且在离开怪兽之后牵挂怪兽的安危，麦琪则将费利浦当作了情感上的负担，因此麦琪注定无法成为费利浦生命中的美妞角色。

麦琪没有接受费利浦的爱情，因为她爱上了斯蒂芬，斯蒂芬的外表不同于怪兽而更像一个王子："是一位相当引人注目的年轻人，长着方正的前额，笔直的深褐色短发，发梢微微呈波浪形，就像一捆茂密的小麦，在颇具特征的平直的眉毛下面，闪烁着半带热情半带嘲讽的眼光。"①一开始，斯蒂芬选择将露西作为自己合适的伴侣，这意味着他选择了与社会规则相符合的一面：露西多才多艺、温柔多情，且不愚昧无知。但是遇到麦琪之后，犹如被小爱神丘比特的金箭所射中，斯蒂芬的感情世界发生了翻天覆地的变化，他爱上了麦琪。如果说外表残疾、性格温和的费利浦像一只顺服的小狗，那么外表英俊的斯蒂芬便是内心充满激情的怪兽，斯蒂芬的兽性因子更多地体现在他的内心深处。斯蒂芬对麦琪的爱情完全不受理性控制，这与露西的爱情完全相反，露西给他的感觉不是无序和疯狂，而是正常和有序，他认为自己"爱上了，已经完全爱上了露西，而且等于已经订了婚——像忠实的人应该始终不渝地遵守婚约一样"②。但是对麦琪的爱不同，这种爱情让他"如痴如狂"，正是麦琪引发了斯蒂芬真正富有激情的爱。斯蒂芬同样对麦琪造成了强烈的吸引力：

> 至于麦琪呢，她倒并没有什么明确的想法，只觉得好像有一头展开翅膀的鸟，黑夜里在她身边飞翔，因为她不敢抬起头来，除了咪尼乌黑

---

① [英]乔治·艾略特：《弗洛斯河上的磨坊》，祝庆英、郑淑贞、方乐颜译，上海译文出版社2008年版，第338页。

② 同上书，第377页。

的鬈毛以外，什么都看不见。①

当斯蒂芬被丘比特之箭所击中时，麦琪也体验到了爱情的滋味。派克大厦的舞会是斯蒂芬表露心意的时刻，斯蒂芬本来一直假装向露西献殷勤，看到麦琪的舞蹈时，他的心是诚实的，一边向女友露西献殷勤，一边贪婪地望着麦琪。斯蒂芬邀请麦琪与他一起到花房散步，斯蒂芬再也控制不住自己，冲动之下吻了麦琪的胳膊。这次舞会是二人关系的转折点，因为他们再也不能掩饰自己的感情，这一切好比美妞第一次进入怪兽的宫殿时，美妞所感到的恐惧，怪兽的欲望吞噬着美妞，一如斯蒂芬的欲望吞噬着麦琪。

斯蒂芬对麦琪爱的渴望将他从理性的王子转变为疯狂感性的怪兽。在派克大厦的舞会之后，麦琪知道自己必须远离斯蒂芬，否则就是对露西的不忠。麦琪在摩斯姑母家住了四天，她努力充当天使的角色，整日与表兄弟表姐妹们在一起，如同纯粹的智慧和美丽的化身。而斯蒂芬再也无法忍受思念之苦，前来探望麦琪，“那位先生骑了一匹高大的栗色马，马的两侧和脖子由于疾驰给一道道的汗水染黑了”②。“疾驰”的马表明了激情与力量，麦琪看到斯蒂芬时并不平静，她觉得头晕心跳，吓得就像见了装死后突然复活的凶猛敌人似的。“凶猛敌人”是野蛮的，这也暗示麦琪不可抑制地受到了斯蒂芬的吸引。从斯蒂芬身上，麦琪真正感受到了浓烈的异性之爱，斯蒂芬的突然来访打破了麦琪刻意安排的宁静，斯蒂芬用富于激情的语言向麦琪表白：

我已经被折磨到这种地步，我爱你已经爱得发狂，我因为想忠于

① ［英］乔治·艾略特：《弗洛斯河上的磨坊》，祝庆英、郑淑贞、方乐颜译，上海译文出版社2008年版，第375页。

② 同上书，第409页。

别的责任而扼捏着一个男人最强烈的感情，但是这一切好像还不够，你还要把我当作野兽看待，认为我故意冒犯你。要是我能自由选择，我一定要求你和我结婚，分享我的财产，支配我的生命，你爱怎么样，就怎么样！①

当然，斯蒂芬此处所指的“野兽”与童话中的怪兽不同，童话中的怪兽只是默默等待美妞爱情的眷顾，而斯蒂芬如同飞蛾扑火般地追求麦琪，斯蒂芬对麦琪爱的祈求是走向孤独与隔绝：“如果你爱我，像我爱你一样，我们应该为了相依为命抛弃一切。”②但是麦琪并未打算为了爱情而抛弃自己的过去，她拒绝了斯蒂芬，并一再提醒斯蒂芬：想想露西吧！麦琪认为斯蒂芬的做法邪恶且卑鄙，她认为爱情是出于自然的，但怜悯、忠诚和回忆也是出于自然的，每个人绝不能为了追求自己的幸福而牺牲别人。麦琪明白，假如自己选择了斯蒂芬，那么她会在冲动的摆布之下沉沦而变得毫无主见。斯蒂芬与麦琪追求爱情的目标并不一致，因此《美妞与怪兽》童话中的性别角色确立同样无法实现，斯蒂芬对麦琪的爱情只会让他更加像一个怪兽而非王子，麦琪也不能通过斯蒂芬而获取她所渴望的幸福。

麦琪的天性中有怪兽的一面，这一面在与费利浦的交往中得以呈现，她的身上同时也有着美妞自我牺牲的一面，这一面在与斯蒂芬的交往中得以呈现。由于麦琪身上具有怪兽的特征，因此而不能与费利浦结合，而麦琪天性中类似于美妞的一面，又使得她无法为了对斯蒂芬的爱情而抛开自己所属的家庭和过去。因此费利浦和斯蒂芬都无法满足麦琪冲突的天性。

---

① [英]乔治·艾略特：《弗洛斯河上的磨坊》，祝庆英、郑淑贞、方乐颜译，上海译文出版社 2008 年版，第 410 页。

② 同上书，第 412 页。

第三节　怪兽与美妞的结局:拯救的力量

在《美妞与怪兽》中,美妞与怪兽的性别角色确立经历了一个过程。他们二人每天生活在一起,怪兽希望和美妞有更进一步的接触,他希望美妞能做他的妻子,但这并非美妞的本意,因此怪兽必须克制自己的感情去迎合美妞。与怪兽一起生活对美妞而言并非易事,美妞在怪兽的宫殿里经历的第一件事情便是克服对怪兽的恐惧,一开始她听到怪兽的声音便会浑身战栗,但是随着时间的流逝,"美妞每天都从怪兽身上发现新的好品质。她因为经常看到他,而对他的丑陋也就习惯了。怪兽来看望她的时候,她一点也不觉得害怕了。"①这时美妞又得知父亲因为失去了她而郁闷生病,她便请求怪兽放她回家看望父亲,美妞已经慢慢爱上了怪兽却不自知,怪兽问过美妞,"如果你讨厌我,你可以叫我离开,我立刻就出去。告诉我,你是不是觉得我很丑陋?"美妞告诉怪兽,她相信他有一颗善良的心。她还进一步安慰怪兽:"有很多人比你更丑陋……比起那些有着人的模样而藏着一颗虚伪、腐败和忘恩负义的心的人来,我宁愿喜欢像你这样外表的人。"②美妞的这种举动是关于男女之爱的美好表达:

> 如果把《蓝胡子》同《美女与野兽》比较一下,可以说,前者表现了性的原始低级、恣行无忌和自私自利的破坏性方面,若要使爱得以开花结果,就必须克服它们。而后者描述了什么才是真正的爱。蓝胡子粗野

---

① 《外国童话经典100篇》,叶君健等译,人民文学出版社2004年版,第59页。
② 同上书,第58页。

的行为与他凶险的外貌是相符合的;而野兽尽管外貌丑陋,却像美女一样,是美好善良的。……这个故事向读者表明,即使一对男女看上去差异很大,但只要双方在个性上情投意合,并被相互产生的爱紧紧联在一起时,他们就是一对天造地设,幸福美满的爱侣。①

美妞的想法便是符合家庭理想的价值观,美妞认识到怪兽的内在美德之后,怪兽外表的丑陋便被弱化了,变得不再那么可怕和难以接近,这使他离文明社会又近了一步。

尽管美妞逐渐看到了怪兽的诸种美好品行,但怪兽依旧无法具备确定性别角色的条件。每当怪兽问同样一个问题:你愿意做我的妻子吗?美妞几乎都会吓得半死,美妞产生这种恐惧并不奇怪,毕竟在她的心目中,怪兽的外表实在不适合做一个丈夫。因此对美妞而言,怪兽的欲望威胁到了她,她只能继续在恐惧中生活,每当怪兽提出结婚的要求,她总会沉默,但又害怕会触怒怪兽,最终战战兢兢地拒绝怪兽。美妞满心的恐惧战胜了对怪兽的好感,她怕怪兽的欲望会毁灭她。怪兽作为新郎形象,的确并不是美妞期待的结婚对象,但是怪兽的转变取决于美妞,最初是一个凶恶的仙女将王子变为怪兽,这个模样要一直延续到美丽的姑娘同意嫁给他为止,仙女还禁止王子显露自己的才智,因此只有依靠美妞的自我牺牲与美德才能促使怪兽成为理想的结婚对象,美妞帮助怪兽变回人形的过程,也是美妞成长的过程。

女性主义批评家伊莱恩·肖瓦尔特认为"《简·爱》和《弗洛斯河上的磨坊》合起来看,均饱满而有力地描述了维多利亚英国社会中女性的成长"②。

① [美]布鲁诺·贝特尔海姆:《童话的魅力——童话的心理意义与价值》,舒伟、丁素萍、樊高月译,社会科学文献出版社 2015 年版,第 469 页。

② [美]伊莱恩·肖瓦尔特:《她们自己的文学:英国女小说家:从勃朗特到莱辛》,韩敏中译,浙江大学出版社 2012 年版,第 103 页。

两位女主人公简·爱和麦琪作为美妞形象，在成长过程中拒绝了“怪兽”的欲望，因为她们怕这种欲望会毁灭自己，或者至少认为这种欲望会使自己丧失身份。不同于美妞，简·爱对罗切斯特的感情中有恐惧，但更多地体验到了罗切斯特性格中的激情。当简·爱得知罗切斯特与布兰奇小姐有结婚的可能性时，她观察罗切斯特：

> 一个细心的观察者常常能在他的眼睛中看到它的流露，它经常使我感到害怕和畏缩，仿佛我是在火山似的群山中徘徊，突然发觉大地在颤动，并且看到它裂开；我带着一颗跳动的心，而不是带着麻木的神经，间或还能看到它。我并不想避开它，而只希望能敢于面对它——能探测它。①

这是简·爱对罗切斯特内心激情的探知，在后来罗切斯特向简·爱求婚时，他依旧向简·爱隐瞒了一些秘密，他处心积虑地设置了一个求婚的陷阱，一方面让简·爱认为他的结婚对象是布兰奇小姐，另一方面还向简·爱承诺要在爱尔兰考诺特的苦果山庄为她找一份新的工作。罗切斯特以此来试探简·爱的反应，评论家约翰·G.彼得指出：“当罗切斯特越来越渴望简·爱的爱情时，他变得越来越喜欢用浪漫神秘或超自然的力量去描述他自己。”②罗切斯特将自己展示为一个黄金单身汉——王子形象，但他实际上与社会规范相脱离，或者说更接近于怪兽而非王子。

在简·爱与罗切斯特订婚和第一次计划结婚时，罗切斯特的怪兽特征极为明显，他希望将简·爱纳入自己的生活。他要求简·爱与他一起吃饭，

---

① [英]夏洛蒂·勃朗特：《简·爱》，祝庆英译，上海译文出版社 2006 年版，第 177 页。

② John G. Peters, “Inside and Outside: Jane Eyre and Marginalization Through Labeling,” *Studies in the Novel*, Vol.28, 1996.

这已经回应了怪兽希望与美妞一起吃饭的场景，怪兽对美妞说："你愿意让我看着你吃饭吗？"罗切斯特的要求更为强烈，看似是一个经验老到的怪兽威胁着天真无辜的女孩："难道你设想我会吃得像一个食人魔或者食尸鬼那样，所以你害怕和我一起吃饭？"简·爱回答："在这个题目上，我没有那样的设想，先生，可是我希望像往常一样地再过一个月。"①美妞会接受和怪兽一起吃饭，因为怪兽的善良让美妞感到体贴与宽慰，但是简·爱拒绝与罗切斯特一起吃饭。因为简·爱感到不安，她害怕自己由于结婚而放弃了女家庭教师工作后，便会沦落为罗切斯特的玩物——"英国的赛莉纳·瓦朗"。同样地，当罗切斯特为简·爱唱出动人的情歌，表示自己将要与所爱之人同生死时，简·爱认为自己不需要温柔的场面和大胆的表示。面对罗切斯特一再的爱意表白，简·爱需要找到抵制怪兽的方法，这样才能保留自己的身份，罗切斯特不断将自己神秘化，而简·爱认为自己从来不会猜谜。罗切斯特希望与简·爱订婚后与现实社会离得越远越好，他曾告知阿黛勒要将未婚妻带到月亮上去生活。事实上，罗切斯特之所以想带简·爱远离人群，是因为他藏着一个巨大的秘密，这个秘密在他们的婚礼时被揭开。

罗切斯特想要隐瞒的秘密便是他已婚，假如他与简·爱结合便是犯了重婚罪。疯妻子伯莎的被发现证明了简·爱不能仅凭一己之力将怪兽罗切斯特转变为王子，罗切斯特与伯莎依旧存续的婚姻关系使他难以被既定的社会规范所接受。贝特尔海姆指出："只有缔结了婚姻之后，性才得以畅行无忌，从一种类似动物野性冲动的行为转变为一种由婚姻的神圣性所净化升华的纽带。"②简·爱遵循着这种思想，假如她留在桑菲尔德府，便只能沦为罗切斯特的情妇而非名正言顺的妻子，她对自己说："我将遵守上帝颁发、

① [英]夏洛蒂·勃朗特：《简·爱》，祝庆英译，上海译文出版社 2006 年版，第 257 页。

② [美]布鲁诺·贝特尔海姆：《童话的魅力——童话的心理意义与价值》，舒伟、丁素萍、樊高月译，社会科学文献出版社 2015 年版，第 434 页。

世人认可的法律。我将坚持我神志正常时而不是像现在这样发疯时所接受的原则。法律和原则并不是用在没有诱惑的时候，而是用在像现在这样，肉体和灵魂都反抗它们的严格的时候；既然它们严格，那就不能违反它们。"①当罗切斯特看到简·爱挣扎着要离开他时，他的反应与怪兽一样暴烈，也打算用强制的手段留住简·爱，但又爱而不得："想想那眼睛；想想那眼睛里流露出来的坚决、狂野和坦率的神情，不仅是带着勇气，还带着坚定的胜利。不管我拿它的笼子怎么办，我都抓不住它，抓不住那野蛮、美丽的东西！"②罗切斯特深知，即便简·爱留了下来，他们依旧无法结合，简·爱终究会变成怪兽一般的存在，或者说他们二人都即将成为与社会远离的怪兽。简·爱拒绝这种妥协，她选择离开而保留了美妞的美好天性——对社会、对道德、对家庭的责任，以此来对抗怪兽罗切斯特冲动的欲望。

与简·爱相似，《弗洛斯河上的磨坊》中的麦琪也让内心的两种力量相抗衡。费利浦努力让麦琪远离自我牺牲的一面，他希望麦琪能够接受他的爱，并且回报他同样的爱，杰克·齐普斯指出："野兽的愿望也是被刻写好或者事先刻写好了的，因为他看来只知道通过力量和情感上的勒索来俘获芳心。"③因为怪兽知道美妞不会喜欢他，他只有通过博取美妞的同情来让美妞关注他，同样地，费利浦知道麦琪不会爱上他，因此退而求其次向麦琪表达最简单的愿望："如果你能让我常常跟你见面，让我跟你聊聊，对我表示关怀，表示我们可以永远高高兴兴地做朋友，我们互相帮助，这样，我也许还可能感到生活的乐趣。"④他的劝说很有效，麦琪认为自己能够发挥自己美妞

① [英]夏洛蒂·勃朗特：《简·爱》，祝庆英译，上海译文出版社2006年版，第303页。
② 同上书，第304页。
③ [美]杰克·齐普斯：《作为神话的童话/作为童话的神话》，赵霞译，少年儿童出版社2008年版，第21页。
④ [英]乔治·艾略特：《弗洛斯河上的磨坊》，祝庆英、郑淑贞、方乐颜译，上海译文出版社2008年版，第280页。

的力量,通过对费利浦的陪伴而改变他:只要自己常常和费利浦见面,保持和他的友谊,说不定真能帮助他使他变得满足,就像她自己所感受到的满足一样。

费利浦的求爱是徒劳的,他知道身有残疾的自己难以满足麦琪心中的王子形象,他只有一再地博取麦琪的同情来接近她,当麦琪说自己在故事里总是被遗弃的人时,费利浦很机智地将话题转向对自己的同情:“这么说,你自己当然不会遗弃别人啰——是不是,麦琪?”①费利浦还将自己转为“不幸的黑皮肤的女人”,这样的转变让麦琪难以抗拒,因为费利浦的确是值得人们同情的对象。费利浦希望将同情与爱情相联系,或者至少以此说服和安慰自己:同情可以转变为爱情,并且幻想这一天的到来,他希望麦琪有一天真的会爱上一个别的女人不会去爱的人。麦琪则不同,她想找到一个怜悯和照顾的对象以满足自己的同情心,并且从中感到满足和愉悦。

在麦琪与费利浦的关系当中,露西曾经尝试着担任《灰姑娘》童话中的教母角色。在“随波逐流”一章,露西打算撮合麦琪和费利浦,露西对麦琪说:“如果我给你创造的奇迹你都毫不在乎,那么我就是做了仙女教母又有什么用呢?”②但是露西的计划未能实现,她安排费利浦和麦琪一起去划船,以此制造二人单独相处的机会,费利浦却托病无法赴约,通过这一情节,作者乔治·艾略特批评了传统的童话结局,传统童话往往将婚姻作为一切问题的解决方案。露西将自己作为教母,把麦琪与费利浦的复杂关系简单化为一个童话故事的模式,她对麦琪说:

> 我禁不住要对这件事抱着希望。情节有些曲折离奇——很不平

---

① [英]乔治·艾略特:《弗洛斯河上的磨坊》,祝庆英、郑淑贞、方乐颜译,上海译文出版社2008年版,第309页。

② 同上书,第424页。

凡——凡是你碰到的事情都是这样。费利浦一定会像神话中的丈夫那样爱你的。啊,我应该动动我的小脑筋,想些办法,使大家都能回心转意,那么你就可以在我和旁人结婚的时候,和费利浦结婚了。那不是圆满地解决了我那可怜的麦琪的一切烦恼吗?①

但是麦琪却不能如露西所期望的那样去回应露西,此时的她感到了一丝寒意。麦琪在遇到斯蒂芬时,已经对斯蒂芬的好感产生了一丝回应,她知道费利浦并非她的男主角,费利浦也意识到麦琪对自己的关怀永远不能转变为爱情。最关键的是,费利浦拒绝与麦琪划船外出,便使斯蒂芬有机会取代费利浦成为保护麦琪的王子。斯蒂芬在划船过程中和麦琪独处并再次表明爱意,英俊的斯蒂芬取代了身体有缺陷的费利浦,似乎回应了童话中的情节:王子取代怪兽。但是事实上这种回应带有讽刺意味,因为麦琪从未因对象的改变而改变她当初的心意。

从斯蒂芬取代费利浦与麦琪去划船的时刻起,麦琪就开始了内心的纠结,但最终依旧听从了斯蒂芬:

麦琪只觉得有人领她穿过玫瑰盛开的花园,小心地用力扶她上了船,把垫子放好,让她搁脚,再在她脚上盖上斗篷还替她撑开阳伞(她自己却忘了)——一切都由这个强有力的人来代办,好像她没有任何主张地给带走了,就像强烈的补药突然产生了令人兴奋的力量,造就了另一个自我一样,除此以外她什么都感觉不到,往事给忘得干干净净了。②

---

① [英]乔治·艾略特:《弗洛斯河上的磨坊》,祝庆英、郑淑贞、方乐颜译,上海译文出版社2008年版,第359页。

② 同上书,第426页。

麦琪由一个“强有力”的人带领着，开始了出逃的历程。斯蒂芬为麦琪造就了“另一个自我”，这是麦琪在“迷雾”当中被遮蔽的一个自我，这是麦琪曾经有过的、但是未来不应有的自我。这时的麦琪依旧意识到斯蒂芬的遥不可触，他们所拥有的此时此刻，仅仅是此时此刻而已，它无法被延伸到未来。斯蒂芬希望给予麦琪以全新的生活，正如费利浦在之前所看到的：“如果她能享受些文化，跟比她现在周围那些人的粗俗水平高一等的人交流一下思想，对麦琪将来的生活是会有好处的。”①费利浦相信，在麦琪的天性中有一些未被发现的特质存在。斯蒂芬也相信只要他们远离，他们一起的生活一定会使每一个平凡的日子都充满狂欢。这不是美妞与怪兽的生活，美妞与怪兽最终回归社会秩序，拥有了正常的家庭生活，而斯蒂芬所需要的是与心爱之人脱离社会，远离他们所处的环境而像曾经的怪兽那样孤立地生活，他们一定会像在天国里一样。这样看来，如果天国是超脱于人的存在之上的一个美好之境的话，那么斯蒂芬所向往的天国般的共同生活只有死亡，这是与社会脱离后的死亡，是对“自我”弃绝之后的死亡。这种死亡的意义在麦琪做了有关露西、汤姆等人的噩梦后得以强化：

> 她和斯蒂芬一起生活不可能产生崇高的意义。她一定会在捉摸不定的冲动摆布下永远迷迷糊糊地沉沦下去，变得毫无主见；因为她已经失去了生命的原则——在遥远的童年时代，她那幼稚而空虚的心灵所严格遵守的原则。②

麦琪决定与斯蒂芬决裂，她表达了自己的信仰：“忠诚坚贞不光是指那

① [英]乔治·艾略特：《弗洛斯河上的磨坊》，祝庆英、郑淑贞、方乐颜译，上海译文出版社2008年版，第305页。

② 同上书，第431页。

些做最容易做到并且使自己最快乐的事情,忠诚坚贞也指不做损害人家对我们信赖的事。”①这一信仰的确立不单是针对斯蒂芬的怪兽特质,同样也是针对麦琪自己内心的怪兽,与斯蒂芬在一起的欲望与冲动威胁到了麦琪所钟爱的生活,因此她必须强调忠诚坚贞。

作为维多利亚时期的女性,麦琪需要面临对自我的放弃——放弃她个人的舒适、她个人的欲望,或者两者兼而有之——这才是天使般的女子应有的品质,也正是由于这种“放弃”,麦琪最后走向了死亡,走向了天国。因为要做到彻底的无私,就不仅仅需要高贵的举止,甚至需要个人的死亡。斯蒂芬对麦琪的回应也与他的怪兽特质相呼应:“我决不忍受。你会使我不顾一切,我自己也不知道会干出些什么事来。”②这与童话故事中的怪兽相似,斯蒂芬可以为了自己的欲望不惜与家庭和社会隔绝,麦琪是造成斯蒂芬变得疯狂的原因,斯蒂芬只有离开麦琪,一切才能复归秩序。

《美妞与怪兽》故事的核心是一个天真的少女离开家庭,认真地将自己的少女身份(父亲的女儿)转变为一个女人(王子的新娘)。因此在自我成长的过程中,参与者不仅仅有父亲,还有怪兽,怪兽使美妞从自己熟悉的家庭走向未知的未来。在美妞完全接纳与怪兽未来的关系之前,她必须回顾过去,在过去与未来之间作出抉择。美妞从怪兽的魔镜当中看到父亲生病,于是恳求怪兽允许她回家照看父亲,怪兽允许她回家,美妞照顾父亲痊愈了,但是过去的威胁依旧存在,这种威胁从美妞的两位姐姐身上反映出来。两位姐姐看到返家的美妞穿着公主一样的衣服,嫉妒难忍:“为什么这个小丫头倒比我们幸福呢?我们难道不比她更可爱吗?”③她们希望让美妞在家中

① [英]乔治·艾略特:《弗洛斯河上的磨坊》,祝庆英、郑淑贞、方乐颜译,上海译文出版社2008年版,第435页。

② 同上书,第434页。

③ 《外国童话经典100篇》,叶君健等译,人民文学出版社2004年版,第61页。

留得更久一些，这样怪兽便会责罚美妞。但是，这种过去和与之相关的一切人与事，已经不能再继续牵绊美妞了。美妞在回家照顾父亲的日子里，更加感受到了未来的力量。她梦到怪兽快要死了，还责备她忘了情义，她知道自己必须回到怪兽身边，见到怪兽之后，她体验到了前所未有的亲近感，她以为怪兽已经死了，便扑到他身上，对他的模样也不再感到害怕了。美妞将怪兽救醒的同时，也意识到了自己对怪兽的爱意："哎！我以前总认为我对你只怀有友情，可是现在我才体会到，当我见不到你的时候，我是多么痛苦，我简直生活不下去了。"①美妞暂时的离开成了一场爱情的考验，怪兽表现出了对美妞的需要，这种需要也得到了美妞的回应。而美妞对于怪兽男子气质的认可，还需要通过一种更为恰当的形式，这便是怪兽变为王子，她表达爱情之后便发生了奇迹：怪兽不见了，伏在她脚下的是一位比阳光还要美丽的王子。然而此刻美妞惦记的依旧是怪兽而不是陌生的王子，虽然这位王子非常吸引她，但她仍然疑惑怪兽到哪里去了，这正是美妞富于美德的体现，她的美德得到了回报，怪兽变成了王子。可见，美妞集美丽与智慧于一身，在怪兽的转变过程中起关键作用的是美妞的高尚品德。怪兽的欲望与动物特质难以满足美妞的家庭理想，因此怪兽变成了王子，这是在男子气质与动物性之间达成的一种调和。

因此，美妞与怪兽借由对方实现了自我，通过怪兽，美妞从原初的无知与天真变得成熟，通过美妞，怪兽重获王子身份。美妞将怪兽改造为符合社会与家庭符码的角色，反过来怪兽又开始维护这种社会与家庭的秩序，这种性别角色的确立只有在家庭中才能实现。在故事的最后，两位恶毒的姐姐被仙女带到了王子的宫殿，让她们作为美妞幸福的见证人，同时反思自己的错误。这种善恶有报的结尾在童话故事的幸福结局中是非常重要的。

---

① 《外国童话经典 100 篇》，叶君健等译，人民文学出版社 2004 年版，第 62 页。

在《简·爱》中，简·爱与美妞同样选择了未来，尽管需要付出代价，简·爱依旧希望通过与罗切斯特的性别角色的确立，奔向全新的未来。但这种性别角色的确立并不圆满，"怪兽"罗切斯特在简·爱面前不断地伪装自己，直到他准备与简·爱结婚时，还隐瞒了自己有疯妻子的事实。简·爱知道真相离开之后，罗切斯特变得比从前更加远离社会，小说中对罗切斯特的描述也是野蛮的、未开化的状态，他曾派人四处探寻简·爱的下落：

> 可是一直没有探听到一点消息；他变得狂暴了——在失望当中非常狂暴；他以前从来不是个粗野的人，可是，自从失掉了她以后，就变得危险了。他还要一个人待着。①

由于简·爱的不告而别，罗切斯特对简·爱的控制失去了效力，他因此变得易怒和狂暴。怪兽离开美妞之后失去了对生活的勇气，因为他是如此渴望将美妞留在自己身边，罗切斯特亦然，他承认了自己对简·爱的依赖性，这不仅是对简·爱的依赖，也是对所有比他更有力的力量的依赖，他必须显示出自己的无助——包括身体和精神上双重的无助，这样才能完成最后的转变。

伯莎的最后出现是罗切斯特生活中的一股强力，伯莎放火烧毁桑菲尔德府的举动彻底地粉碎了罗切斯特的力量，在大火中，伯莎选择跳下高墙而拒绝罗切斯特的施救，这一时刻便是伯莎对罗切斯特力量的毁灭。伯莎选择了死亡，这是对罗切斯特最大的惩罚，从此之后，又瞎又残的罗切斯特已经无法充当保护者，而是一个需要被保护的对象。

而美妞形象的简·爱也在与罗切斯特分离的过程中经历了改变。她流

① 《外国童话经典100篇》，叶君健等译，人民文学出版社2004年版，第410页。

浪到了沼屋，被表兄圣约翰所救，圣约翰一家给了简·爱精神的慰藉和经济的资助，这时的简·爱已经不再需要罗切斯特的援助，因为她有了亲人，有了开始新生活的基础。在简·爱应当感到幸福的时刻，她听到了罗切斯特的呼唤，这种呼唤似乎暗暗呼应了美妞在家中陪伴父亲时，梦见了将死的怪兽这一情节，美妞梦见怪兽快要死了，还责备她忘了情义。简·爱感受到了罗切斯特正需要她的解救，她听到了罗切斯特的声音："简！简！简！"这种声音狂野地、凄惨地、急迫地从痛苦和悲哀中发出来。呼唤中没有欲望和控制，只有深深的对爱的渴望，简·爱决定回应它："我的力量正在起作用，正在发挥威力。"①简·爱决定去寻找罗切斯特。

简·爱到达芬丁庄园时，罗切斯特已经全然不是曾经的那个拥有桑菲尔德庄园的大贵族，他的外形愈发与怪兽接近，简·爱注意到了这种变化，他"显得绝望而沉思——它使我想起一只受了虐待并且给束缚起来的野兽或者鸟儿，在他阴郁悲伤之际，走近他是危险的。笼中的鹰，在金环围绕的眼睛被残酷弄瞎以后，可能看上去会像那一个失明的参孙一样。"②怪兽依旧是危险的，但他已经是笼中之物，不能再去危及他人，同时还承受着苦难。当罗切斯特向简·爱表达了自己对她的依赖与需求时，简·爱深受感染："听他这样公开承认自己的依赖性，我不禁热泪盈眶；那正像一只高贵的鹰给锁在栖木上，不得不恳求一只麻雀去给它觅食。"③雄鹰被锁住了，为了生存，它只有祈求麻雀为自己带来补给。在这里，"怪兽"罗切斯特由于残疾而依赖简·爱，他最终在家庭的庇护当中找到了自我，通过简·爱的照顾，罗切斯特的怪兽特质得以凸显，甚至被加以夸大。但需要注意的是，他的怪兽特质最初体现在精神层面，而在最后变成了身体上的——丑陋而粗暴。

---

① [英]夏洛蒂·勃朗特：《简·爱》，祝庆英译，上海译文出版社 2006 年版，第 402 页。
② 同上书，第 413 页。
③ 同上书，第 422 页。

在小说第三十七章有一个细节值得注意，简·爱默默回到芬丁庄园，她希望给罗切斯特一个惊喜，在罗切斯特不知情的情况下，简·爱端着托盘为罗切斯特送水，这一情节实际上呼应了美妞在回到怪兽的宫殿后，从小河里取了水，泼到怪兽脸上的场景。对怪兽而言，这是希望之水、生命之水，意味着美妞重新回到了他的身边，而简·爱送水的行为也表达了这一层含义，罗切斯特听到简·爱说话的声音后无比惊讶：

> 我的活着的亲亲！这的确是她的四肢，这的确是她的五官；可是在遭到了那么多的不幸以后，我不可能这么幸福。这是梦；是我夜里曾经做过的那种梦，我梦见过像现在这样再把她搂在怀里，像这样吻她——觉得她爱我，相信她不会离开我。①

但是简·爱知道罗切斯特的生命之树正在渐渐枯萎，她打算激起罗切斯特昔日的活力，她利用了嫉妒，正如罗切斯特曾经利用布兰奇激起简·爱的嫉妒之心，简·爱利用了圣约翰与自己的关系，因为圣约翰曾向简·爱求过婚，要带她一起去西印度传教，简·爱不停地向罗切斯特提到圣约翰，她成功地引发了罗切斯特对圣约翰的嫉妒，甚至声称“他真该死！”这似乎又唤醒了在桑菲尔德府时期的那个充满活力和权力欲的罗切斯特。简·爱是成功的，最终通过与罗切斯特组建家庭而建立了自己与罗切斯特新的关系。

简·爱与罗切斯特的结合引发了众多批评家的讨论，因为简·爱选择婚姻似乎与她最初女性独立的呼声背道而驰，对于简·爱的婚姻，批评家南希·阿姆斯特朗解释道：“当我们感到激情褪去，我们会遗憾……这种遗憾出现在《简·爱》中，一个失去了胳膊和眼睛的罗切斯特和精神失常的妻子

① [英]夏洛蒂·勃朗特：《简·爱》，祝庆英译，上海译文出版社2006年版，第416页。

重新出现了,毫无疑问,之前充满了欲望的形象已经过时了,在小说结尾,两位主人公所处的环境告诉我们,这种耽于声色或许代表了怀旧,但绝不是回到从前的状态。”①在罗切斯特与简·爱的新生活中,罗切斯特曾有的狂野与激情必须被搁置一边,因为寻常的家庭生活并不需要这些,甚至活力也失去了其应有的效力,二人安安静静地举行了婚礼,并拥有了一个圆满的结局:“我认为自己极其幸福——幸福到言语都无法形容,因为我完全是我丈夫的生命,正如他完全是我的生命一样。没有一个女人比我更加同丈夫亲近,更加彻底地成为他的骨中骨,肉中肉。”②因此简·爱与罗切斯特最终建立了符合社会秩序的家庭生活状态,阿黛勒被送去上学,黛安娜和玛丽姐妹都结了婚,并与简·爱夫妇轮流着相互拜访。

简·爱的生活是圆满的,《弗洛斯河上的磨坊》中“美妞”麦琪的命运却令人唏嘘,当美妞与简·爱奔向幸福的未来时,麦琪通过选择过去而颠覆了童话故事的结尾。

在麦琪从斯蒂芬的私奔计划中逃脱之后,她已经准备回归家庭,接受自我牺牲的生活,但她又收到了斯蒂芬的信,这封信如同美妞在父亲家中梦到将死的怪兽,它将麦琪从当下的生活状态中拉出,让她走向童话中的“幸福结局”,这时的麦琪需要与自己内心深处的活力和欲望作斗争。在信中,斯蒂芬给了麦琪行动的机会,不是作为怪兽的行动,而是属于美妞的行动。自从麦琪离开之后,斯蒂芬感到了迷失与绝望,他认为自己既没有生命也没有善意。麦琪知道自己难以抗拒,当她看这封信的时候,觉得真正的诱惑好像才刚刚开始。这种诱惑能够使她从孤立状态中走出去,迈向性别角色的确立:“若选择了这个未来,她不用再艰苦地忍耐和努力,而可以轻松愉快地依

① Nancy Armstrong, *Desire and Domestic Fiction: A Political History of the Novel*, Oxford: Oxford UP, 1987, p.203.

② [英]夏洛蒂·勃朗特:《简·爱》,祝庆英译,上海译文出版社 2006 年版,第 433 页。

靠别人的可爱力量!”[①]这句话暗示麦琪已经将斯蒂芬当成了自己的保护者,但更加重要的是,麦琪需要拯救已经迷失了的男性——斯蒂芬,冲动之下,麦琪想拿起笔为斯蒂芬回信,但又不能走出这一步,她等待一次机会回归过去,因为她“迷恋那平静的过去”,事实上这次她的回忆复归了:

> 光明带来了激情无法长久压制的回忆,好久以前的一切,带着源源不绝的克己的同情和爱情、忠实和果断回到了她的身边。[②]

在麦琪的精神世界里,本身就有着怪兽特性的冲动与欲望,在一番纠结矛盾之后,麦琪选择了美妞的克制、隐忍和自我牺牲。

对麦琪而言,“平静的过去”能够取代与斯蒂芬充满激情的未来,她渴望重新联结的人是兄长汤姆,无论是在与费利浦的交往中,还是在斯蒂芬的追求下,麦琪的心中放不下、舍不得的始终是汤姆,麦琪告诉费利浦:“过去的一页永远不会结束……我不希望未来的一切和过去一刀两断。但是我和哥哥的关系是最密切的一种。我决不会心甘情愿地做任何一件要使我和他永远分离的事。”[③]她同样告知斯蒂芬,如果他们结了婚,就会和过去的一切相隔绝,而她不能忘掉过去而重新开始一种新生活,因为假如不能回忆和留恋过去,她便会感到彷徨。对于麦琪而言,放弃过去会让她恐惧,她宁愿放弃斯蒂芬的爱情而回到哥哥身边,这里才是她的避难所。但汤姆遵循的判断标准是人们普遍认可的标准,由于麦琪“离经叛道”的私奔行为,汤姆拒绝了麦琪,他认为麦琪的人品并不值得信任。汤姆对麦琪的拒绝具有毁灭性质,

---

①② [英]乔治·艾略特:《弗洛斯河上的磨坊》,祝庆英、郑淑贞、方乐颜译,上海译文出版社 2008 年版,第 469 页。

③ 同上书,第 408 页。

麦琪不得不背负着精神上的重担，背负世人不屑的眼光直到死亡。这时，一切发生了转机，村子里发了洪水，不断上涨的洪水满足了麦琪的祈求，在洪水渐渐淹没他们生活的家园时，麦琪去磨坊寻找汤姆，她要不惜一切代价救出这个自己从童年起就深爱的人。塔利弗太太曾经提到过兄妹俩溺水的情形，在汤姆与麦琪童年时期，母亲说："总有一天他们会淹死了给抬回来的。"①一语成谶，果然兄妹俩在洪水中不幸遇难。小说第七章叫作"The Final Rescue"（最后的得救），应该说，这种得救不是汤姆的，而是麦琪的得救，是将麦琪从虽生犹死的状态中拯救，是将她引向了既非童话结局又非与现实相妥协的拯救。麦琪的得救证实了她自己感情的归属，她唯一的渴望是与汤姆重新在一起，兄妹俩在临终前消除了所有的冷酷、残忍的侮辱和误解，只留下根深蒂固的早年在一起的回忆，他们在永不分离的拥抱中沉了下去。到此为止，麦琪的故事是不断地与他人分离：与汤姆，与费利浦，再一次与费利浦，与父亲，与斯蒂芬，再一次与汤姆。当麦琪收到斯蒂芬的信件时，读者便会发现，麦琪已经处于孤立隔绝的状态，但结尾给了她永远地与世界相联结的机会，是她所能企及的最接近幸福结局的时刻。作家乔治·艾略特对"美妞与怪兽"故事中性别角色的拒绝说明了她对两性关系的态度，男性与女性的相互成全并不适用于麦琪这样一个对生活充满渴望与向往的女性。社会观念不允许麦琪承担起怪兽一般被拯救的角色，但是她也拒绝担任美妞的角色，在麦琪的身上，始终有两种力量作斗争，一是美妞的隐忍和自我牺牲，一是怪兽般的激情与欲望，而随着洪水的到来，最终调和了两种力量。

在《美妞与怪兽》的故事中，女主人公美妞必须生活在她的"幸福结局"

① ［英］乔治·艾略特：《弗洛斯河上的磨坊》，祝庆英、郑淑贞、方乐颜译，上海译文出版社2008年版，第92页。

当中,当她接受了性别角色的固定模式,她便如救世主般拯救了自己和怪兽,可以说性别角色的确立而达成的对两性身份的认同,是在男女两性各自付出巨大的代价之后得到的。在童话故事中,对女性而言,自我牺牲的美德的确在家庭中起了巨大的辅助作用,但这种美德对于女性自我的成长而言,无疑是一种限制和禁锢,在夏洛蒂·勃朗特的《简·爱》和乔治·艾略特的《弗洛斯河上的磨坊》中,两位女作家回应了“美妞与怪兽”的主题,在女性成长方面表达了不同的观点。在《简·爱》中,简·爱与罗切斯特建构美好的两性关系,是在森林深处阴暗潮湿的芬丁庄园,这里看来更像是一个可以给人心灵抚慰的栖息之所。在《存在与时间》一书中,海德格尔将真理比喻成森林中的一片空地:那里枝叶摇曳,光斑交织,使周围的事物呈现出一片生动变幻的景象。这种森林中光亮与真理的关系让海德格尔认为:“亲在本身是一片疏明。无论何种存在者,唯有进入这片疏明,才能在光亮中显现,或在黑暗中隐蔽。”①芬丁庄园的生活给了简·爱的成长以某种理想主义色彩。乔治·艾略特则通过麦琪的死亡拒绝了这种成长,与其面对未知而陌生的未来,麦琪更愿意选择死亡而切断成长。如果说夏洛蒂·勃朗特还有一丝乐观精神,那么乔治·艾略特则显得更加忧郁和深沉。

① [德]海德格尔:《存在与时间》,王庆节、陈嘉映译,生活·读书·新知三联书店2000年版,第155页。

第二章 《白衣女人》与《怀尔德菲尔山庄的房客》:维多利亚时期的"蓝胡子"故事

在夏尔·佩罗的《鹅妈妈的故事》中,有一个可怕的杀人恶魔般的丈夫——蓝胡子,他娶了好几个妻子又将她们陆续杀死,尸体被藏在房间密室中,一旦后娶的妻子发现了他的秘密,那么也难逃被蓝胡子杀死的厄运。蓝胡子的故事情节出现在维多利亚时期的两部小说中,即威尔基·柯林斯的《白衣女人》和安妮·勃朗特的《怀尔德菲尔山庄的房客》,两位小说家通过在作品中投射"蓝胡子"的故事,来反映维多利亚的时代风尚。在童话故事里,蓝胡子形象代表着男性的秩序和观念,在家庭中对女性的地位产生威胁,一方面,蓝胡子通过暴力行使他的权力,当然这种暴力会促使女性起而反抗并维护自己。另一方面,蓝胡子坚持的特权——男性控制和女性依赖,是维多利亚时期的中产阶级家庭中男性所一以贯之的观念,这样便可以"更体面"地控制妻子的主体性。

《蓝胡子》故事是西方童话当中的"禁令"故事之一,在《鹅妈妈故事集》以及格林兄弟的童话故事中,"禁令故事"数量颇多。"蓝胡子"故事属于禁屋式故事,这一类故事有一个共同的故事环节:有一扇禁止开启或随意出入的房门。这一类故事设禁的角色主要是“父母——儿女”或“丈夫——妻子”,禁令的内容具有强烈的命令或警告的意味,如在格林童话《圣母玛利亚的孩子》中,圣母玛利亚对小女孩说:“其中的十二道门你可以开,可以进去看看里边的美妙的景象;可用这把小钥匙开的那第十三道门不准你进去。当心别去开它,不然你会遭到不幸的!”①格林童话《菲切尔的怪鸟》的故事情节与“蓝胡子”故事更为相似,一个巫师带走了三姐妹中的大姐。他告诉她,除了那间只能用最小的钥匙才能打开的密室之外,她可以在住宅里的所有房间自由进出。但她绝不能进入那间密室,否则就有生命危险。巫师还交给她一个鸡蛋,由于丢失了鸡蛋就会大难临头,她必须时时刻刻把它带在身上。姑娘偷偷溜进了那间禁屋,发现里面血流遍地,积尸累累。惊恐之下,她失手扔掉了鸡蛋,结果鲜血溅在上面,再也抹擦不掉。这只蛋使巫师回来就明白发生了什么事情,于是他像对付之前的受害者一样把姑娘杀害了。接着他带走了二姐,她也遭到了同样的厄运。最后,最小的妹妹被巫师带到了他的住所。然而小姑娘欺骗了巫师,她在进行探索之前先把鸡蛋小心翼翼地放在一旁。在禁屋里,她把两个姐姐的尸体拼接起来,使她们恢复了生命。巫师回来后认为小妹妹对他忠贞不贰,告诉她,作为回报,她将成为他的新娘。姑娘再次欺骗了巫师,让他把自己的两位姐姐,还有许多金子背在背上,送到她父母的家中。然后,姑娘用羽毛粘满全身,犹如一只奇形怪状的鸟儿——这就是故事名字的由来——她就这样逃走了。最后,巫师和他所有的朋友都烧死了。贝特尔海姆认为,《蓝胡子》和《菲切尔的怪鸟》都表现了这一主题:作为一种信赖考验,女性绝不能探究男人的隐秘。然而在女性好奇心的驱使下,她还是贸然行动了。原因在于“禁令”总是对人有

① [德]雅各布·格林、威廉·格林:《格林童话全集》,杨武能、杨悦译,译林出版社2010年版,第8页。

一种神奇的魔力,越是遭到严厉禁止的事或物,往往对人的诱惑力越大,想要去违反的欲望也就越强烈。这种复杂矛盾的心理,常常困扰与折磨着脆弱的人性。故事里的女主人公们置身于“开门还是不开门”的挣扎与抉择中,独自面对考验。她们要克服的不是来自外界的挑战,而是人性的弱点,她们的对手不是其他外在的可怕力量,而是她们自己,没有人能够帮助她们,唯有独自去面对和克服。很明显,“禁令”让主人公在欲望本能的冲动与遵守承诺的道德感之间做出抉择,使其陷于两难当中。

在这个过程中,“好奇心”成了女主人公致命的弱点。在《圣母玛利亚的孩子》中,女主人公深受好奇心的折磨:“可她的好奇心却不肯沉默,而是狠狠地折磨着她,使她再也得不到安宁。”①在《菲切尔的怪鸟》中,女主人公在看完所有的房间后,来到了被禁止开启的房门前,“本来不进去,可是好奇心却使她不得安宁”②。好奇心犹如潘多拉的盒子,一旦它被激发出来,便令人寝食难安,时时受其困扰,内心无法平静。在好奇心的驱使下,一旦房门被打开,便会让自己陷入一个更加可怕的境地,甚至死亡。蓝胡子故事同样是对“好奇心”的追问,有意味的是,蓝胡子故事中的“蓝胡子”到了意大利就成了“魔鬼”,而存放亡妻尸体的房间则成了“地狱”。当禁闭之门被打开的时候,女主人公发梢的鲜花就枯萎了,这是一个精妙至极的情节,“鲜花”隐喻了女主人公的生命之花,当她打开“地狱之门”,就意味着生命或许如枯萎的鲜花一样走向结束。

在威尔基·柯林斯的《白衣女人》和安妮·勃朗特的《怀尔德菲尔山庄的房客》中,都采用了“蓝胡子”故事中妻子“发现”秘密的情节,蓝胡子的妻子出于好奇心的驱使,违背了丈夫的命令,发现了丈夫的秘密——他杀死了

---

① [德]雅各布·格林、威廉·格林:《格林童话全集》,杨武能、杨悦译,译林出版社2010年版,第9页。

② 同上书,第147页。

之前的几位妻子，这是对忠诚、信任等考验的结果。两位小说家借“发现”之名讨论了维多利亚时期的婚姻问题，在婚姻中妻子真正认识和了解了自己的丈夫，当她发现丈夫并非当初所是的模样，妻子便会凭借各种力量摆脱不幸的婚姻。与“蓝胡子”故事一样，在小说中妻子摆脱了“蓝胡子”丈夫的权威之后，她们都在第二次婚姻当中找到了“幸福结局”。

正如简·奥斯丁在小说《傲慢与偏见》的开篇所言：“饶有家资的单身男子必定想要娶妻室，这是举世公认的真情实理。”①对维多利亚时期的中产阶级而言，婚姻是定义男性身份和女性身份的重点，也是确定男女长大成人的标志。出于维护社会地位和经济利益的考虑，中产阶级对婚姻有着严重的门第意识，他们注重财产和等级。在一个经济基础决定一切的生存竞争的时代，经济、金钱决定着中产阶级的生活与命运，也决定着婚姻关系。对于那些竭力不使自己滑落至无产阶级的下层中产阶级而言，缔结可以带来经济收益的婚姻无疑是明智之举。

当然，门第意识不代表忽视感情方面的因素，英国历史学家劳伦斯·斯通在其名著《英国的家庭、性与婚姻(1500—1800)》中，将此时英国人的择偶动机分为四类：为了巩固家庭的经济、政治或社会地位；为了个人的感情、友爱和情谊；性的吸引；激情之爱。②简言之，便是工具性标准和情感性标准，中产阶级的择偶标准不是非此即彼，只是侧重点不同，爱和感情在其中扮演了重要角色。许多历史学家都承认，在西欧尤其是英国、法国、荷兰，从十八世纪以来，婚姻的普遍意图已从所谓的“利益”因素转向“个人感情”和“浪漫之爱”，维多利亚时期的中产阶级也由此奉行浪漫婚姻观，或被称为伴侣婚姻观。约翰·弥尔顿认为，上帝创造婚姻主要是为了防止一个人孤独。“一

---

① [英]奥斯丁：《傲慢与偏见》，张玲、张扬译，人民文学出版社2003年版，第1页。

② 参见[英]劳伦斯·斯通：《英国的家庭、性与婚姻(1500—1800)》，刁筱华译，商务印书馆2011年版，第184—194页。

个话当、幸福的'对话'，是婚姻最主要、最高贵的目的。'对话'当然不意味着仅仅是语言交流，还包括身体上、感情上、心灵上的交流。"①在启蒙思想和浪漫主义思潮的影响之下，以"爱——浪漫的爱"为基础的婚姻观被强化。法国十九世纪杰出的历史学家、艺术史家泰纳这样评价："每个英国人对婚姻这一件事情，心中都有一个浪漫的场景。他想象'家'是有一个自己选择的妇女，夫妇俩和他们的孩子单独在一起。这就是他对外界关闭的自己的天地。"②这对于维多利亚中产阶级尤为适用，他们是浪漫婚姻观的忠实履行者，希望在"灵魂伴侣"的陪伴下，摆脱隔离和孤独。一般来说，婚姻观影响着婚姻缔结的行为，有什么样的婚姻观就会有什么样的婚配情况，但在现实当中却并不如此，女性往往处于家庭中的从属地位。

劳伦斯·斯通曾对十九世纪英国的有关法律作过解释："一个已婚的妇女最接近自由社会的奴隶。她的人身、财富、个性、收入、孩子，所有的一切都通过婚姻转到丈夫的控制之下，他可以随心所欲地要求她的性服务，殴打她或者限制她，孩子完全属于父亲。"③此外，"一个男人不能允许给予妻子任何东西，或者与她订立什么契约，因为允许就意味着她的独立存在。"④从法律角度看，已婚女性被当作没有独立行动能力、没有责任的人，不能与丈夫拥有同样的政治权、财产所有权、继承权和对孩子的监护权，甚至连肉体都从属于男人。正如约翰·斯图尔特·穆勒所言："所有的妻子都完全服从于丈夫，他可以任意剥夺她的所有。"⑤这样，妻子就像是财产的一部分，完全由丈夫支配。

---

① 转引自李宝芳：《维多利亚时期英国中产阶级婚姻家庭生活研究》，社会科学文献出版社2015年版，第53页。

② 同上书，第54页。

③④ 转引自潘迎华：《19世纪英国现代化与女性》，浙江人民出版社2005年版，第152页。

⑤ 同上书，第153页。

在家庭生活中，男尊女卑的现象非常普遍。在两分领域观的指挥棒下，女性贸然进入男性空间是失礼、害羞、有辱门庭的行为。据史书记载，当一位女性凯瑟琳在车站给邻居们画素描时，要避开她们的家长和她们的儿子。她说："我不能把太太与她们的丈夫、儿子画在同一平面上，因为把他们放在平等的位置是不自然的。对于男人来说，他是主宰金钱的上帝，因为他们是每个家庭的经济基础。而妇女是依靠者，她为丈夫和父亲而活着。她们的生活全围着男人。"①在孩子眼中，母亲活着的意义是为了满足父亲的需要。凯瑟琳回忆道："我的父亲对于我来说是非常重要的人物，这一魅力和荣耀来自全家女眷对他的态度。在我母亲眼里，他所有的事都是对的，他说的每一句话都是圣旨。她不可能违背他的意志，她能思考的权力就是她作为妻子的生活，也就是所有家庭妇女的生活，围着她的男性家长转。"②可见，人人称颂的伴侣婚姻观在现实生活中很难实现。

童话《蓝胡子》始于蓝胡子与少女双方"你情我愿"的婚事，却以妻子的生命受到蓝胡子威胁，蓝胡子的死亡结束了他们的婚姻。对《蓝胡子》故事的理解可以从不同层面展开，但其中有一个核心要素不变，便是关于婚姻中丈夫藏有秘密，妻子则逾矩探寻秘密而造成悲剧。威尔基·柯林斯与安妮·勃朗特应该熟知十九世纪英国文化中流行的"蓝胡子"故事。威尔基·柯林斯在他的作品《法律与淑女》当中提到本杰明要去书房，"我要看《穿靴子的猫》和《杰克与豆茎》，还有我能找到的所有与时代脱节的书籍"③。《穿靴子的猫》是佩罗童话中很流行的一个故事，由此可见作家对佩罗童话很熟

① 转引自潘迎华：《19世纪英国现代化与女性》，浙江人民出版社2005年版，第154页。

② 同上书，第155页。

③ [英]威尔基·柯林斯：《法律与淑女》，张艳娟译，群众出版社2014年版，第304页。

恶。勃朗特姐妹应该也对《蓝胡子》故事颇有了解，在夏洛蒂·勃朗特的《简·爱》中，提到桑菲尔德府的走廊让简·爱想起了蓝胡子城堡的走廊。威尔基·柯林斯与安妮·勃朗特在《白衣女人》和《怀尔德菲尔山庄的房客》中表达了丈夫的秘密和妻子的发现这一对主题，对两分领域观进行了质疑与批评，并赋予女性一定的自主权。

第一节　蓝胡子的"阴谋与爱情"

《蓝胡子》故事的开端便与婚事有关，第一句话点明了男主人公蓝胡子的财富与地位："从前，有个男人在城里和乡间有好几处富丽堂皇的住宅，他还有许多金银打造的餐具、雕花的家具、镀金的四轮马车。"①下一句便指明了美中不足，"但这个男人很不幸，长着一把蓝胡子，这使他看上去又丑陋又吓人，无论是妇人还是姑娘见了他就连忙逃走。"②童话中将蓝胡子的优势与劣势并置，他的外貌是一种潜在的威胁，《美妞与怪兽》中，怪兽身上的动物性是不可知的危险，但是在《蓝胡子》故事中，这种危险是已知的，因为蓝胡子已经结了好几次婚，之前的妻子都已不知所终，妻子们无端的消失本身就足以令人恐惧，但依旧有人愿意成为蓝胡子的下一任妻子。

蓝胡子比怪兽幸运，他们同样拥有大量的物质财富，但是蓝胡子积极入世，用财富弥补了他在其他方面的不足。蓝胡子的婚姻经历充分地证明了这一点，尽管他结过婚，但总是有姑娘愿意嫁给他，金钱便是最好的筹码。蓝胡子想娶妻，希望赢得邻居太太两位女儿的芳心，他通过展示自己的财富

---

①② ［法］夏尔·佩罗：《鹅妈妈的故事》，张小言译，上海译文出版社 2013 年版，第 12 页。

去吸引她们：

> 为了有机会结识这两个姑娘，蓝胡子就把她们和她们的母亲一起带到了他的乡间豪宅，还叫上了她们的三四个闺中密友和住在附近的年轻人，他们在那儿玩了整整一个星期。他们每天就散散步、打打猎、钓钓鱼、跳跳舞。还有就是吃吃点心、开开宴会。他们整夜整夜的不睡觉，通宵达旦地相互嬉闹。事情进展得很顺利，那个小女儿渐渐感觉这位豪宅主人的胡子没那么蓝了，还觉得他是位非常有教养的绅士。①

蓝胡子有足够的资本让自己获取文明社会的高贵地位，相貌丑陋不足以撼动这种地位。有了巨额财富做靠山，任何其他的缺陷都可以被忽略，小女儿意识到蓝胡子的外表不再让她感到恐惧时，一段婚姻便具备了条件。

当一位女性决定嫁给蓝胡子，便是一个不能挽回的错误的开始。小女儿只是按照惯常的社会习俗标准去评判蓝胡子这个人，既然蓝胡子有条件、有能力为她和朋友们提供尽情玩乐的机会，这样的人当然一定是一个有钱又有教养的绅士，小女儿作出这样的判断时，蓝胡子的内在灵魂便不那么重要了。

《蓝胡子》故事在威尔基·柯林斯和安妮·勃朗特笔下，带上了维多利亚时期的观念色彩。由于中产阶级信奉伴侣婚姻观，认为夫妇个人关系基于互惠、相互尊重、伴侣和爱。人们慢慢具有了这样一种信念："选择终身伴侣的第一考量应该是爱情而不是面包。婚姻应该是为了爱而自愿的，而不是安排或强加的。伴侣婚姻观认为丈夫需要供养妻子和孩子，保护他们免受伤害，并且指导他们。妻子要遵从丈夫的权威，对管理仆人和家庭、喂养

---

① [法]夏尔·佩罗：《鹅妈妈的故事》，张小言译，上海译文出版社2013年版，第12页。

和教育孩子负有责任。他们是合作者和伴侣。”①思想家约翰·斯图尔特·穆勒在自传中表达了对亡故妻子的眷恋：

> 有七年半时间我享受无限幸福，可是仅有七年半！我难以诉说这个损失(指他妻子的去世)对我当时和今天意味着什么，连最含糊的描述都做不到。但是因为我知道她愿意我这样，所以我尽量利用我的余生，利用从她的思想那里，从追念她时的心灵交往中获得的已经衰减的力量，为她的遗志而继续工作。对她的怀念在我心中是一种宗教，她的认可对我是一种用来衡量一切有价值东西的标准，我努力以此来指导我的生活。②

由于维多利亚时期的中产阶级将家庭看得极其神圣，并且崇尚和喜爱家庭生活，因此也格外珍惜家人尤其是夫妻情感。伴侣式婚姻观落实到个人的择偶时，要求一个“好女人”不应当仅出于物质上的需求而嫁人，如果她这样做了，那么必将背上沉重的精神包袱。威尔基·柯林斯和安妮·勃朗特在对“蓝胡子”主题进行改写时，避免了《蓝胡子》中女性为了金钱而嫁人的故事背景，而是依照社会惯例和习俗做出了某种修正，两位小说家将故事背景变为：女性嫁给了一个错误的结婚对象。在两部小说中，丈夫本身便是不符合世俗公认标准的男性，既然女性遇人不淑，那么这段婚姻也是错误的。这样，威尔基·柯林斯笔下的劳娜因父亲已有婚约在先，她出于错误的决定嫁给了珀西瓦尔·格莱德爵士，而安妮·勃朗特塑造的海伦则由于盲

---

① 李宝芳：《维多利亚时期英国中产阶级婚姻家庭生活研究》，社会科学文献出版社2015年版，127页。

② [英]约翰·斯图尔特·穆勒：《约翰·穆勒自传》，吴良健、吴衡康译，商务印书馆1987年版，第146页。

目冲动的爱情成为阿瑟·亨廷顿的妻子。小说家们并没有着重讲述童话故事中女性结婚的动机,而是从更深层次上讨论了婚姻的真相。

贝特尔海姆认为:“在所有童话故事的丈夫之中,蓝胡子堪称最凶残暴虐的一个。”①童话故事中的蓝胡子让人可怖,《白衣女人》中格莱德爵士的外表则令人可疑,在他的右手上有一个伤疤,安妮·凯瑟里克小姐曾经在写给劳娜的信中说:“他会不时接连干咳几声,而当他抬起雪白的右手捂着嘴时,手背上就露出了一道红色伤痕。”②雪白的手上有红色的伤痕,这种色彩的对比在视觉上形成强烈冲击,红色伤痕也许正是内在灵魂的外化,事实的确如此,格莱德爵士的心“像黑夜一般漆黑”。格莱德爵士的性格中,更多的是冷酷无情的一面:“上面有堕落天使写的红光闪闪的字:‘毫无怜悯之心,毫无忏悔之意。’”③手背上的红色伤痕与心上“红光闪闪的字”形成了一种呼应,正如蓝胡子之前消失了的妻子们象征了他不可告人的秘密,格莱德爵士手上的伤痕成为通向他内在灵魂的一条通道,映射着他的过去,隐藏着他的秘密。

关于格莱德爵士的过去,最重要的见证者和牺牲品是白衣女人安妮·凯瑟里克,当蓝胡子的妻子被蓝胡子的财富迷惑了双眼时,她便忘记了丈夫可怕的过去。但是劳娜的命运不同,自她与爵士的婚事被确定开始,安妮便如幽灵般时时出现在劳娜的生活中,不断地唤起人们的好奇心,希望一探“白衣女人”与爵士之间的过往。因此无论是深爱劳娜的画师沃尔特·哈特赖特,还是一心照顾劳娜的同母异父姐姐玛丽安·哈尔克姆,都决定在劳娜与格莱德爵士结婚之前,查清格莱德爵士与安妮的关系,并以此评估格莱德爵

① [美]布鲁诺·贝特尔海姆:《童话的魅力——童话的心理意义与价值》,舒伟、丁素萍、樊高月译,社会科学文献出版社 2015 年版,第 458 页。

②③ [英]威尔基·柯林斯:《白衣女人》,叶东心译,上海译文出版社 2007 年版,第 61 页。

士的性情和品德。但格莱德爵士是如此狡猾，他如同蓝胡子一般彬彬有礼，能够通过一系列令人尊敬的举动掩盖他的罪行。在吉尔摩律师见到格莱德爵士时，律师认为："讲到仪表和风度，我觉得他十分招人喜欢。他比我原先想象的要显得更老一些，他前额上边的头发已经脱落，脸显得有些憔悴，起了皱纹，但是他那灵活的举动和饱满的精神仍像年轻人一样。"①爵士表现出来的仪态正是习俗和惯例所认可的样子，这些恰恰成为他迷惑别人的手段，后来吉尔摩律师描绘格莱德爵士说："他不愧为一位地道的绅士，真是一个富有魅力的人物：礼貌周到，对人体贴入微，最可爱的是一点儿不拿架子。"②面对这样一位人见人爱、温和礼貌的绅士，劳娜当然没有理由拒绝与之永结秦晋之好，对维多利亚时期的中产阶级读者而言，不会有人认为这是一场错误的婚姻。尽管劳娜所爱之人是家庭教师沃尔特·哈特赖特，但在现实面前，选择一个受人尊敬的绅士来托付终身，对劳娜而言也许是最好的决定。

为了预示劳娜与格莱德爵士缔结的是一场错误的婚姻，叙述者在劳娜的生活中设定了一些与破败、痛苦有关的意象。劳娜与格莱德爵士订婚后，用了一段细节描写她出外散步的情景：

> 她在暗淡的残阳中一路走着，又被风吹得在她面前旋舞，腾上落下，纷纷散布在她脚跟前。狗颤抖着，紧贴着她的衣服，急着要引起她的注意和鼓励。但是她始终不去理它。她一直向前走，离开我越来越远，只有那些枯树叶在她身旁的路上旋舞——她一直向前走，到后来我眼前发痛，再看不见她了。③

① [英]威尔基·柯林斯：《白衣女人》，叶东心译，上海译文出版社 2007 年版，第 103 页。

② 同上书，第 116 页。

③ 同上书，第 71 页。

伴着残阳、落叶和枯树，劳娜在阳光下渐行渐远，便暗示了旧日的劳娜已经远去不见。此外，玛丽安在自己的日记中提到，她看到了劳娜与格莱德爵士的新婚名片，卡片上已将“费尔利小姐”改为“格莱德夫人”，这时格莱德爵士对劳娜耳语了一番，“我不知道他说了些什么话（劳娜后来不肯对我讲），但是，当时我只见她脸色变得惨白，我以为她就要晕倒了”①。格莱德爵士的恶毒言语对劳娜的伤害很大，这一晕倒本身便与痛苦联系在一起。因此，叙述者已经暗示劳娜陷入到了可怕的禁锢当中，“费尔利小姐”变成了“格莱德夫人”，这是一种死亡——劳娜·费尔利身份的死亡。事实也的确如此，英国习惯法规定，女性一旦进入婚姻，就意味着法律意义上的“死亡”，她将丧失绝大部分人权，“没有全权支配她的劳动所得，不允许选择自己的住所，不能合法地处置自己的财产、签署文件或充当证人。也就是说，妇女在结婚以后，就与罪犯、白痴和未成年人一样丧失了公民权，其法律地位是虚无的”②。

格莱德爵士雪白手上的红色伤痕暗示了一种危险，说明了这个人物身上有蓝胡子冷酷无情的特征。安妮·勃朗特的《怀尔德菲尔山庄的房客》中，海伦的丈夫阿瑟·亨廷顿身上并没有如蓝胡子或格莱德爵士外貌上明显的标记，但是亨廷顿的面部特征也为其他人了解他的本性提供了一些线索。他的五官俊美，但是肤色不够正常，当米利森特·哈格雷夫得知自己最好的朋友海伦要与亨廷顿结婚时，她说：“人都说他英俊，这当然不假，但我不喜欢那种美。……你不觉得亨廷顿先生的脸太红了吗？”③这种肤色暗示

① [英]威尔基·柯林斯：《白衣女人》，叶东心译，上海译文出版社 2007 年版，第 154 页。

② 李宝芳：《维多利亚时期英国中产阶级婚姻家庭生活研究》，社会科学文献出版社 2015 年版，第 103 页。

③ [英]安妮·勃朗特：《怀尔德菲尔山庄的房客》，赵慧珍译，敦煌文艺出版社 2007 年版，第 172 页。

了一种与众不同的特质——耽于肉体，性格粗暴。亨廷顿的确是一个过分沉迷风流韵事的人，在与同伴打猎归来时，其他伙伴由于筋疲力尽，衣服脏乱，便避开了庄园中的女性，唯独亨廷顿浑身上下又是泥又是水，还溅上了猎物的血，依旧忙着与其他女人调情说笑，故意冷落了自己的未婚妻海伦。但海伦并不在意这些，她不同于蓝胡子的妻子，也不同于《白衣女人》中的劳娜，爱人外表上的缺陷并不会对她造成困扰或受到惊吓，被丘比特之箭射中的海伦陷入爱情的魔沼当中，无法自拔，她敢于反驳哈格雷夫，说亨廷顿的脸"那是红润，恰到好处——容颜健康，生机勃勃。整体上是柔和淡红色，到两颊处深了一些，搭配匀称，天生地造一般"①。在海伦满含爱意的目光里，亨廷顿的外表无比完美，她也相信在完美的外表之下有着完美的灵魂。

事实并非如此，亨廷顿专横且霸道，他在结婚之前就开始控制海伦的思想，并且慢慢蚕食海伦的自主性。在二人确立恋爱关系后，他们在威尔莫特先生家参加聚会，大家一起谈话说笑期间，亨廷顿以带海伦欣赏画作为借口叫走了海伦，目的是让海伦离开众人，以免她与其他男性有过多接触，亨廷顿还用绵绵情话让海伦顺从于他，将海伦称作他崇拜的美丽的天使。正当海伦被迷惑之际，海伦的姨妈注意到了他们，告诫海伦要用理智压制一时的情感，"现在先在这里呆一会儿，等到你脸上吓人的颜色稍微消去些，眼睛恢复了自然神情后，再过去。要是叫人看见你现在这模样，我还难为情呢"②。这位善良聪明的太太已经意识到了亨廷顿的控制能力，他能让海伦行为反常，只听从他一个人的意见。前文提及，《白衣女人》中格莱德爵士对劳娜的耳语让她失去了抵抗力，此时亨廷顿也对海伦产生了控制，在亨廷顿绵绵不断的爱情攻势下，海伦毫无招架之力。

---

① [英]安妮·勃朗特：《怀尔德菲尔山庄的房客》，赵慧珍译，敦煌文艺出版社 2007 年版，第 172 页。

② 同上书，第 138 页。

也许在读者看来，相比于蓝胡子的妻子和《白衣女人》中的劳娜，海伦不应受到惩罚，因为海伦是出于忠诚美好的爱情才与亨廷顿结婚，读者应该能够理解和赞扬海伦的行为。海伦明知亨廷顿既缺乏头脑又缺乏道德原则，但她坚信自己道德劝善的力量，并一再告诉姨妈：

> 不管你怎么说，姨妈，反正我对他有信心。我甘愿牺牲我的幸福，换取保他幸福的机会。我就把好一些的男人留给那些只考虑个人利益的姑娘吧。如果他犯过错误，我就要帮他摆脱早年错误的影响，努力把他召回到道德之途上来。①
>
> 给他一个机会，让他摆脱在与那些比他更坏的人交往过程中偶然染上的恶习，让他真正的好品质像乌云遮不住阳光一样焕发出来。我要竭尽全力帮助他好的一面同坏的一面作斗争，叫他脱胎换骨。②

海伦希望通过克制隐忍的美德，带着自我牺牲的精神去改变亨廷顿，她已经将自己神化为一个无私的“拯救者”，去拯救误入歧途的爱人。但这只是海伦构想的一个美好的童话，海伦心中的童话是“美妞与怪兽”，她是富于美德的美妞，准备去拯救威胁他人安全的怪兽，并将对方的种种威胁转变为合乎家庭文明规范的行为。但不幸的是，亨廷顿不是善良的怪兽而是杀人的蓝胡子，海伦错误地将女性美德作为工具去改变亨廷顿，但这种美德却成了亨廷顿控制海伦的一个有力武器。怪兽可以通过美妞的帮助去改变他的危险性，亨廷顿是一个蓝胡子，不但不能被拯救，反而会毁灭那只拯救之手。在两性关系中，女性是处理家庭事务，并用自己的文明行为影响男性的一

---

① [英]安妮·勃朗特：《怀尔德菲尔山庄的房客》，赵慧珍译，敦煌文艺出版社 2007 年版，第 142 页。

② 同上书，第 166 页。

方。在海伦与亨廷顿的关系当中便是如此，在劝说海伦嫁给他时，亨廷顿事实上是在戏弄海伦的美德：

> 正是想到要娶你为妻，不叫你在我家屋顶下受委屈，这才迫使我节制我的花销，活得要像个基督徒的样——更不用说你人聪明，可以给我当好参谋，又这么美丽温柔，心地善良，通过你这些优点，可以把谨慎做人、行善积德的观念灌输到我心中。①

这种赞扬有着毁灭性的力量，通过将海伦置于"拯救者"的角色，亨廷顿将自己的行为当作衡量海伦的妻子角色成功与否的标准，一旦海伦能够通过"谨慎做人、行善积德"的观念改变了亨廷顿，那么海伦作为妻子的价值便实现了。就这样，亨廷顿把自己的身份和价值标准强加到了海伦的身上，海伦成了因亨廷顿的堕落而遭到惩罚的人，亨廷顿也由此将海伦带入一段无爱的婚姻当中。

第二节　"染血之室"的秘密

上一节已经谈到，蓝胡子故事开始于一场婚姻——轻信的妻子嫁给了一个会威胁到她的自我身份的男性。在丈夫保留秘密的时刻，蓝胡子夫妇能够维持岁月静好的婚姻生活，一旦妻子不听丈夫的忠告，一意孤行打开密室之门，便证明了丈夫忠告的无效性，自然也说明男性权威受到破坏。因

① [英]安妮·勃朗特：《怀尔德菲尔山庄的房客》，赵慧珍译，敦煌文艺出版社2007年版，第163页。

此,蓝胡子的秘密给了他作为男性和作为丈夫的权力,这种权力也使得他的妻子处于权力被剥夺,被忽视的他者地位。

在佩罗的《蓝胡子》童话中,已经指出了“秘密”被发现的整个过程。蓝胡子邀请了女孩和朋友们在别墅欢宴,等他们回到城里,这桩婚事就成了。婚礼后的一个月,蓝胡子告诉妻子,自己需要去外省处理一些重要的事情,蓝胡子由此离开了家庭领域,去外部的社会空间活动,关于婚后的最初一个月究竟发生过什么,读者无从知晓,更不知道夫妇二人的关系发生了怎样的变化。读者可以猜测他们也许过得很幸福,因为蓝胡子丈夫向妻子分配了他的财产,妻子也欣然接受了丈夫的美意,他让妻子在他离家的日子好好玩玩,请些女友来家里做伴,也可以带她们去乡间别墅。无论在哪儿,客人都能得到最好的招待。在蓝胡子丈夫准备离开时,他告知了妻子所有财产的存放之处,蓝胡子向妻子递交钥匙的行为,象征着财产的支配权被交到了妻子的手里:“‘这是两个大储藏柜的钥匙,’他对妻子说,‘这把钥匙是餐具柜的,那里放着平日里不常用的金银餐具;这是我放金子和银子的箱子钥匙;这是珠宝盒的钥匙,另外这是能开所有房间的万能钥匙。’”①蓝胡子也给了妻子另一把钥匙,这把小小的钥匙有特殊的含义,蓝胡子给妻子交待:“楼下套间的大走廊尽头有个小房间,这就是那里的钥匙。”②“钥匙”成了权力的隐喻,在两性关系中,代表了男性在婚姻关系中的支配地位。丈夫在临走前向妻子让出了部分权力,但是他终将归来,终将重建他最初的权力,因此尽管丈夫在家中缺席,但是有些权力结构注定了无法改变。妻子拥有这把小钥匙让她更加接近权力,但已有丈夫的禁令在先:“你可以打开任何一扇门,所有的屋子你都能去,但就是不许去那个小房间。我不允许你去那里,如果

①② [法]夏尔·佩罗:《鹅妈妈的故事》,张小言译,上海译文出版社2013年版,第13页。

你打开了那扇门,就别怪我到时候大发雷霆了。”[①]因此,“钥匙”的最终使用权依旧掌握在不在场的丈夫手中。

有趣的是,对一个只是出于金钱动机而结婚的女性来说,她应该更感兴趣的是丈夫交付的保管各种财产的钥匙,而非那一把密室之门的小钥匙,尽管这把钥匙能够为她带来新知,但蓝胡子的妻子恰恰不是这样。比起金银财宝,蓝胡子的妻子更加专注于小钥匙所隐藏之物,她请来欢宴的客人恰恰也是婚前与她一起参加蓝胡子宴会的客人们,她们对蓝胡子妻子的现状又羡慕又嫉妒:

> 这些太太小姐们一来就看遍了所有的卧室、书房,还有藏衣室,那些屋子真是一间比一间豪华。接着她们又去看了楼上几间储藏室、挂毯、床、沙发、矮柜、独脚小圆桌,那数不胜数的漂亮东西真是叫人看花了眼。储藏室里还有好多面能照出整个人的全身镜,这些镜子的边框有些是玻璃的,有些是银的,还有些是镀金的,这些女伴们还是头一次见到如此奢华的东西,她们对这位新媳妇的幸福生活羡慕得不得了,一刻不停地夸赞着她。[②]

客人们惊叹于蓝胡子家女主人奢华的生活时,女主人却对这些奢华之物并没有多大兴趣,她更关心的是丈夫的禁令,因为她更渴望分享丈夫的权力,“不过女主人本人倒是对这些贵重的东西一点儿也不感兴趣,因为她急着想去看看楼下套间的那个小房间”[③]。作为一个喜欢支配别人的男性的

①② [法]夏尔·佩罗:《鹅妈妈的故事》,张小言译,上海译文出版社 2013 年版,第 13 页。

③ 同上书,第 15 页。

妻子，她也许可以保留钥匙，由此而延续丈夫对她的权力，但是她希望能够再前进一步——去使用这把钥匙，更进一步说是去了解她的丈夫。这种"了解"是危险的，它可以检验出在丈夫的控制之下，妻子究竟在怎样的状况下是安全的。妻子对丈夫禁令的拒绝，便是妻子试图在男性的统治之外寻求灵魂的独立与自由。

我们可以从字面义和隐喻义两个层面去解释小钥匙和蓝胡子的秘密，贝特尔海姆认为：

> 当一个男性在交给女方一间屋子的钥匙的同时嘱咐她不能进去，他实际上就是在考验她是否对自己惟命是从，或者从更广的意义上看，是否对他本人忠贞不贰。所以，这些男性或者假装离去，或者真的离开一段时间，从而来检验对方的忠诚可靠。门被打开了，上面沾上了洗不掉的血迹，那打开密室之门的钥匙使人联想到男性生殖器，特别在初次性交时处女膜破裂，鲜血沾在上面。①

在贝特尔海姆看来，小钥匙被赋予了菲勒斯的力量，小钥匙也如同一个巨大的禁果，它是如此显眼而无法被人所忽略。我们也可以将小钥匙理解为对被禁之门的好奇心，但是这种好奇心将令人付出巨大的代价，妻子进了密室，见到了蓝胡子已经亡故的妻子们，钥匙因此而沾了洗不掉的血迹，蓝胡子回家后发现妻子去了密室，"你不就是想去那间小房间嘛！好吧，夫人，那你就进去吧，就在你见过的那几位边上找个自己的位置吧"②。蓝胡子的

---

① [美]布鲁诺·贝特尔海姆：《童话的魅力——童话的心理意义与价值》，舒伟、丁素萍、樊高月译，社会科学文献出版社 2015 年版，第 460 页。

② [法]夏尔·佩罗：《鹅妈妈的故事》，张小言译，上海译文出版社 2013 年版，第 17 页。

几位妻子早已经历了同样的命运，好奇心带来的结果就是死亡。

在《白衣女人》中，劳娜并没有像蓝胡子的妻子那样，渴望探求丈夫的秘密，相反地，这个巨大的秘密主动找上了劳娜，安妮·凯瑟里克就是“秘密”，或者说她既是秘密也是钥匙，追索安妮的人生故事，就能探知格莱德爵士的斑斑罪迹。如同蓝胡子，格莱德爵士决定在妻子劳娜面前保守秘密，也更不允许劳娜使用“钥匙”去发现秘密。劳娜嫁给格莱德爵士并非她本人所愿，只是由她故去的父亲在早年缔结了这桩婚约，对负债累累、徒有贵族虚名的格莱德爵士而言，这是最理想的婚事，因为一旦和劳娜结婚，他就可以动用劳娜每年三千英镑的收入，并且假如劳娜先于他去世，未留下子女的话，全部财产将归格莱德爵士所有，他并不掩饰自己的想法：“我对她什么都不相信，只相信她的钱。”①十九世纪英国思想家托马斯·卡莱尔在《文明的忧思》中谈到，“钱是一个不可思议的东西，它为我们带来了奇迹般的便利，也带来了未曾预见的迷惑与阴暗；大多数人都会因它丧尽天良！”②格莱德爵士便是如此，可以为了得到金钱做出任何令人发指的事情，为钱结婚只是其中之一。这种情况在维多利亚时期并不少见，在“金钱”的诱惑下，尽管伴侣式婚姻为人们所称颂，事实上在选择配偶时，更多地考虑对方的社会地位和财富。中产阶级把娶妻嫁女作为增强家庭财产实力或提升社会地位的阶梯。据史书记载，一位律师达德利·雷德的父亲劝告他不要娶沙莉为妻：“因为她家很穷，不能为他带来经济利益，她也没有为我们家庭事业带来机会的朋友。”③中产阶级出嫁女儿也更多地考虑经济利益，“一个女儿最高尚

① [英]威尔基·柯林斯：《白衣女人》，叶东心译，上海译文出版社2007年版，第271页。

② [英]卡莱尔：《文明的忧思》，郭凤彩译，金城出版社2011年版，第39页。

③ 转引自潘迎华：《19世纪英国现代化与女性》，浙江人民出版社2005年版，第149页。

的行为就是缔结一门能增长家庭财富的美满婚姻,至于新郎的年龄、道德品质及知识才能与亲事毫无关系"①。这样,中产阶级女性的婚姻被禁锢在狭小的社会圈子中,很可能会因为没有合适的对象而终身不婚,成为仰人鼻息的老处女。贵族的婚姻通常是包办的,从本质上说,是两个家族经济利益和政治联盟的结果,衡量婚姻的尺度是经济利益和政治利益,或者是家族的荣誉。有些贵族通过婚姻扩大了政治势力和经济实力,因而爬上了更高的社会等级。

劳娜与格莱德爵士的婚姻反映了这一点,劳娜出身贵族,尽管已经心有所属爱上了自己的家庭教师沃尔特,她也只能听从父亲的教导,为了自己应尽的"义务"而结婚,格莱德爵士则一心一意地为了财产而结婚。在婚事确定之后,格莱德爵士强迫劳娜订立财产契约并要求劳娜签字,一旦劳娜签了字,那么她将失去自己全部的财产支配权,等于将财产拱手送给了丈夫格莱德爵士,这是一份带有欺诈性质的合同。劳娜自然希望知道自己究竟在签什么文件,并要求丈夫告知她文件的内容,格莱德爵士如同蓝胡子一般专制,拒绝向妻子解释他的目的,他认为女人不懂这些,劳娜的询问是人之常情:"无论如何,我总要试着去看懂它。吉尔摩先生要我无论做什么事,总得先向我说清楚,他的话我总听得懂。"②格莱德爵士简单又粗暴地剥夺了妻子的知情权,他告诉劳娜:我是你丈夫,不必事事向你解释。尽管劳娜是"最柔顺的"女子,她依然认为自己要做"一个对事情负责的人",她表达了女性在婚姻中最简单的诉求,却得不到丈夫的回应。

这时安妮·凯瑟里克出现了,耳语般地讲述着格莱德爵士的染血之室。

---

① 转引自潘迎华:《19世纪英国现代化与女性》,浙江人民出版社2005年版,第150页。

② [英]威尔基·柯林斯:《白衣女人》,叶东心译,上海译文出版社2007年版,第199页。

安妮的身份是一个谜，她对格莱德爵士构成威胁，安妮曾告知劳娜："有一次我威胁他，说要揭发他的秘密，就把他吓倒了。"①但这个秘密究竟是什么，安妮自己并不清楚。她是一个智力发育迟缓的女孩，在听到母亲无意泄露的几句话后就妄加揣测，格莱德爵士做贼心虚，自然以为安妮从母亲处知道了一切，安妮的母亲是格莱德爵士罪行的共谋。因此安妮口中的"秘密"二字足以吓住格莱德爵士，这个"秘密"是一个空洞的能指，安妮却为此付出了惨重的代价，格莱德爵士将她关进疯人院，以为这样就能永远掩盖罪恶。尽管安妮逃出疯人院后警告了劳娜：格莱德爵士并非善良可信之人。但劳娜是一个被动无助的妻子，她希望知道丈夫的秘密但又无从下手，她有着发现秘密的愿望和好奇心，但又不能靠一己之力完成这个任务。

不同于劳娜的被动，《怀尔德菲尔山庄的房客》中的海伦·亨廷顿是三位妻子形象中最积极有力的一个。海伦出于爱情而结婚，她相信自己的丈夫是一个仁慈的人，她并不认为和亨廷顿的婚姻能够让她失去自己良好的声誉。海伦刻意回避了许多关于丈夫的秘密，因为她害怕面对这些真相，她不敢相信也不愿意相信，这就是海伦和亨廷顿的婚姻本质。海伦是维多利亚时期家庭观念的维护者，在婚后不久便认识到了自己当初的错误，她承认亨廷顿并不是她最初想象的那种人。假如自己一开始就能够深入地了解他，那就不会爱上他。但海伦又认为婚后自己有责任去拯救丈夫的灵魂："不论我过去理应怎么做，我现在的责任很简单，就是爱他，守着他，这也正是我的志愿。"②出于这个理由，无论亨廷顿怎样对待海伦，海伦都坚守初心，亨廷顿并不是一个讨人喜欢的丈夫，他竟以折磨妻子为乐，他最喜欢的

① [英]威尔基·柯林斯：《白衣女人》，叶东心译，上海译文出版社 2007 年版，第 229 页。

② [英]安妮·勃朗特：《怀尔德菲尔山庄的房客》，赵慧珍译，敦煌文艺出版社 2007 年版，第 193 页。

乐事就是和海伦坐在一起，给她讲自己从前的风流韵事，包括他如何毁了某个轻信的姑娘，或者给某个猜疑的丈夫戴了顶绿帽。假如海伦表现出吃惊或气愤的样子，亨廷顿就认为自己激起了海伦的嫉妒心，他竟能为此而开心。在亨廷顿看来，他的风流往事越精彩越丰富，就越能够显示出他是一个真正的男人，或者说越发有资格成为海伦的主宰者。尽管海伦也曾犹豫后悔，但她并未放弃对丈夫的爱："我现在不抱怨，将来也不抱怨。我现在爱他，将来还爱他。既然已经将自己的命运和他拴在了一起，我就不后悔，永远不后悔。"①亨廷顿的丑行已经不是秘密，朋友哈格雷夫打算对海伦讲出亨廷顿在伦敦的堕落行为，并且直接表达了对亨廷顿的反感，海伦听而不闻，还固执地为丈夫辩护："'你这么想最好不要对我说，'我说道，'他虽然坏，但毕竟是我的一部分，你骂他必然得罪我。'"②海伦始终认为自己的生命与丈夫紧紧相连，与其得知丈夫的丑闻而让自己伤心，还不如选择逃避，这或许是海伦对自己的一种保护。

但是海伦无法完全保护自己，亨廷顿的影响无处不在，之所以如此，是因为海伦对亨廷顿有着诚挚的爱情，更重要的是海伦自觉地担负着对婚姻和家庭的责任。十九世纪作家威廉姆·科贝特曾在《给上中层年轻男女的建议》中列出了理想妻子的八项品德——纯贞、节制、勤勉、朴素、整洁、懂家务、脾气好和美貌，这是一幅理想"家庭天使"的画像。女性应该完全对家的舒适、体面和道德负责，因此"家庭天使"观念内涵可概括为三个方面：持家理想、道德理想和生育理想。③在小说中，叙述者展示了海伦相夫教子、操持

---

① [英]安妮·勃朗特：《怀尔德菲尔山庄的房客》，赵慧珍译，敦煌文艺出版社 2007 年版，第 199 页。

② 同上书，第 262 页。

③ 参见李宝芳：《维多利亚时期英国中产阶级婚姻家庭生活研究》，社会科学文献出版社 2015 年版，第 71 页。

家务、看望佃户、为家庭应酬社交的种种细节，海伦已经完美地展示了“家庭天使”的所有内涵，是理想家庭观念的忠实维护者。

亨廷顿作为道德堕落的代表者，必将成为海伦所代表的家庭观念的对立面。在他们结婚之初，也就是海伦发现丈夫与人私通的秘密之前，亨廷顿的不当行为已经威胁到了海伦，并吞噬了她对爱情的理想。亨廷顿的做法是控制海伦独立的思想和行为，海伦也意识到了这一点：

> 他只喜欢我从他身上得到快乐，对我的任何一点尊敬和关怀必须由他给予，容不得别人。他知道他是我的太阳，然而当他想收起他的亮光时，他就要我的天空一片黑暗，不能容忍我有一轮月亮暂缓无光之苦。①

这样看来，一旦海伦将自己的思想和感情寄托于亨廷顿身上，那么亨廷顿很容易地就控制了海伦的自我，他将海伦的一切纳入自己的生活当中，这是亨廷顿作为蓝胡子丈夫的第一步行动。第二步是令读者更为震惊的一面，亨廷顿将孩子称为“小魔鬼”，身为父亲的他没有多少养育之心，孩子不过是婚姻的累赘和附属品。尽管有了孩子，亨廷顿依然只希望将海伦对孩子和上帝的注意力转移到自己身上，毋宁说，他自己就是上帝。当他们一起从教堂回家时，亨廷顿告诉海伦：

> 你太虔诚信教了，我如今也喜欢女人虔诚信教，并且认为你的虔诚是你最吸引人的魅力之一。但话说回来，女人信教不应该削弱她对她尘世之主的忠心。②

---

① [英]安妮·勃朗特：《怀尔德菲尔山庄的房客》，赵慧珍译，敦煌文艺出版社 2007 年版，第 220 页。

② 同上书，第 194 页。

这时的亨廷顿俨然以海伦的主人自居，他一再地想引起海伦的注意力，并且当海伦希望他也虔心信教时，他的意见是相反的，他认为自己天生不是块当圣人的料。维多利亚时期的道德家们强调女性在道德教化方面的责任，萨拉·埃利斯在《妇女的责任》中告诫妇女以忍受痛苦为别人服务为荣，以自我牺牲为乐："让男人享受和睦和成功的快乐，知识王国属于他们，毫无疑问这些都是为他们设计的……道德世界是我们的——通过我们的位置、我们的个性、上帝对我们的指示表达出来……妇女的任务体现在平静、爱和无私中。她的付出与成功都是为了这一目的，她们的影响是无私的、非世俗精神的。在大部分时间里，她们主要在促进高雅、幸福和良好的道德品质方面发挥作用。"①女性对男性品德的救赎负有责任，她们被期望去影响和帮助丈夫完成上帝赋予的使命。在海伦和亨廷顿的关系中，根本无法实现道德救赎，海伦追求灵魂的净化，亨廷顿不仅缺乏对灵魂净化的理解，还蔑视这一切，这种蔑视导致海伦发现秘密后毅然决然地离开了丈夫。

在《蓝胡子》故事中，妻子对丈夫秘密的发现意味着婚姻关系的一个转折。妻子打开密室之门后看到"地板上全是凝住的血，血泊中还有几具女尸的倒影，她们都被紧紧绑住拴在墙上。这些就是蓝胡子以前的妻子，她们一个个都被蓝胡子杀死了"②。面对这一场景，妻子的反应无疑很强烈，"她差点被吓死"。这时出现了关键情节——小钥匙从妻子手中滑落了下来，等妻子锁上房门回到自己的房间里，才发现钥匙上沾了血迹，她擦了两三遍还是擦不掉，用水洗也洗不掉，用沙子和岩石磨也还是弄不干净。原因在于这把

① 转引自潘迎华：《19世纪英国现代化与女性》，浙江人民出版社2005年版，第148页。

② [法]夏尔·佩罗：《鹅妈妈的故事》，张小言译，上海译文出版社2013年版，第15页。

钥匙被施过魔法，血迹会永远留在上面，这样沾有血迹的钥匙变成了妻子偷偷打开过密室之门的证据，血迹象征着一种冲突：妻子对丈夫权威的蔑视，和丈夫杀人的罪恶之间的冲突。

毋庸置疑，对蓝胡子而言妻子的罪更深，因为他竭力维护的男性权威胜过他是杀人犯这一事实。妻子的反应也证明了这一点，“妻子跪倒在她丈夫的脚下，哭着求他饶她一回，她对于自己没有听丈夫的警告而犯下的错误很是后悔，一再表示自己真心地忏悔”①。比起杀人犯丈夫，不顺从丈夫的妻子罪孽更重。佩罗通过这种方式，点明了好奇心的可怕后果，妻子出于好奇心揭开秘密便是将自己置于危险的边缘，这样她便要承担自己造成的后果。蓝胡子的反应冷漠无情，他的心肠比铁还冷，比石还硬。毫无疑问，童话故事中更强调的是女性的错误而非男性的罪孽，意图以此来警告女性：不要挑战男性的权威。钥匙上的血迹说明女性错用了丈夫的权威，这只是丈夫暂时赋予她的，一旦逾矩，女性便要付出惨重的代价。

蓝胡子的妻子“侵犯”了婚姻中男尊女卑的传统，蓝胡子作为男性权威的维护者，当然不允许女性有逾矩行为，这在《白衣女人》和《怀尔德菲尔山庄的房客》中都有所体现。

在《白衣女人》中，蓝胡子丈夫的真实身份被一再掩藏，因此即便他人知道有一个“秘密”，但并不意味着知道了真相。劳娜的处境便是如此，劳娜并未从安妮处知道秘密，原因是安妮自己也不明确这个秘密到底是什么，但是丈夫格莱德爵士以为劳娜已经知道了。在他发现劳娜已经见过安妮后，他公然管制与禁闭了妻子。玛丽安去看望劳娜后发现了这些，她对格莱德爵士说：“我是不是应当这样理解，珀西瓦尔爵士：你妻子的房间是牢房，你的

① ［法］夏尔·佩罗：《鹅妈妈的故事》，张小言译，上海译文出版社 2013 年版，第 17 页。

女仆是看守牢房的禁子。”[1]正如蓝胡子打算杀死发现秘密的妻子，格莱德爵士也打算禁闭妻子以作为惩罚。劳娜向玛丽安倾诉了自己的遭遇，丈夫曾威胁她：“非叫你说不可！……你只肯告诉我这一些，可是你还知道更多的事。我会叫你把秘密说出来，我还要叫你那个姐姐也把秘密说出来。”[2]这时劳娜和玛丽安交换了钥匙，劳娜用钥匙将自己反锁在屋里，这样便可以保护劳娜不再受到丈夫的暴力侵害。拿到钥匙意味着掌握了主动权，这把钥匙使劳娜暂时免受丈夫的控制，但是并不能一劳永逸地庇护劳娜，格莱德爵士依旧威胁劳娜，他一定要劳娜说出秘密。事实上，无论是安妮还是劳娜，都不知道“秘密”究竟所指为何，但在格莱德爵士的臆想中，这个“秘密”已经威胁到了他的身份和地位。那么“秘密”究竟是什么呢？答案是：格莱德爵士是一个非婚生子，在国外发了财，回国后伪造身份证件，继承了贵族头衔，骗娶劳娜为妻，他所有的财产和地位是通过非法的手段得到的，这位煊赫一时的从男爵——拥有上好的庄地——出身名门望族的大人物不过是负债累累、满身罪恶的骗子，他窃取了名号、爵位和财产，以及全部上流社会的地位。“格莱德爵士”的所指空无一人，因此叙述者便下了结论，这个男人与劳娜的婚姻是“错配的婚事”。

与之相比，《怀尔德菲尔山庄的房客》中亨廷顿秘密的被揭露更加反映出婚姻的本质。贝特尔海姆解释道：“《蓝胡子》和所有童话故事一样，进行了一次深入的追求更高的道德和人性的教育。一个执意对性的失节进行残酷报复的人和一个以破坏性的方式去进行性活动的人一样，应当受到惩处。”[3]在《蓝胡子》中，佩罗也将故事提升到了道德说教的层面：“人们可以

---

① [英]威尔基·柯林斯：《白衣女人》，叶东心译，上海译文出版社2007年版，第239页。

② 同上书，第245页。

③ [美]布鲁诺·贝特尔海姆：《童话的魅力：童话的心理意义与价值》，舒伟、丁素萍、樊高月译，社会科学文献出版社2015年版，第463页。

清楚地看到,这是一个发生在过去年代的故事。今天,这种要求过高,无法满足的可怕丈夫已经不复存在了;丈夫们即使心中不满,或者心怀嫉妒,也要温存地对待自己的妻子。”①因此贝特尔海姆认为“唯一受益的可能就是这个社会,因为蓝胡子从这个世界上消失了”②。在小说中,海伦最后发现的便是丈夫亨廷顿与蓝胡子相似的特征:亨廷顿不懂得爱,他贪欲无度,无法满足。但令人欣慰的是,蓝胡子般的丈夫只是历史的陈迹,而亨廷顿作为蓝胡子的化身,也终将消失。

在海伦与亨廷顿的婚姻中,亨廷顿的秘密最具破坏性:他背叛了深爱自己的妻子,与其他女人私通。正如《蓝胡子》故事里的描述,秘密的被发现对妻子而言是致命的,蓝胡子的妻子将被丈夫杀死,她经受了身体上的折磨,而海伦面对的是精神上的煎熬。在庄园里的家庭聚会期间,海伦觉察到了亨廷顿与安娜贝拉偷情,海伦误入亨廷顿与安娜贝拉私会的地点,一心期盼情人到来的亨廷顿见到海伦后万分失望,他命令海伦赶紧回屋,随后,海伦便从丈夫口中得知丈夫并不爱她,当安娜贝拉问亨廷顿是否还爱海伦时,亨廷顿断然否定:一点也不爱。这些话对海伦是致命的打击,海伦意识到她已经失去了作为亨廷顿妻子的身份,海伦的爱情之箭射中了自己并且伤到了她:

> 我的舌头紧紧地粘在我的上颚上,脚下如陷进泥土中一般,我都奇怪他怎么没听见我的心跳声盖过了低吟的风声和一阵阵沙沙作响的落叶声。我的知觉似乎离我而去。③

①② [美]布鲁诺·贝特尔海姆:《童话的魅力:童话的心理意义与价值》,舒伟、丁素萍、樊高月译,社会科学文献出版社 2015 年版,第 464 页。

③ [英]安妮·勃朗特:《怀尔德菲尔山庄的房客》,赵慧珍译,敦煌文艺出版社 2007 年版,第 292 页。

亨廷顿看到了海伦的变化，他发现海伦的脸色变了，却不知为何如此。维多利亚时期对女性行为规范中最重要的原则是“贞洁”，贞洁意味着女性对男性的绝对忠诚。社会要求女性贞洁，但是男性可以背叛女性而不负任何责任，亨廷顿对海伦便是如此。不忠丈夫的秘密在精神上杀死了海伦，一旦海伦知道了亨廷顿不再爱她的事实，那么亨廷顿夫人这个身份便已不再，她已经死去了。

海伦是幸运的，发现秘密的过程是痛苦的，但最终为她带来了自由，当妻子发现丈夫内心的残暴时，应该是女性经历清醒的过程。从盲目的爱情到发现爱人的无情背叛，爱得越深，伤痛就会越重：“他粉碎了我的希望，毁灭了我青春时代最珍贵的感情，把我推进痛不欲生的悲惨深渊中——人之作孽莫过于此。”①蓝胡子的妻子在发现了丈夫的秘密并受到死亡的威胁时，并未产生如海伦这般心灵上的痛苦，她只是由于自己违背了丈夫的禁令而恳求与哭泣。海伦却由此开始从丈夫的控制当中解脱，并因此而自由与重生。

海伦的独立过程并不容易，亨廷顿如同蓝胡子和《白衣女人》中的格莱德爵士，在自己的秘密被发现后禁闭了妻子。海伦打算脱离亨廷顿在经济上对她的控制，而学着自己在社会上立足，如同《白衣女人》中的劳娜，海伦拿起画笔以谋生，不同于劳娜的是，海伦是真正的女画家，并且在这个紧要关头不断地练习以提升绘画水平，这对亨廷顿造成了强有力的威胁。亨廷顿为什么会恐惧海伦外出自立呢？因为可靠的家庭生活是一切稳定之根源。维多利亚时期的英国人将男主外、女主内的互动关系视为构成和谐家庭的基础，一旦夫妻的界限模糊了，他们在社会上的关系也会跟着混淆，导

① ［英］安妮·勃朗特：《怀尔德菲尔山庄的房客》，赵慧珍译，敦煌文艺出版社 2007 年版，第 298 页。

致以往和谐的家庭破裂，从而影响两性身份的架构。

因此亨廷顿采取了粗暴的方式阻止海伦，他夺走海伦的日记簿、拿走海伦的钥匙、烧了海伦所有的绘画用具。一如蓝胡子妻子与《白衣女人》中劳娜的经历，“钥匙”再次成为两性之间权力交换的象征，亨廷顿对妻子说：“麻烦你把你的钥匙交给我，亲爱的。……你柜子、书桌、抽屉的钥匙，还有别的地方的钥匙。”①拿走钥匙便意味着带走海伦的拥有之物，事实上是要毁灭她。海伦感到绝望，这种绝望关涉到孩子，也关涉到她的信仰：“我对他将来的生活已不抱什么希望，我甚至还有一种强烈的愿望——他要是没出生该多好！……我尽量依赖上帝，我的心向往着上帝，但这一切都将化为尘土。”②在这一点上，海伦已接近精神上的死亡，她需要外界的力量去拯救她。

第三节　蓝胡子的幽灵：家庭秩序的重建

蓝胡子的妻子发现秘密之后，蓝胡子对妻子说：“夫人，你一定得死”，这句话指明妻子“必须”死，理想的婚姻伴侣关系是夫妻共同维护家庭的圆满，但是蓝胡子毁灭了这种关系，在蓝胡子故事中，妻子的自由不是仅仅从丈夫的禁锢中解脱，更重要的是从丈夫给予她的身份中解脱，自己参与到对自己的拯救过程当中。

蓝胡子准备杀死不听话的妻子，妻子尝试着拖延时间以自救，当蓝胡子说她一定得死时，她请求丈夫再给她一点儿时间祷告，这是她自我拯救的开始，但她只是被动地等待外部的援救者出现，并找到了自己的代理者——安

---

① [英]安妮·勃朗特：《怀尔德菲尔山庄的房客》，赵慧珍译，敦煌文艺出版社 2007 年版，第 353 页。

② 同上书，第 356 页。

娜姐姐，她们一起等待着男性的帮助者——她们的哥哥们，妻子叫来了姐姐，对她说：

> "安娜姐姐，我求求你，你帮我到塔楼上去看看我的哥哥们有没有来。他们答应过今天来看我的，如果你看见了他们，就给他们打手势，好让他们快点过来。"……安娜姐姐回答："我看见两位骑士正向这边来，但他们还在很远的地方。""谢天谢地啊！"她听到姐姐的回答不禁叫起来，"是我的哥哥们，我来给他们打手势，好让他们快点赶来。"①

这时蓝胡子已经一手揪住妻子，另一手举起大刀要向她头上砍去，可怜的妻子只能仰头用垂死的眼光望着丈夫，求他再给她半分钟的时间祈祷。蓝胡子妻子完全无力反抗，她只能安静地等待被解救，此刻的她虽生犹死，已经离密室中其他妻子的尸体越来越近了。

蓝胡子知道妻子在临死前寻求的只能是一种精神上的安慰，她只能祈求上帝的庇佑。此时另外的异性出现了——妻子的哥哥们救了她，在哥哥们救了妻子并杀死蓝胡子后，读者看到的是男性武力的展示：

> 门一开，两位骑士冲了进来，向着蓝胡子扑去。蓝胡子认出了这是妻子的两个哥哥。他们一个是龙骑兵，一个是火枪手。为了保住小命，蓝胡子急着想逃走，但是两个哥哥紧紧追着他，他还没跑到门口的台阶上，就已经被逮住了。他们用剑刺穿了他的身体，蓝胡子当即就一命呜呼了。②

---

① [法]夏尔·佩罗：《鹅妈妈的故事》，张小言译，上海译文出版社 2013 年版，第 18—21 页。

② 同上书，第 21 页。

丈夫死后，蓝胡子的妻子差点也和自己的丈夫一样断了气，她连站起来和哥哥们拥抱的力气也没有了。蓝胡子的妻子事实上毁了自己，首先因为她出于金钱的动机而迈入了和蓝胡子的婚姻，其次因为她将自己的身份依附于男性之上，当丈夫死去时，她的精神也和丈夫一样"一命呜呼"了。在童话故事中，身体上的拯救是暂时的，但是精神上的复原——需要时间去完成。

在重写童话的过程中，威尔基·柯林斯和安妮·勃朗特主要关注了蓝胡子妻子发现秘密的过程，与之伴随的是蓝胡子妻子的自我拯救，小说指出了女性在婚姻中的无权地位。在《白衣女人》中，威尔基·柯林斯给读者呈现了一个难以自我拯救的妻子，劳娜是一个没有主见、柔弱无助、事事依赖他人的女性，幸运的是，一路有同母异父的姐姐和相恋已久的家庭教师沃尔特·哈特赖特相伴相助，她才能不被蓝胡子丈夫伤害。与之相反，在《怀尔德菲尔山庄的房客》中，安妮·勃朗特塑造了坚强的女主人公海伦，经过他人的帮助，海伦走上了自我拯救之路，并且最终找到了超越丈夫之上的权力。

在《白衣女人》中，沃尔特承担了"蓝胡子"故事中的哥哥角色，在劳娜被格莱德爵士等人以死亡之名与安妮换了身份，关进疯人院又逃出疯人院之后，沃尔特收留了劳娜，他们逃到伦敦并化名租下了房间，在外人眼中，他们是互帮互助的兄妹，在沃尔特心中，劳娜是需要全心全意加以保护的对象，他认为自己有责任支持、保护、鼓舞劳娜，并且帮助她恢复曾经失去的一切。如果说蓝胡子的妻子还尝试着参与到自我拯救的过程中，她在临死之前想办法拖延时间——尽管除此以外别无他法。那么劳娜的自我拯救纯属徒劳，无论是感情上还是生活上，劳娜始终需要依靠他人的力量摆脱困境，因为她的天真柔顺实在难以和冷酷的现实相对抗，她总是天真地以己度人，毫无保留地相信别人的话。与劳娜相比，姐姐玛丽安更符合理想的家庭女性形象，玛丽安有勇有谋，无论是福斯科伯爵还是沃尔特都对她的智慧与能力赞不绝口，她具有一种高贵的忘我精神，总是向人施予，并不苛求索取。在拯救劳娜的过程中，玛丽安是沃尔特最有力的帮手，也是更合适的妻子角色，劳娜已经意识到了这一点：

> 我成了一个废物，成了你们俩沉重的包袱……你工作挣钱，沃尔特，玛丽安做你的帮手。为什么我就这么无能？到后来，你会更喜欢玛丽安的——你会这样的，因为，瞧我这么无用！哦，你们不要，千万不要把我当小孩儿看待！①

事实上沃尔特也知道劳娜的无助与无能，他将劳娜看作一个孩子而非妻子，她是一个亟须依赖他人的女人而非理想的合作伙伴。为了贴补家用，劳娜也曾努力做出自己的贡献，她打算以卖画为生，沃尔特为了哄劳娜高兴，将她的画作偷偷买下，以满足劳娜的愿望："要这样善意地哄骗她，有时候也不大容易，她会那样得意洋洋地拿出她的钱袋，支付我们的开销，还一本正经地估计，那一星期里究竟是我还是她挣的钱多。"②毫无疑问，这些做法更加衬托了沃尔特的男性气质，沃尔特的所作所为是他对劳娜女性气质的"塑造"，是对劳娜无助和天真特性的保留和延伸。

值得注意的是《白衣女人》的叙述特色，采用了八位不同的叙述者以第一人称来轮流讲述故事，如同法庭上的证人作证，每位叙述者都被安排在适当的时间出来讲故事，在一位叙述者讲述结束后，另一位叙述者才登场，并且这八位叙述者都是书中的人物。整个故事由不同的当事人按照事件发生

---

① [英]威尔基·柯林斯：《白衣女人》，叶东心译，上海译文出版社 2007 年版，第 390 页。

② 同上书，第 391 页。

的时间顺序轮流叙述，其中也包括几位叙述人写下的记录文字、日记和应邀写下的证明材料。按照八位叙述者的出场顺序，他们分别为：画师沃尔特、吉尔摩律师、玛丽安、费尔利先生、女管家迈克尔森太太、厨娘赫斯特、凯瑟里克太太以及福斯科伯爵。八位叙述者讲述的都是自己的亲身经历或亲眼所见、亲耳所闻的事件，但主宰叙事进程的始终是男主人公沃尔特。

在所有的叙述人中，沃尔特第一个出场，他向读者讲述了他如何接到利默里奇庄园发出的担任教师的邀请，如何在伦敦郊外的深夜帮助白衣女人安妮逃脱追捕，如何与玛丽安、劳娜结识并与劳娜相爱，如何发现安妮与劳娜外貌酷似，如何知晓安妮的真实身份以及她和费尔利太太的渊源，如何再次遇到安妮以及怀疑迫害安妮的人就是劳娜的未婚夫格莱德爵士，最终他是如何满心伤感地离开利默里奇庄园的。当沃尔特退出叙述者的位置后，吉尔摩律师继而承担了叙述任务。在他的叙述中，读者得知格莱德爵士是怎样消除了玛丽安心中的不安和疑虑，同意劳娜履行与格莱德爵士的婚约。与此同时，吉尔摩律师还介绍了劳娜的遗产组成情况和继承条件，并说明如果劳娜去世，劳娜的遗产将由她未来的丈夫格莱德爵士以及劳娜的姑姑福斯科夫人继承，这里也铺垫好了后来的“掉包计”。吉尔摩律师离开利默里奇庄园后，读者所得到的信息都来自第三位叙述者玛丽安的日记以及玛丽安本人的叙述。玛丽安在日记中交代了劳娜婚前的挣扎以及婚后生活的不幸，也是在玛丽安的讲述中，另一位重要人物福斯科伯爵出现在故事中。睿智的玛丽安在与格莱德爵士以及福斯科夫人的相处中觉察到了格莱德爵士的表里不一和福斯科伯爵的狡猾可疑，而白衣女人的又一次出现向劳娜示警也让玛丽安更加疑心，于是，勇敢的玛丽安换上便装爬上房梁偷听格莱德爵士和福斯科伯爵的谈话，玛丽安因为淋雨而病倒了，她千辛万苦记录的日记也被福斯科伯爵撕掉。接下来的几位叙述者则从不同的侧面还原了劳娜和安妮被迫害的经过，只是他们并不清楚格莱德爵士和福斯科伯爵早已使用了“掉包计”，使人们误以为在福斯科府里去世的人是劳娜——即格莱德爵士夫人。直到沃尔特回到英国，重回叙述者的位置，真相才渐渐浮出水面。沃尔特在劳娜的墓地遇到了玛丽安和另一个不应该出现的人——劳娜本人。这时读者才恍然大悟，原来劳娜并没有去世，躺在棺木中的人是白衣女人安妮。沃尔特于是开始了调查走访、帮助劳娜恢复身份的艰难历程。经过沃尔特抽丝剥茧的追查，发现了关于格莱德爵士的一个惊人秘密，原来格莱德是个伪爵士，他的父母并未正式结婚，他是个私生子。凯瑟里克太太的叙述也证实了这一点，格莱德爵士之所以竭力掩饰这一点是因为根据英国当时的法律，格莱德爵士非法继承了父亲的遗产，一旦被发现将会被处以死刑。在沃尔特以及玛丽安等人的不懈努力下，格莱德爵士的团伙终于恶有恶报，劳娜也恢复了身份并与沃尔特有情人终成眷属。可以看出，尽管小说由不同的叙述者分别展开故事，但是作者威尔基·柯林斯安排了一个主宰叙事的叙述者沃尔特。这样看来，从角色承担的任务上，沃尔特如同蓝胡子妻子的哥哥，帮助了危在旦夕的妻子形象劳娜，而且通过掌控叙事进程，沃尔特也获取了劳娜和玛丽安的拯救者的权力。

《怀尔德菲尔山庄的房客》中，海伦是另一种类型的蓝胡子妻子形象，《白衣女人》中的劳娜难以逃脱蓝胡子妻子的特征，她无力拯救自己，但海伦做到了许多妻子所不能及之事。海伦从丈夫的身边逃脱，逃离时丈夫并未如童话故事中那样死去，而是经历了病痛之苦，这时恰恰需要妻子的照料与爱护，当海伦再次回到丈夫身边时，便达到了两性权力的一种平衡。当然，海伦的回归并不意味着她成了婚姻中的牺牲者。

海伦第一次逃脱严重情绪化的丈夫，她没有得到其他人的帮助，因此失败了。为了保护自己，也为了避免让自己的孩子受到父亲不良习性的影响，她必须指望从兄长弗雷德里克·劳伦斯处得到帮助。正如“蓝胡子”故事，兄长承担起了帮助者的角色，更重要的是，在经历了爱情的死亡之后，海伦与兄长的联系使得海伦重建了她的信仰和乐观主义精神，这些都是在与亨廷顿的交往中已经消失了的，因此只有通过新的、健康的人际关系，海伦才能复归原样。经历了一次失败的婚姻后，海伦的性情变得乖僻，“不知不觉对周围的人反感起来，特别是对男士们”①。与兄弟的交往使她相信依旧有人值得信赖和尊敬。海伦与兄弟的关系是重建家庭关系的第一步，也由此让自己摆脱了精神上的死亡。

如同蓝胡子的妻子、《白衣女人》中的劳娜等女性，海伦不能完全摆脱丈夫的影响，这种影响要一直到丈夫死去才能消失。《怀尔德菲尔山庄的房客》与《蓝胡子》故事不同，小说叙述者在丈夫亨廷顿生病，完全失去对妻子的控制力之后，又让海伦和丈夫见面，这一段情节强调了女性的力量，海伦能够完全掌控亨廷顿，而对方也不能再伤害她。亨廷顿再次见到海伦时心怀恐惧，尽管身患重疾亟须照顾，他依旧不愿见到海伦，但是他又不得不承认自己需要海伦的帮助，并且坚信只有海伦的仁慈与虔诚才能拯救他，他一再地恳求海伦，让海伦救救他。尽管已经徘徊于死亡边缘，亨廷顿希望如从前那样控制海伦，他拒绝疾病、害怕死亡，当这些努力变得徒劳，唯一能够抓住的便是海伦：“他诚恳地抓住我的手，带着一种哀求、急切的神色，盯着我的脸。我太可怜他了，已经泣不成声。”②在这一刻，亨廷顿对权力的渴求可怜又可悲，即便面临死亡，他依旧紧紧抓住海伦不放。亨廷顿在临终时终于表达了心声，他为之前伤害过海伦而深感懊悔，但自私的本性并未改变，他甚至向上帝祈祷，让他带着海伦共赴死亡。在维多利亚时期的中产阶级看来，家庭是“甜蜜温柔之乡”。家庭不只为男性提供物质满足，也是男性精神的避难所。男性希望在家庭中，重返儿童的快乐无忧，重获传统宗教中的男

---

① [英]安妮・勃朗特：《怀尔德菲尔山庄的房客》，赵慧珍译，敦煌文艺出版社 2007 年版，第 361 页。

② 同上书，第 437 页。

性权威,女性则是拥有温柔胸怀的妻子,她们宽容和善待自己的丈夫。亨廷顿希望利用海伦的虔诚与信仰让他免于地狱之灾,到达天堂,因此他认为妻子的信仰能够赋予他以力量,但这不过是幻梦一场。

《蓝胡子》故事启示人们:女性在选择步入婚姻时,必须非常慎重,如果找到了合适的结婚对象,婚姻无异于一场重生,离开了暴戾的丈夫,蓝胡子的妻子重新嫁了人。在作家威尔基·柯林斯和安妮·勃朗特的笔下,女主人公也在第二次婚姻中找到幸福。

蓝胡子死后,妻子的经济地位得到大大的提升,由于蓝胡子没有继承遗产的子女,因此妻子得到了他的全部财产。妻子没有选择将丈夫留下的财产据为己有,而是考虑周全,积极分配财产,维护和谐家庭,她把其中一部分给了姐姐安娜,姐姐与已心仪许久的年轻贵族结了婚,还用一部分财产给两个哥哥买了队长的职位。这是家庭秩序的体现,也是一个理想的女性理应承担的责任。

在蓝胡子的妻子将家人的生活安置妥当后,便和一个非常善良的男人结了婚,新的婚姻生活使她忘记了蓝胡子,也忘记了那可怕的过去。童话故事告诉读者:当不幸的妻子摆脱了残暴的丈夫,她只有利用残暴丈夫的财产另结良缘才是幸福生活的开始。这里有一个问题值得探讨,蓝胡子的妻子嫁给蓝胡子是出于金钱的目的,在蓝胡子死后继承了丈夫的财产,在她有了第二次婚姻时,又有谁能够保证第二任丈夫不是出于金钱目的才与她结婚的呢?童话故事没有直接指明这一点,威尔基·柯林斯和安妮·勃朗特在小说中从不同角度讲述了女主人公的再婚问题:在与邪恶的丈夫经历不幸的生活后,另一位男子将她带往崭新的人生。

《白衣女人》中的劳娜有两任丈夫,格莱德爵士自私又冷酷,靠篡改出生证明非法获得贵族身份,为了保守秘密,不惜将无辜的安妮关进了疯人院,他为了霸占妻子劳娜的财产,使出"掉包计",害死了安妮,禁闭了劳娜,这个人物对家庭的稳定性与安全感提出了挑战。在维多利亚时期中产阶级的观念里,家是神圣的殿堂,人们可以在此逃避外面世界的冷漠和严酷,获得舒适、安宁和幸福。家是私人的王国,是与外界隔离的天堂,也是免受打扰获得心灵宁静的私人城堡,喜爱、崇拜家庭生活在中产阶级中获得了广泛认同,成为中产阶级孜孜以求的目标与身份的标志。格莱德爵士的自私与残忍从某种程度上破坏了社会普遍认可的家庭氛围,侵害了英国家庭的圣殿,传统等级秩序的稳固性遭到了挑战,因此为了维护中产阶级家庭的神圣性与纯洁性,制造家庭罪恶的格莱德爵士必将受到惩罚。沃尔特当然不同,他将自己视为一个有风度的骑士,仁慈善良、富有同情心,并且深爱着劳娜,能够不计一切代价帮助妻子恢复身份,与他结合便昭示着新生活的到来。但沃尔特做出的种种努力都建立在劳娜身为女性特有的柔弱气质之上,她除了依靠男性别无他途。格莱德爵士和沃尔特最大的差异不是在于前者专注劳娜的财产,后者不关心财产。他们的差异在于,格莱德爵士只看重劳娜的财产,但没有对她产生任何感情,而沃尔特与劳娜的结合为人们所推崇:理想的婚姻是感情与经济因素的完美融合。

这样看来,劳娜的两位丈夫是同质的,只有消除妻子的独立性,才能维护家庭的稳定与团结。正如读者已经看到的,蓝胡子的妻子在继承了丈夫的遗产之后,经历了一段自己做主的生活。劳娜与蓝胡子的妻子不同,劳娜是在成了沃尔特的妻子之后才重新获得了自己的身份地位,这便意味着劳娜刚刚结束第一任丈夫的控制又立即受到第二任丈夫的控制。叙述者谈到,当劳娜被沃尔特所救,回到利默里奇庄园时,沃尔特向亲戚和佃户们解释了劳娜的悲惨经历:

> 第一是要声明:我妻子,当时坐在我身旁的,是已故的菲利普·费尔利先生的女儿;第二要用确凿的事实证明:大伙上次在利默里奇村墓

地里参加葬礼，实际上葬的是另一个女人；第三是要向他们简单说明所有这一切的经过。①

沃尔特代表自己和劳娜向所有到会的人致谢，然后邀请他们到墓地去亲眼看石匠铲去碑文。作为劳娜的丈夫，沃尔特拥有劳娜的身份使用权和她的土地所有权，他完全成了劳娜的代言人，因此经济权力依旧掌握在男性手中，沃尔特成了《蓝胡子》故事中的"非常善良的男人"，帮助女主人公摆脱不幸，走向新的生活。

《怀尔德菲尔山庄的房客》也是以女主人公的第二次婚姻收尾。亨廷顿死后，海伦答应了一直深爱着她的吉尔伯特的求婚，在对方求婚前，海伦卖画为生一度获得了自主，但是婚姻生活意味着女性自主的消失。

关于海伦和吉尔伯特的关系，有一条线索可以追溯，这便是小说的叙述视角。小说中，海伦与亨廷顿的故事处于情节核心，但是叙事由吉尔伯特掌握，因为吉尔伯特有海伦的日记，这是海伦作为礼物送给吉尔伯特的。海伦对吉尔伯特的信任使他成了蓝胡子故事中的"非常善良的男人"，正是他给了女主人公真正的幸福，比起吉尔伯特的叙述，更加引起读者兴趣的是海伦的日记，因为它激发读者去关注究竟谁拥有日记的所有权，因为日记被交给吉尔伯特时就换了主人，这样一来，作为日记主人的海伦放弃了她的叙事权威，这段日记反而由吉尔伯特的第一人称叙事来记叙。通过吉尔伯特的叙事，作为主人公的海伦和作为叙述者的海伦的主体性都已经消失了。如同《白衣女人》中的沃尔特，吉尔伯特掌控了叙事进程，也掌握了海伦的自主性。

---

① [英]威尔基·柯林斯：《白衣女人》，叶东心译，上海译文出版社 2007 年版，第 506 页。

从某种程度上，吉尔伯特与海伦逝去的丈夫亨廷顿具有相似性，他也曾通过暴力方式去解决问题。当他误以为海伦的兄弟弗雷德里克是自己的情敌时，出手伤了对方，他调过马鞭，握住小头，将另一头朝弗雷德里克头上砸了下去。但吉尔伯特并非粗暴之人，这从对待海伦日记的态度上可以见出。在吉尔伯特阅读了海伦所写的有关亨廷顿的日记之后，他开始有意地将自己与亨廷顿作比较，在海伦与读者眼中，吉尔伯特是一个更好的、值得信任的人，他对于日记的回应与亨廷顿的表现形成了鲜明的对比，亨廷顿不仅偷看海伦写日记的过程，还硬从海伦手中夺走了日记簿。吉尔伯特则不同，他在阅读海伦的日记时，发现后半部分中关于他自己的部分被撕掉了，他渴望看到这个部分，但又认为："可是不行，我没有权利看，所有的这一切太神圣了，除了她，任何人都不能看，她不让我看是对的。"①相比于自己的私欲，吉尔伯特更加尊重海伦的隐私。由此，海伦的日记成了一个意象，通过对待日记的态度，亨廷顿的粗暴无礼与吉尔伯特的毕恭毕敬形成了对比，吉尔伯特由此被证明了是一个更有教养的人。

一旦吉尔伯特确认了海伦与弗雷德里克的兄妹关系，并知道亨廷顿已经死去，他就可以进行下一步行动——成为与蓝胡子的寡妇结婚的"非常善良的男人"。但是他也面对着与《白衣女人》中的沃尔特相似的困境，即个人的社会地位问题。吉尔伯特知道他与海伦的婚姻会遭到外界的阻挠，因为这是"门不当，户不对"的婚姻。这时海伦应该给予吉尔伯特以勇气，让吉尔伯特忽视二人之间的差距，并且使之明白她更加看重的是美德而非金钱。在二人的求婚场景中，海伦摘下了一朵玫瑰送给吉尔伯特，并且表露心迹：玫瑰代表我的心。对海伦而言，在第二次婚姻开始时，她必须在合理的家庭

① [英]安妮·勃朗特：《怀尔德菲尔山庄的房客》，赵慧珍译，敦煌文艺出版社 2007 年版，第 386 页。

观念框架中确定自己与吉尔伯特的地位：

> “你要是像我一样爱，”她认真地答道，“就不会差一点失去我——你那些假正经和傲气也就不会困扰你，你就会明白地位、出身、财产等这些世俗的差异再大，同和谐一致的思想与感情相比，同真正的爱情相比，同共鸣的心灵相比，就如尘土一般微不足道。”①

通过宣扬这种家庭观念，海伦要拭去亨廷顿的贵族等级观念所带来的影响。因此，当海伦和吉尔伯特步入婚姻时，男性与女性地位的平衡需要被建立起来。吉尔伯特为了将自己与亨廷顿区别开，他要与海伦建立一种平等和谐的伴侣关系。对海伦而言，经济上的富裕确保了优渥的生活，她可以出于兴趣或娱乐而拿起画笔，而非为了维持生计画画，海伦从亨廷顿处继承的财产被归入到了吉尔伯特手中，男性的手由此再次控制了女性的社会和经济地位，女性为了身份或独立而进行的斗争被消解了。小说一再宣扬了道德至上观念，哪怕是因为相爱而结婚，一旦道德堕落的本性被暴露，依然无法维持婚姻生活，这比蓝胡子故事和《白衣女人》中由于金钱而结婚更富有启发，因为人人钟情的王子与公主相爱结婚的故事并非人们所期待的那样，小说告诉读者：假如王子道德败坏，那么这种爱情终有一天消失殆尽。因此吉尔伯特便是作者塑造的理想形象，他说：“我要是结婚，与其让妻子带给我快乐，不如我让妻子过得幸福舒适，我更乐意这样做。与其收取，不如给予。”②亨廷顿恰恰与之相反，他只知索取，不懂付出：“从表面上看，他对

---

① [英]安妮·勃朗特：《怀尔德菲尔山庄的房客》，赵慧珍译，敦煌文艺出版社 2007 年版，第 483 页。

② 同上书，第 47 页。

妻子的要求是全心全意爱她，呆在家里——服侍丈夫，让丈夫开心，当丈夫愿意和她在一起时，尽一切可能让他舒适愉快。当丈夫不在家时，她就里里外外替他当家，耐心地等他回来。不论他在外做什么，她都应如此。”①两相对比，亨廷顿的确不是一个合格的丈夫，冷酷自私的本性必将让他付出惨重的代价。

还需要指出的一点是，威尔基·柯林斯和安妮·勃朗特在小说中通过两任丈夫的对比，强调了维多利亚时期两分领域观中男性应承担的职责与义务。

历史学家约翰·托什这样解释本时期的家庭生活：“代表的不仅仅是一种居住方式或者责任网，而是一种深刻的依恋……它的特性是隐私和舒适，与工作场所分离，家庭空间和家庭成员合并为一个威严的概念——家。”②在托什看来，家庭生活已经成为中产阶级文化的护身符。1869 年约瑟芬·巴特勒写道：“家是所有品德的摇篮，所有真爱的源泉，我们民族力量的主要来源。”③中产阶级将家庭神圣化，并且在其中塑造了“家庭天使”作为理想女性的同时，也对理想男性提出了要求。“中产阶级文化鼓励它的男成员把为家人谋福祉视为追求物质成就的主要动力。有一个舒适安乐的家庭，有能力供养妻小不出去工作是当时中产阶级男人成功的标志和身份的象征，是他们追求的理想目标。家庭成为中产阶级身份和自我定义的重要方面，成为构建中产阶级男性气质(masculinity)的关键因素。”④对“一个好的丈夫和父亲”的界定主要在于他对家庭财政贡献的程度，男性的主要职责

① [英]安妮·勃朗特：《怀尔德菲尔山庄的房客》，赵慧珍译，敦煌文艺出版社 2007 年版，第 235 页。

②③ 李宝芳：《维多利亚时期英国中产阶级婚姻家庭生活研究》，社会科学文献出版社 2015 年版，第 28 页。

④ 同上书，第 35 页。

是在外面打拼，养家糊口，为家庭提供经济保障。他必须努力工作，才能保证家庭的正常开支，保证妻子不需外出工作，在家中操持家务，抚养孩子，以保持家庭的体面。男性还要为儿子准备足够的教育费用，又要为女儿积攒比较丰厚的嫁妆。思想家约翰·拉斯金认为中产阶级家庭男主人的工作是保证家庭的生计、发展和防卫工作："男人站在自己的家门口，如果需要，将会保卫它免遭侮辱和损害。"①反观《白衣女人》和《怀尔德菲尔山庄的房客》两部小说，格莱德爵士一心渴望靠着娶妻大赚一笔，用以支付自己高额的生活费用，亨廷顿则靠着迷人的外表，连哄带骗地让海伦死心塌地地爱上了他。在结婚之后，尽管两位妻子——劳娜与海伦安守本分成了"家庭天使"，但丈夫不仅并未履行半点职责，还不停地在精神和肉体上折磨妻子，这是两分领域观中逾矩的男性，两位小说家不约而同地为他们设置了死亡的结局，并且以此告诫读者：坏的婚姻需要被铲除，而好的婚姻中包含着美德与仁慈，当暴力的蓝胡子被新的男主人所取代，家庭才能维持稳固与温暖。

可以说，蓝胡子与其妻子的关系是理想家庭关系的对立面，因为蓝胡子往往通过暴力手段控制妻子，他解构了两分领域观中合理的男女两性关系模式，合理的模式是两性的互补，男性应给予女性在家庭私人空间中的地位。显而易见的是，蓝胡子妻子的第二段婚姻事实上是对第一段婚姻的重演，蓝胡子的幽灵并没有消失，男性依然掌控着权力，但至少通过蓝胡子的死亡指明了男性不履行家庭责任的危害性，这一点在第二段婚姻中得到了修正。小说《白衣女人》和《怀尔德菲尔山庄的房客》由此达到了对两分领域观的维护——男性与女性应该相互理解与信任。站在女性主义批评的角

---

① ［英］拉斯金：《拉斯金读书随笔》，王青松、匡咏梅、于志新译，上海三联书店 2000 年版，第 84 页。

度，佩罗的《蓝胡子》有一定的激进色彩：它为女性作了辩护，认可了女性追求幸福的合理性，而威尔基·柯林斯和安妮·勃朗特在修正佩罗的故事时，再次将女性的幸福交付到男性的掌控之中，由此加固了维多利亚时期“两分领域”的家庭观。

第四章 《画眉嘴国王》与《我们共同的朋友》中的性别规训

在两性关系上，维多利亚时期英国的主导信仰是，妇女低劣于男人，妇女地位低于男人，"科学已经向他们证明，男女的不平等犹如种族的不平等，是一条简单而不变的自然法则"①。大多数家庭遵循父权制，夫妇地位的主导关系是夫尊妻卑，妻子附属于丈夫，丈夫的地位高于妻子。有些建议书提醒女人："家庭最重要的人是家长——父亲……尽管他可能比别的成员花更少的时间在家里——尽管他在家庭事务中发言很少——尽管整个家庭机器似乎没有他的管理的帮助也能运转——但它仍然完全依赖于他活跃的思维和勤劳的双手。"②女性道德家萨拉·埃利斯说得更直率："很可能你比你的丈夫有更多的才能，有更高的成就，你也可能很受尊敬；但这与你作为一个妇女的处境毫不相干，作为一个妇女必须低于男人。"③有关本时期的史书中，也记载了男性的权威地位，伊尼德·斯塔基回忆道："在我母亲看来，他(父亲)做的每件事都是对的，他说的每句话都是圣旨，她永远不允许有人怀

①②③ 李宝芳：《维多利亚时期英国中产阶级婚姻家庭生活研究》，社会科学文献出版社2015年版，第100页。

疑他的话。她认为一个妻子的生活，一个家庭中所有女性的生活应该围绕男家长转。”①女性完全依照男性的需要而活着。

但这种男性权威的树立并非简单粗暴地要求女性的顺从，而是有其内在特征。在《妇女的屈从地位》中，思想家约翰·斯图尔特·穆勒这样论述维多利亚时期英国的两性关系：

男人并不只是需要女人顺从，他们还需要她们的感情。除了最残忍的男人之外，所有男人要求于同他们最亲密地结合在一起的女人的，不是一个被迫的奴隶，而是一个心甘情愿的奴隶，不只是个奴隶，还是他们所宠爱的。他们因此采取一切办法奴役其头脑。②

在穆勒的论述中，男性通过温情去“奴役”女性的头脑，这样才能更有力地、全面地将女性塑造为他们想要的样子，当然在这个过程中“心甘情愿”非常重要，这是一种发自内心的服从，后现代主义思想家朱迪斯·巴特勒在著作《权力的精神生活：服从的理论》中区分了服从与权力：

作为权力的一种形式，服从（subjection）是自相矛盾的。被外在于自身的一种权力所支配，是权力所采取的一种熟悉的和令人苦恼的形式。但是，为了发现‘自己’是什么，即自己作为一个主体的构成（formation），在某种意义上即需要依赖另外一个人的权力，这又是另外一回事。③

① 李宝芳：《维多利亚时期英国中产阶级婚姻家庭生活研究》，社会科学文献出版社 2015 年版，第 101 页。

② ［英］约翰·斯图尔特·穆勒：《妇女的屈从地位》，汪溪译，商务印书馆 2007 年版，第 299 页。

③ ［美］朱迪斯·巴特勒：《权力的精神生活：服从的理论》，张生译，江苏人民出版社 2009 年版，第 2 页。

如果将“服从”与“权力”运用到两性关系中，权力的运用者可以被分化为两种不同类型的男性：一种是蓝胡子类型，他们手段强硬，公开地采用暴力压迫女性，女性的主体地位在这种公然蔑视下荡然无存；另一种则较为隐秘，男性向妻子表达了绵绵情意，在爱的掩饰下行使着主宰的权力，等于是在妻子的认可和同意的前提下支配着妻子。

朱迪斯·巴特勒进一步指出了权力结构如何被巩固，这不仅仅是通过政治力量，主要通过主体自己的思想和行为：“但是，根据福柯的观点，如果我们认为权力同时也形成了(forming)主体，并提供了它存在的条件和欲望的轨道，那么，权力就不单单是我们所对抗的东西，而在很大意义上，权力是我们的存在所依靠的东西，和我们在我们所是的存在中所隐匿和保有的东西。”①作为主体的个人，依靠这种权力形成自己的身份，并将其视为理所应当之物，认为这是自我与他人之间关系的自然属性。正如朱迪斯·巴特勒指出的，“社会的范畴保证了一种可以识别的和持久的社会存在，对这样的范畴的接受，即使当它们服务于服从，也常被认为胜于毫无社会存在可言”②。当我们依赖社会范畴，我们便会形成这些范畴之间的划界以及差异，由此形成个体的判断：哪些是“正确的”，哪些是“错误的”。朱迪斯·巴特勒认为“这种规范在精神上的运作为管制的权力提供了一种比外在的强制更阴险的路线，它的成功使它在社会范围内心照不宣地实施成为可能。”③换句话说，通过这种“规范”，人们可以主动成为压迫自己的力量，并允许这些力量控制自己的意识和行为。体现在性别关系中，个体便会通过社会既定的性别规范形成相应的性别观念。

---

① [美]朱迪斯·巴特勒:《权力的精神生活:服从的理论》,张生译,江苏人民出版社2009年版,第2页。

② 同上书,第17页。

③ 同上书,第19页。

在维多利亚时期的英国，理想的女性被教育为这样的一类人：她们理解社会主流的性别观，并将其吸收内化到自己的精神生活中。朱迪斯·巴特勒在《性别麻烦》中指出，女性的身份并非固定、天然的，而是一个流动和不断生成的过程，所谓的性别身份不过是对“规范”反复重复的一种身体行为，她强调：“性别化的身体是操演性的，这表示除了构成它的真实的那些各种不同的行动以外，它没有什么本体论的身份。这也意味着如果那个真实是被虚构为一种内在的本质的话，那内在性本身是一个全然的公共和社会话语——通过身体的表面政治对幻想的公共管控；区分内在和外在的、对社会性别界限的控制——的结果和作用，由此建制主体的‘完整性’。”①所谓稳定的、内在的女性身份不过是父权制文化精心设计的陷阱。男性依靠女性的“奴役的愿望”而将自己界定为男性，正如女性通过依靠男性的领导和指挥而将自己界定为女性，这种权力关系处于循环状态。为了保留其“更强壮的性别”的身份，男性必须教育女性以建构自己的合理权威。在男性权威的理念中，理想女性是家庭化的，对女性屈从的教育也在发生改变。男性不再依靠外力来控制女性的身份和社会地位，家庭女性已经自愿地屈从于自己的身份界定，并且通过周围的男性去判定自己言行举止的正确与否。格林童话中的《画眉嘴国王》就表现了这一点，女主人公是一个无名的公主，在经历了被男性教育的过程后，向一个自己曾经羞辱过的男性屈服。与之相似，查尔斯·狄更斯的小说《我们共同的朋友》中，女主人公贝拉经历一系列精神上的规训之后，温顺地屈从于男性的权威。

《画眉嘴国王》详细描绘了一个女性怎样从拥有独立自主精神的女孩转变为需要依赖人的妻子。与《画眉嘴国王》相似的还有童话《青蛙王子》，在

① [美]朱迪斯·巴特勒：《性别麻烦：女性主义与身份的颠覆》，宋素凤译，上海三联书店 2009 年版，第 178 页。

《青蛙王子》中，公主的父亲坚持让公主信守承诺与青蛙做伴，事实上青蛙是被施了魔法的王子。在《画眉嘴国王》中，外表丑陋的乞丐是伪装的国王，公主的父亲强迫女儿嫁给了这个长着画眉嘴的乞丐。两个故事的结局不同，《青蛙王子》中，青蛙帮助公主取出掉在水井里的金球后，要求与公主生活在一起，当青蛙要与公主一起睡觉时，公主抓起青蛙朝墙上摔去，青蛙变成了一个英俊的王子，王子的魔法因此而被解除，在这个过程当中没有男女两性向对方的屈服。

而《画眉嘴国王》中的公主是屈从于男性的女子，故事结尾时公主已经完全失去了独立的灵魂，读者可以发现积极能动的女性欲望被消除、被抹去了。在故事的开头，由于公主拥有父亲的支持与爱护，她是一个自由表达愿望，能够主宰自身命运的女性，还可以为自己选择合适的伴侣，但是在故事的结尾，她告诉丈夫说自己配不上他："我太不应该了，不配做你的妻子。"①这个"不应该"指的是不应该如当初那样有独立决定自己命运的意志，而应该让自己成为理想的符合家庭观念的女性。这部童话反映了阶级关系，也反映了性别关系，贵族阶层同样要经历平民阶层女性所经历的生活：只有当具有独立思想的女性放弃其独立性，才能拥有"幸福的结局"。

狄更斯对童话故事的热爱是众所周知的，就女性观而言，狄更斯认为理想的妻子是将自己的所有愿望寄托于丈夫身上，并依赖丈夫的女性，而如何将女性教育成为理想的妻子便是需要关注的问题。在小说《我们共同的朋友》中，狄更斯呈现了对女性教育和规训的过程。女主人公贝拉本是一位有主见有想法的女子，但她爱上了一位伪装了原有身份并接近她的男性，心甘情愿地交付了自己的独立性，如同《画眉嘴国王》中的公主，贝拉逐步认为自

① ［德］雅各布·格林、威廉·格林：《格林童话全集》，杨武能、杨悦译，译林出版社2010年版，第170页。

己配不上男主角的爱情。

约翰·拉斯金在《百合——王后们的花园》中，这样描述理想的女性形象："无论一位真正的妻子走到哪里，家就随她来到哪里。星星只可能高挂头顶，夜间冰冷草丛中的萤火虫可能是她脚边仅有的亮光；但她的所在即是家的所在；对一位高贵的妇女来说，家自她身边延伸及远方，胜过松木作天花板的家，或用朱红色彩绘的家，它流泄出静幽的光射向远方，披被无家可归的人们。"①女性的智慧在于如何启发丈夫，在精神上帮助丈夫，妻子在哪里，哪里就有家，因此女性的存在是为了维护家的完整，她并没有独立性可言。如果一位女性期望自己成为理想的妻子，就必须学会这些美德。

学习美德的过程也是女性逐步成长成熟的过程，在《画眉嘴国王》和《我们共同的朋友》中，无论是公主还是贝拉，都在一开始被塑造为具有"去女性化"特征的形象，因为她们一心想主宰自己的命运，教育她们"女性化"的首要目的便是去除她们对于权力和自主性的渴望，这种渴望本应只属于男性。朱迪斯·巴特勒指出：

> 成为一个"男人"(man)需要把对女性气质的拒斥作为性的欲望的异性恋化的一个前提条件和它的根本矛盾。……她是他的被拒斥的认同(他维持着这一拒斥，将其既作为认同，也作为他的欲望对象)。他的欲望最渴望的目标中的一个将是详细阐述他(him)和她(her)之间的差别，而且，他将试图发现和安置这种差别的证据。②

---

① [英]拉斯金：《拉斯金读书随笔》，王青松、匡咏梅、于志新译，上海三联书店2000年版，第70页。

② [美]朱迪斯·巴特勒：《权力的精神生活：服从的理论》，张生译，江苏人民出版社2009年版，第134页。

只有拒斥了女性气质,男性才能树立自己的男子气质,为了指明性别差异,男性必须教会女性:她们应当成为一个什么样的人。当然这种教育女性的过程必须看起来自然出现,而非极力灌输给女性。

在维多利亚时期的英国,"男性"与"女性"之间的差异性被强化。反过来,这种差异性推进了两性分离空间的建构,使得女性更加明确自己的领域和职责所在,这些职责不应包括经济、贸易和政治,她们应无私地将自己奉献给家庭。这样看来,既然《画眉嘴国王》中的公主和《我们共同的朋友》中的贝拉没有领会女性职责,那么对她们的教育就变得非常重要,这样的一类"去女性化"的女性对性别领域的界限是一个威胁,需要通过对女性的教育而消除这一威胁。

如果想教育女性富有无私的精神并促使她们依赖男性,那么必须采用一些手段去规训女性的思想和心灵,指导她们从以往的"去女性化"特征当中脱离,朱迪斯·巴特勒认为,"作为拒斥,这种认可并不对禁止存在的欲望起作用,而是生产出某些种类的对象,禁止其他对象进入社会生产领域"①。首先需要教育的便是人的心灵,不仅因为美好的心灵可以使女性变得更好,更重要的是这样可以更好地成为男性理想的伴侣。这种教育不是在学校,而是在家庭环境当中。《画眉嘴国王》的公主受到父亲的强迫而接受了乞讨的丈夫,小说中的贝拉先受到了养父鲍芬先生的教育,其次接受了社会阶层低于她的丈夫的教育。这两位女主人公的相同点在于,她们衡量自己是否成功的标准只有一个,即自己是否取悦了丈夫的精神与生活,假如丈夫对妻子感到了失望便是女性的失败,丈夫的评价是女性评价自己的尺度。每当女性具有无私的行为,或者是放弃自己的欲望去迎合丈夫,她们便离理想妻

---

① [美]朱迪斯·巴特勒:《权力的精神生活:服从的理论》,张生译,江苏人民出版社2009年版,第22页。

子的形象更近了一步。

在教育方式上，童话故事和小说显示出一定的差异，在《画眉嘴国王》中，公主从骄傲的、爱控制人的女性转变成了家庭女性，由于“公主”的身份被剥夺，她不得不依靠双手劳动，承受下等人的生活。因此故事的主题表现为女性应当放弃贵族阶层所看重的外在阶级地位和物质财富，而看重女性内在的美德，当女主人公与一个一贫如洗的男性结婚，她便要承担起家庭的重担。在《我们共同的朋友》中，贝拉被教育为一名家庭女性，学会将婚姻视为自己必须承担的责任。但贝拉的转变是内在的，是更为精神性的转变，在爱的名义下，贝拉逐步屈从于男性，这是男性权威更为“家庭化”的体现，因此更符合十九世纪英国的中产阶级观念。更加看重内在精神的规训而非外力的强制，这也正是格林童话《画眉嘴国王》与狄更斯《我们共同的朋友》之间的不同之处。

第一节　公主与贝拉：叛逆女性的抵抗与妥协

在《画眉嘴国王》中，一开始就指明公主的与众不同：“一位国王有一个女儿，她长得异常美丽，可是却格外骄傲和自命不凡，没有一个求婚者中她的意。”[①]这位公主不同于默默忍受苦难的灰姑娘，也不同于温和善良的美妞，而是一个骄傲无比的美丽女孩，当然美丽给了她骄傲的资本，一般情况下，异常美丽的女子会成为男子追逐的对象，因此这样的女性应该是最符合恋爱情节的女主人公，但是公主拒绝了这种情节，并且拒绝了与之相关的家

① [德]雅各布·格林、威廉·格林：《格林童话全集》，杨武能、杨悦译，译林出版社2010年版，第167页。

庭女性的观念。

童话故事的开头便将读者的同情心导向被公主拒绝的追求者们，以此引导读者去批判公主自认为合理的女性独立与权威。公主拒绝了众多的求婚者，因为没有人能够符合公主的标准。这样一来，公主选择丈夫的权力就变得不再合法，人们会质疑，既然所有人都无法满足公主的择偶标准，那么公主的标准本身必然存在某种不足。她是高高在上的公主，天生的高贵地位让她拥有拒绝求婚者的权力，因此这种不断的拒绝更加降低了男性的权威，公主择婿的过程是这样的：

> 一天，国王下令举行盛大集会，邀请来了远远近近所有希望结婚的男子。他们全都按门第等级排成一队：最先上来的是一些国王，然后才是公爵、侯爵、伯爵、男爵，最后还有其他的贵人们。这时候，公主被领着走过他们的队伍，可是对每一个人，她总要挑剔一番。这一个她认为太胖，就说："像只酒桶！"那一个她觉得太高，就说："晃晃悠悠的，走没走相！"第三个又太矮："矮胖矮胖的，一点不灵活！"第四个太苍白："活像具死尸！"第五个却脸太红："一只火鸡！"第六个又身板儿不够直："像一根鲜树枝，在炉子背后给烤干啦！"总之，她看谁都不顺眼。①

由此可以见出，公主完全不是童话故事中美丽顺从的女主人公，反而更像是灰姑娘或美妞高傲挑剔的姐姐们，她始终在批评男性的不足，男性不仅不能在她的身上展现权力，她甚至在剥夺这种权力，并且比男性更加拥有权力，公主必将因此而受到惩罚。

① [德]雅各布·格林、威廉·格林：《格林童话全集》，杨武能、杨悦译，译林出版社2010年版，第167页。

在面对画眉嘴国王时，公主的权力被进一步强调，“特别是有一位站在顶前边的国王，他为人善良却下巴长得翘了些，更是遭到她的大肆嘲笑。‘哎呀呀，’她大笑道，‘瞧他这下巴，真跟画眉的长嘴一个样啊！’打这以后，这位国王就落了个画眉嘴的诨名。”①公主通过对他人外貌的嘲笑将这位国王非人化，甚至改了他的名字——画眉嘴，这是对国王肆无忌惮的羞辱。公主拒绝求婚者的情节，为她即将受到的教育提供了必要的背景——正是这种骄傲蛮横的女性需要接受教育，以便使她符合家庭观念。在教育之后应该使女性确认男性的权威，而非剥夺它。

从社会地位上看，小说《我们共同的朋友》当中的贝拉应当是《画眉嘴国王》中公主的对立面，贝拉没有显赫的家世可以炫耀，她的父亲是一个穷苦的职员，靠着微薄的薪水养家糊口，他的愿望是在同一个时候穿同一套包括帽子和皮靴在内的全新的服装，哪怕是如此卑微的愿望也从未实现过：在他买得起外套之前，帽子旧了，在买得起靴子之前，裤子已经发白，在买得起新裤子之前，靴子又变得破烂不堪了，好不容易买了新帽子，却依然穿着破旧的衬衫……在这样的家庭长大的贝拉却并未养成吃苦耐劳的好品行，小说中介绍贝拉时，她身上体现的正是女道德家萨拉·埃利斯所指出的女性缺点，埃利斯认为在维多利亚时代，年轻女子们最突出的特征便是不知足。在贝拉开口说话之前，读者先观察到了她的外貌和神情：

> 那儿正坐着一位大约十九岁的女郎，她的身段和面孔非常漂亮，只是脸上和肩头上显出一种烦躁的、好使性子的神情（按她的性别和她的年龄，在有所不满的时候，肩头是非常富于表情的）。②

---

① [德]雅各布·格林、威廉·格林：《格林童话全集》，杨武能、杨悦译，译林出版社2010年版，第168页。

② [英]狄更斯：《我们共同的朋友》（上卷），智量译，上海译文出版社1986年版，第51页。

不难看出，这段描述与童话故事中对公主的描述有相似之处，都将女主人公的美丽与她的缺陷并置，两位女主人公都异常美丽但高傲任性。贝拉一开口说话便显露本性，她对自己的生活极为不满："'真的，'她说，'尽管你不同情我，爸，我是一个从来最不幸的女孩子。'"①贝拉所抱怨的正是她所缺失的，她缺乏财富与地位，却恰恰将自己当作有财富有地位的公主看待。如同将自己想象为英勇骑士的堂吉诃德，贝拉产生了自我身份的错位感，一家人准备用餐时：

> 公认为是家中的装饰品的贝拉，坐在一把安乐椅里，把两只手都用上，使她的头发有更多的波纹，偶尔还发布一条有关晚饭的指示，诸如："要炸得很透，妈。"或者，对她妹妹说："把盐碟儿放好，别象个邋遢丫头似的。"②

这段话突出了贝拉身上的两个特征：一是她如同贵族妇女一般，将美貌作为骄傲的资本，不停地精心修饰自己的仪容。二是她对家务劳动的贬低，她指挥母亲和妹妹干活，自己却是发号施令者，主动将自己置于琐碎的家庭事务之外，贝拉坐在安乐椅上发号施令便是她的一种宣告，宣告自己不适合于普通中产阶级女性所从事的家务劳动。

如同《画眉嘴国王》中的公主，贝拉也在争取自由表达思想的机会。与《白衣女人》中的劳娜一样，贝拉的婚姻由不得自己做主，在她很小的时候，父亲与约翰·哈蒙的父亲谈好了婚事，而约翰·哈蒙继承父亲老哈蒙大笔遗产的条件便是一定要与贝拉结婚，不幸的是，大家都以为约翰·哈蒙在回

---

① ［英］狄更斯：《我们共同的朋友》（上卷），智量译，上海译文出版社 1986 年版，第 54 页。

② 同上书，第 61 页。

国途中意外死亡。因此贝拉还未结婚便穿上了丧服，变成了寡妇，贝拉之所以抱怨自己不幸，不是因为自己失去了丈夫，而是因为没有了唾手可得的一大笔财产，贝拉渴望的是金钱："这些荒唐事儿，要是能得到钱吧，那也就罢了，因为我爱钱，我想要钱——想得要命呀。"①贝拉心心念念想的，口口声声提的，全部都是金钱，贝拉曾向父亲坦白：

> 我已经下定了决心，我必须有钱，爸。我觉得我不能去讨钱，借钱，或者偷钱；所以我就决定了，我必须嫁给钱。……假如世界上曾经有过一个成天都在卑鄙地策划和盘算的唯利是图的阴谋家，我就是这个可爱的人物。但是我不在乎，我讨厌穷，憎恨穷，而假如我能跟钱结婚的话，我就不会穷了。②

有批评家指出"贝拉对金钱的需求是一种转变，它使得物质超出生命之上，在《我们共同的朋友》中，金钱构建了整个世界"③。贝拉不仅追求金钱，还渴望婚姻自主，她认为仅仅依靠家长的安排，而让素不相识、没有任何感情基础的两个人结婚是一件荒唐的事情，自己永远也不能爱或依赖这样的丈夫，也不能把自己的一切像一打调羹似的在一个遗嘱里留下来给丈夫。贝拉对婚姻的期待冷静而理性，当拉姆尔太太热心地为贝拉介绍对象时，贝拉回答拉姆尔太太：她嫁给谁不重要，重要的是对方要有一幢大大的房子。

对于爱情，贝拉则抱着嘲弄的态度："'那么，爸，我只能告诉您我没有其

① [英]狄更斯：《我们共同的朋友》(上卷)，智量译，上海译文出版社 1986 年版，第 56 页。

② 同上书，第 468 页。

③ Dierdre David, *Fictions of Resolution in Three Victorian Novels: North and South, Our Mutual Friend, Daniel Deronda*, NY: Columbia UP, 1981, p.116.

它任何意思。跟我谈谈爱情吧！'贝拉轻蔑地说道；虽然她的面容和神情完全不显出谈这个题目对她是完全不调和的。'跟我谈谈大火龙的故事吧！可就是别跟我谈穷呀富呀的，谈起这些我们就真的要接触现实了。'"①在贝拉看来，爱情与传说故事中的大火龙无异，虚幻、不可捉摸。只有金钱才是实实在在的，贝拉不仅愿意为了金钱嫁人，甚至还在盘算婚后需要多少钱才能支撑自己的生活。爱情如此，亲情同样如此，让贝拉动情流泪的不是亲生父母的养育之恩，而是养父母鲍芬夫妇答应要给贝拉备一份丰厚的嫁妆。金钱改变了贝拉的价值观，她明白自己唯利是图、不可救药，却任由可怕的贪欲恣意发展。具有讽刺意味的是，贝拉骨子里爱钱如命，叙述者在展示贝拉的外表时却将她描述为最适合爱情情节的女性，她年轻貌美，娇艳欲滴，乍一看与灰姑娘、美妞一样是貌美心善，富有自我牺牲精神的女子。如果读者抱着这样的看法去看待贝拉，那么她对金钱的热爱就变成了有悖常理的事情。为了使贝拉更富有女子气，她对物质的狂热兴趣应当被消除。

鲍芬夫妇的收养是贝拉人生中的一个重大转机，由于鲍芬夫妇成了老哈蒙的遗产继承人，他们同情贝拉，因为她本应嫁给约翰·哈蒙当一名贵妇人，此时却由于约翰·哈蒙的去世成了一个穷寡妇：丈夫落空了，丈夫的钱财也落空了，这对善良的夫妇决定邀请贝拉同住，贝拉换下了丧服，穿上了漂亮的裙子，完成了一场华丽的蜕变。此时的贝拉有了富有的养父母做靠山，自然更加有了骄傲的资本：

> 我被人家在遗嘱里随意处置，像一匹马，或者一只鸟儿一样，难道这还不够吗？我刚被全城的人当作话题、当作笑料谈论过，您就非得也

① [英]狄更斯：《我们共同的朋友》(上卷)，智量译，上海译文出版社 1986 年版，第 469 页。

在您的头脑里处置我、打我的主意不可吗？我这辈子就永远要成为一些陌生人的财产吗？①

贝拉的社会地位得以提升，她不肯接受既定的命运，更不希望其他人安排她的生活，这一点上，贝拉和《画眉嘴国王》中的公主有了相似之处。

两位女主人公的不同之处在于，公主嘲笑的是画眉嘴国王的外表，这是她思想狭隘和肤浅的表现，贝拉一开始也拒绝了洛克史密斯的爱情，并非出于对外表的不满，而是认为洛克史密斯不断的追求略显轻浮，不是一个绅士该有的行为，在贝拉眼中，洛克史密斯并不是合适的结婚对象，她认为洛克史密斯是在利用鲍芬夫妇的影响来促成他的追求："搞出一套计划来，逐渐利用他们的影响来促进一种追求，而对此，我已经向您表示过我不喜欢，并且告诉过您我完全拒绝，这是宽宏的和自尊的吗？"②但是贝拉的态度慢慢发生了转变，如果说她在一开始是趾高气扬，目空一切的话，那么到最后则成了俯首听命、和风细雨的"家庭天使"。

前文已提及，贝拉曾经在餐桌前对家人颐指气使，高高在上，但是贝拉在做了鲍芬夫妇的养女之后，反倒变得勤快起来，她主动帮母亲做饭，虽然效果不好，手忙脚乱，丢三落四，反倒以此为乐："她不仅一定要烧，而且还一定要由她把菜一盘盘盛好，然后她才入座，除去胸前和腰间的围裙，象一位贵客一样品尝起来。"③在贝拉嫁给洛克史密斯之后，更是成了家庭主妇的典范，每天早晨丈夫出门上班之后：

① [英]狄更斯：《我们共同的朋友》(上卷)，智量译，上海译文出版社 1986 年版，第 554 页。

② 同上书，第 553 页。

③ [英]狄更斯：《我们共同的朋友》(下卷)，智量译，上海译文出版社 1986 年版，第 55 页。

贝拉两手把头发向后一拢，好像在极其一本正经地进行安排，因为她显然是着了迷，立即着手干起这一天的家务来。那称呀、调呀、切呀、剁呀、那扫呀、洗呀、擦呀；那剪树枝呀、拔草呀、铲土呀，以及其他琐细的园艺工作；那裁呀，补呀，叠呀，晒呀；那各种各样的安排；而尤其是，那严肃认真的读书呀！因为当约·洛太太还是贝·维小姐时，是从来不喜欢做太多的家务的，因此她现在必须时刻请教一本名为《英国家庭主妇日用大全》的贤明著作，向它求助。①

贝拉对家务的态度从不屑一顾到积极参与，再到当作职责认真完成，这是她人生经历中富有意义的转变，从抵抗转为了妥协，这正是中产阶级性别观规训的成果。

第二节　父权与夫权：走不出的男权藩篱

政治理论家托克维尔认为："社会实际上只承认身为一家之长的父亲的存在，做子女的只有通过父亲与社会发生关系。……他既是家庭的创造者，又是家庭生计的维持者，而且也是家庭的行政长官。"②在《画眉嘴国王》和《我们共同的朋友》中都展示了一点，即父亲或具有父亲角色的形象都发挥了在女性教育当中的重要性。《画眉嘴国王》中，公主的父亲强迫公主嫁给画眉嘴国王，她除了接受父亲的安排别无选择。在《我们共同的朋友》中，父

① ［英］狄更斯：《我们共同的朋友》（下卷），智量译，上海译文出版社 1986 年版，第 391 页。

② 转引自潘迎华：《19 世纪英国现代化与女性》，浙江人民出版社 2005 年版，第 143 页。

亲角色有两位:一位是贝拉的父亲雷金纳德·维尔弗先生,一位是贝拉的养父鲍芬先生,比起维尔弗先生对女儿的溺爱顺从,鲍芬先生更像一位"一家之长"。

《画眉嘴国王》中的公主敢于拒绝和戏弄所有的求婚者,但她无力反抗父亲。父亲为公主的言行感到不满,并决定帮助公主纠正她的错误,"可老国王呢,见女儿除去嘲弄大家什么都不干,对召集来的求婚者全都看不上,便非常生气,发誓要把她嫁给第一个上门来的叫花子,不管他是谁"①。对于老国王而言,既然女儿一再蔑视男性的权威,那么他就要行使父亲的职责教育女儿学会服从。由于女儿的社会地位是老国王赋予的,因此为了教育公主,老国王首先要做的便是改变这一社会地位,让她从高高在上的公主变为一无所有的贫民,这样才能改变公主的独立思想和她的傲慢习性。

老国王实现了自己的诺言:"几天以后,一个街头卖唱的在王宫的窗下唱起歌来,想讨一点施舍。国王听见了便说:'去叫他上来!'街头歌手于是穿着他又肮脏又破烂的衣服,来到国王和公主跟前唱歌,唱完了就请求给他一点赏赐。国王说:'你的歌我很喜欢,我愿意把自己的女儿许配给你。'"②此时公主深感意外,但是老国王明确告知她:我起过誓,要把你嫁给闯上门来的第一个叫花子,我准备遵守自己的誓言。公主说什么都没有用了,老国王请来了牧师,公主立刻和街头歌手举行了婚礼。公主离开王宫去往叫花子的家里便是她劳作生活的开始,因为她必须穿着公主的华服徒步走向森林深处的小屋,公主远离了王宫,成为依靠自己双手讨生活的贫民阶层。

正如老国王改变公主的社会身份,贝拉的"两位父亲"——雷金纳德·维尔弗和鲍芬先生,也直接或间接地改变了她的地位。维尔弗先生在公园

---

①② [德]雅各布·格林、威廉·格林:《格林童话全集》,杨武能、杨悦译,译林出版社 2010 年版,第 168 页。

向老哈蒙介绍了自己的女儿，由此定下了贝拉今后的人生方向——嫁给约翰·哈蒙成为贵妇人，从这一点上，维尔弗先生尽到了父亲的心意，他也希望女儿摆脱贫困过上富足的生活。但贝拉与父亲维尔弗先生的关系不止如此，他们是父女，有时更像朋友，有时父亲则成为被贝拉照顾和保护的对象，贝拉自己也承认父亲像她可爱的弟弟。贝拉拿到了养父的钱，用这笔钱为父亲买了新帽子、新衣服和皮靴，他们度过了一个美好的下午：

> 接待他们用餐的那间可以瞭望和观赏风景的小房间是愉快的。每样东西都是愉快的。公园是愉快的，混合甜饮料是愉快的，用鱼做成的一碟碟菜肴是愉快的，酒是愉快的，而贝拉又比这个节日里的其他任何项目都更加愉快。她以最为快活的方式引得爸无拘无束地谈话；坚持要他总是称他作"可爱的女人"；想方设法让爸点菜，说这位可爱的女人一定得用这些东西来款待才行；总而言之，她使得爸一想起自己是这样一位迷人的女儿的爸，便觉得神魂颠倒。①

维尔弗先生如同女儿的陪伴者而非教导者，这也决定了维尔弗先生无法圆满地完成父亲的职责，其中有两个原因，一是他代表了不合适的家庭观念，父亲本应是家庭秩序的管理者，但是维尔弗先生的家长权威被自己的妻子剥夺了。在维尔弗家中，太太管理家中事务、做事严谨认真，维尔弗先生则一再被叙述者称为"小天使"，贝拉叫他"亲爱的、心爱的、不顾自己的、容易满足的爸啊！"②可见，维尔弗先生更像一个中产阶级家庭养尊处优的太

---

① [英]狄更斯：《我们共同的朋友》(上卷)，智量译，上海译文出版社 1986 年版，第 464 页。

② [英]狄更斯：《我们共同的朋友》(下卷)，智量译，上海译文出版社 1986 年版，第 153 页。

太,与妻子形成了性别置换的效果。第二个原因是维尔弗先生对女儿贝拉过分溺爱,他一心想着如何迎合女儿,并且坚信女儿的能力与魅力——她能同时既得到财产,又得到人。如果贝拉有一个《画眉嘴国王》中的老国王那样态度坚决、手段强硬的父亲,贝拉就不会成为一个"被惯坏了"的女性。因此,维尔弗先生身为人父却未能履行父亲的教育职责,他甚至不能正确认知被教育者女儿的优缺点,那么这种教育便无从谈起。贝拉只能通过另一种途径——养父鲍芬先生得到合适的家庭教育。

鲍芬先生得到约翰·哈蒙的财产后,打算将贝拉置于自己的保护之下:

> 如果能够荣幸地和愉快地认识您的女儿,我们会非常欢喜的,要是您的女儿肯把我们的家当作她自己的这个家一样看待,我们会非常高兴的。一句话,我们想让您的女儿开心,让她有机会一道来分享我们自己所要享受的那些快乐。我们想让她消遣消遣,散散心,换换环境。①

贝拉成了鲍芬夫妇的养女,鲍芬太太带着贝拉去了帽子店、裁缝店……犹如得到魔法帮助的灰姑娘,贝拉打扮成了有钱人的样子,社会身份也相应提高,她终于顺利地进入上流社会的圈子,过上了父亲维尔弗先生曾经希望她拥有的生活。贝拉的到来令鲍芬夫妇如获至宝:"她真是太漂亮了,漂亮得没法儿不处处惹人心疼;她真是太灵敏了,灵敏得没法儿和她的新生涯的气氛产生什么不相称的地方。"②漂亮又灵敏的贝拉如同一块璞玉,依然需要父亲的教导才能成长为理想的家庭女性。比起维尔弗先生的诚实忠厚,鲍芬先生无疑显得精明能干。鲍芬先生有钱便有了实力,他雇用洛克史密

---

① [英]狄更斯:《我们共同的朋友》(上卷),智量译,上海译文出版社 1986 年版,第157 页。

② 同上书,第 447 页。

斯当私人秘书，这样就有机会让贝拉接触到这个穷小子，并且慢慢激发贝拉的同情心，让她明白爱情和婚姻的要义。在这一点上，鲍芬先生的角色类似于《画眉嘴国王》中的老国王：让自己飞扬跋扈的女儿与叫花子结婚，用苦难作教材，培养女儿温良谦和的品质。

当然，鲍芬先生的方法比老国王的更加高明有效，鲍芬先生懂得怎样引导贝拉："我反而认为您真了不起，在您的年纪就能够很好地跟上潮流，知道应该去追求什么。您是对的。去追求金钱吧，我的爱，钱是值得您追求的东西，您可以利用您的漂亮的面孔去挣到钱，还用鲍芬太太跟我乐意送给您的钱去挣到钱，您就会一辈子是个有钱的人了。人生一世，那才象个样子呢！"①既然贝拉爱钱，那么就投其所好，让贝拉的生活由金钱来填补，与其说鲍芬先生的这段话是赞美之词，还不如说是讽刺：贝拉有钱、年轻漂亮，这是她得到更多钱的筹码，换句话说，贝拉既是婚姻市场当中的出价者，也可以是被交易的对象。鲍芬先生与贝拉培育"父女"感情的一件重要的事情，是他总要求贝拉陪他游逛各种店铺，尤其是在书店搜集专门描写守财奴的书籍。当贝拉的生活里、思想中充斥着冷冰冰的有关金钱的观念时，她开始怀疑自己对金钱的狂热是否正确，她内心的物质主义和家庭观念产生了冲突，贝拉反倒不再热衷于追求金钱了。在两种观念的斗争中，一方处于屈从、被击败，没有二者共存的情况出现，如果贝拉采纳了鲍芬先生的建议，她就会变得更加物质主义，在金钱的压力下，贝拉反而学着压制自己对金钱的欲望，遵从了家庭的道德观，并迅速将其内化为自己的行为准则。

在贝拉与洛克史密斯的关系当中，鲍芬先生扮演了重要角色，他在贝拉面前贬低洛克史密斯，并且将人物都纳入金钱的价值体系中，一再强调金钱

---

① [英]狄更斯：《我们共同的朋友》(下卷)，智量译，上海译文出版社 1986 年版，第 72 页。

的重要性，指明贝拉是一个没主见的，会花钱的傻丫头，而洛克史密斯对贝拉的爱情被鲍芬先生嘲笑，丧失了爱情的神圣性："'得到她的爱，'鲍芬先生以一种说不出的轻蔑回敬他，'并且占有她的心！喵是猫叫，呱呱是鸭子叫，汪汪汪是狗叫！得到她的爱并占有她的心！喵，呱呱，汪汪汪！'"①贝拉开始意识到自己应该拒绝这个物质主义的养父，她曾经痴迷于金钱带来的一切，但在此时改了主意，她恳求让自己再变回穷人，这种恳求表达了对生父维尔弗先生的怀念。之后，贝拉进一步表达了她对同情和爱——中产阶级家庭观念的选择，以及对金钱和地位的弃绝："把钱从我身边拿走吧，只是让我跟着善良的小爸说句话，让我把头枕在他的肩上，把我所有的伤心事都说给他听。"②贝拉做出了选择，她批评鲍芬先生是一个有钱的恶魔。而父亲维尔弗先生是真正了解她的人，只有父亲才能像爱孩子一样爱她，他们在一起的时光舒服、天真且快乐。贝拉回到父亲维尔弗先生身边，回归正常的家庭体系，在两位父亲的影响下，贝拉改变了傲慢无礼的品行。

父亲的教导是年轻女性社会化的开始，只有经历婚姻生活的历练，女性才能迅速成长为理想的家庭女性。在《画眉嘴国王》和《我们共同的朋友》中，公主和贝拉都嫁给了社会地位比自己低的男性，伪装成叫花子的画眉嘴国王迫使公主接受了平民阶层的生活，而伪装成洛克史密斯的约翰·哈蒙则更多地从内在的精神层面教育了贝拉，因为贝拉与他的结合并非被迫，而是主动选择，充分显示了性别规训的力量。

在《画眉嘴国王》中，公主除了嫁给画眉嘴国王装扮成的叫花子之外别无选择，这是她受教育活动的开始，在嫁给叫花子之后，公主不仅受到丈夫言语上的羞辱，还一再被告知她不具备做一个好妻子的条件和能力。作为

---

① [英]狄更斯：《我们共同的朋友》(下卷)，智量译，上海译文出版社 1986 年版，第 264 页。

② 同上书，第 265 页。

皇族的一员，公主从未学习过家务活动，丈夫告诉她：一切只能自己动手。公主当然什么都做不了，她只能依赖丈夫，“谁知公主呢，压根儿不会生火呀烧饭呀什么的，叫花子丈夫只好自己干，也还凑合”①。这说明了公主接受家庭职责教育的必要性：接受贵族观念长大的女性根本无法适应家庭生活，丈夫应当消除这种贵族习气，让妻子成为符合家庭观念的女性。

婚姻可以让女性迅速成长，公主便是如此，婚后第二天一早，公主就要收拾房间。存粮吃完了，丈夫让公主编筐子贴补家用，粗硬的柳条戳伤了她娇嫩的双手。丈夫只好让她纺线，粗糙的纱线很快勒进她柔软的手指，勒得流出了血。为了生存，公主只能抛下贵族身份，通过最低贱的劳动维持生计，她什么都做不好，尽管公主尽到自己最大的努力，但她依旧是一个不合格的妻子。

公主的丈夫责备她：“‘你瞧，’她丈夫说，‘你什么事都干不了，娶你算我倒了霉！’”②“你瞧”，便是对公主的嘲笑，正呼应了公主曾经羞辱画眉嘴国王说：“瞧他这下巴……”这时，性别身份越过社会身份占据了上风，叫花子埋怨“娶你算我倒了霉”，也说明公主不过是老国王和叫花子交易的产品，对叫花子而言，这并不是一桩划算的交易，因为他的妻子并不能满足丈夫的要求。

由于公主不能从事体力劳动，丈夫需要找到公主身上可以利用的价值，丈夫让她去卖陶器，公主害怕父亲王国里的人会看到她且嘲笑她，她一开始并不情愿，但为了避免活活饿死，公主不得不这样做。日本心理学家河合隼雄认为，公主卖陶器是对自己没有尽到做妻子的责任的补偿，“她这些盆盆罐罐从普遍意义上来说是女性的象征。她是在被迫贱卖自己的女性属性”③。

①② [德]雅各布·格林、威廉·格林：《格林童话全集》，杨武能、杨悦译，译林出版社2010年版，第169页。

③ [日]河合隼雄：《童话心理学》，赵仲明译，南海出版公司2015年版，第191页。

的确如此，公主在这个过程中慢慢意识到：顺服丈夫很重要，因为这事关生死。公主卖货并不顺利，她卖出陶器挣了钱，得不到丈夫的夸奖，当喝醉的士兵踩碎她的货品时，公主担心的不是自己的损失，而是丈夫的责骂，她再一次觉得自己无能无用，觉得自己就是使丈夫倒了霉。

公主闯了祸，叫花子丈夫给了她另一项苦差事——王宫厨房的女仆，读者可以发现，之前丈夫要求公主编筐子、纺线、卖陶器时，公主还懂得表达想法，说自己做不了，或是不情愿。但此刻的公主沉默了，故事并未交待她是否愿意从事新的差事，这种沉默包含了两层意思：第一层，遵从丈夫的安排已经成了公主日常的必须，她不再能够如从前那样坚持自己的想法；第二层，她已经按照丈夫的衡量标准去衡量自己，看自己是否是一个合格的妻子，而且做女仆这项工作，是她唯一能够摆脱丈夫因她而“倒了霉”的机会。由此，公主学会了遵从男性的控制。“无私”的美德由此逐步显现，而且成了生存的希望，她在王宫厨房给厨子当下手，干最粗重的活儿，在自己衣服两边的口袋里各装了一只小陶罐，用来盛人家吃剩下来给她的东西，再带回家去。公主不但要干苦活，还要被迫从王宫拿取食物养活丈夫和自己，比起从前，公主的生活发生了翻天覆地的变化，她只能依靠自己当年不屑的“残羹剩饭”维持生活。

画眉嘴国王之所以伪装成叫花子，是为了报复公主曾经拒绝过他的求婚，他用这种方式贬低公主的自我价值。在《我们共同的朋友》中，约翰·哈蒙伪装成洛克史密斯的动机与画眉嘴国王有所不同，约翰·哈蒙伪装自己，从富有的遗产继承人变为穷秘书洛克史密斯，是为了隐藏身份，以便默默观察贝拉，看看她是否能做一名称职的妻子。约翰·哈蒙的计划很周密，他让别人以为自己遇到海难已经死去，然后改名换姓租了维尔弗先生家的房子，成为贝拉家的房客，又请求为鲍芬先生当私人秘书，这样，无论贝拉是在自己家，抑或是在养父家，都有机会与约翰·哈蒙接触。通过与贝拉的相处，约翰·哈蒙发现贝拉倨傲、浮躁、任性、爱财、轻率,但又难以接近,难以打动,他爱上了贝拉,也一心渴望贝拉是为了爱情本身而非金钱而接受他。尽管贝拉的性格并不讨人喜欢,约翰·哈蒙依旧发现了贝拉天性中美好的方面,“因为在她的天性中有足够的情感,在她的心灵中有足够的温暖,可以在有利的条件下发展为某种持久的、善良的东西”①。约翰·哈蒙决心激发这些情感和温暖,消除贝拉贪财、任性的一面。

比起《画眉嘴国王》中画眉嘴国王对公主的一再贬低,约翰·哈蒙的方式温和而有效,事实上,如果约翰·哈蒙对待女主人公的策略与画眉嘴国王同样蛮横无理,他或许会失去读者的同情。因此教育女性的过程,必须是悄悄地、在潜移默化中进行。公主的被教育发生在她与画眉嘴国王结婚之后,而贝拉的被教育发生于她和约翰·哈蒙的婚礼之前。在爱情的名义下,约翰·哈蒙的中产阶级男性权威得以树立——贝拉爱上了穷秘书洛克史密斯,贝拉对丈夫的选择权看似比《画眉嘴国王》中的公主自由得多,其实离不开约翰·哈蒙的操控。朱迪斯·巴特勒指出,“如果权力的条件要持续存在,它们必须被重申;主体恰好是这样一种重申的场所,这种重复从来都不只是机械的”②。约翰·哈蒙将贝拉置于男性主宰、女性顺从的场域中,慢慢地改变了贝拉的思想。当贝拉说自己一无是处时,约翰·哈蒙告诉贝拉:我不喜欢听您说贬低您自己的话。约翰·哈蒙知道,在他夸奖贝拉身上善良美好的一面时,总会触动贝拉内心的温柔之弦,比如她对父亲的爱,对孤儿的同情,让她更加清楚地判断出什么是正确的,什么是她必须放弃的:“‘我对自己了解得很够了,’贝拉的神态很媚人,仿佛认为自己反正是无可

---

① [英]狄更斯:《我们共同的朋友》(上卷),智量译,上海译文出版社 1986 年版,第 546 页。

② [美]朱迪斯·巴特勒:《权力的精神生活:服从的理论》,张生译,江苏人民出版社 2009 年版,第 14 页。

救药而自暴自弃了似的。”①贝拉学会了自我批评，如同公主用画眉嘴丈夫的标准评价自己，贝拉开始运用约翰·哈蒙的家庭观念衡量和评价自己。比起画眉嘴国王，约翰·哈蒙的过人之处在于，他不像前者那样公开表示对妻子的不满，却同样能够将女性转变为他自己想要的样子。约翰·哈蒙成功了，鲍芬先生在贝拉面前羞辱约翰·哈蒙时，贝拉变得异常激动，她称自己为下贱的、虚荣的女孩子，希望求得约翰·哈蒙的原谅，并且当面告诉鲍芬先生，当他可耻地虐待约翰·哈蒙的时候，自己已经爱上了他。至此，贝拉从高傲自大的骄纵女子，变成了满怀谦恭爱上穷秘书的善良小姐。

既然贝拉与约翰·哈蒙两情相悦，那么婚姻大事自然也被提上了日程。在童话《画眉嘴国王》中，公主受父亲强迫嫁给了画眉嘴国王，因此这段婚姻的开端没有任何浪漫可言，贝拉的爱情场景反倒富有童话色彩，“洛克史密斯说，‘我的爱，我的生命啊！你是我的吗？’贝拉的回答是：‘是的，我是你的，若是你认为我值得你要的话！’说完这话，她仿佛在他双臂的紧紧搂抱中几乎隐没了，这一部分是因为他的手臂那么强壮有力，一部分也是因为她那么心甘情愿。”②贝拉在洛克史密斯的双臂当中几乎隐没，这是一个隐喻，说明从此刻开始，贝拉作为一个主体，她的要求与愿望变得不再重要，这一点在婚礼当中被强化：

> 现在，永远吞没了贝拉·维尔弗的教堂的柱廊，如果说它没有权力退回那位年轻的女士来，它却放出了一位约翰·洛克史密斯太太，放她走进幸福的阳光下。③

---

① [英]狄更斯：《我们共同的朋友》(下卷)，智量译，上海译文出版社 1986 年版，第 154 页。

② 同上书，第 279 页。

③ 同上书，第 367 页。

婚礼不仅标志着贝拉思想观念的转变，更是身份的转变，她不再是一个独立的个体，而是需要依附丈夫的妻子——曾经追求思想独立的贝拉被男性权威所吞没，贝拉·维尔弗消失了，取而代之的是约翰·洛克史密斯太太，由此向理想的家庭女性迈了一大步。

身为妻子，公主的职责是走出家门养家糊口：编筐子、纺纱、卖陶器以及到王宫做厨房的女仆，贝拉作为维多利亚时期的女性，她的工作完美地再现了两分领域观下妻子的职责，贝拉的工作与外部世界无关，她不必为家庭生计发愁，也无需过问丈夫的工作，她所需要的就是在家中维持家庭应有的平和与秩序。

约翰·哈蒙作为贝拉转变过程中的指导者，他相信随着家庭观念在贝拉身上的被强化，贝拉最初爱财如命的思想会逐渐淡化，约翰·哈蒙也检验过贝拉，他问贝拉：你会不会喜欢我有钱？这是一次有关价值观的测试，如果贝拉能够通过这场测试，那么就说明她已经将自己之前的物质主义观念放置一边。贝拉回答：因为我并不穷啊！贝拉嫁给了穷职员却不认为自己穷，这说明她通过了丈夫的测试，已经进入到家庭观念体系当中，如同《画眉嘴国王》中的公主，将丈夫的思想内化为自己的思想。但是约翰·哈蒙依旧不断地进行着他的试探，在夫妻俩一起去伦敦买东西时，约翰·哈蒙仍唠叨不停地谈起那个他们如果有钱的想法。贝拉承认金钱的好处，她也表达了自己的愿望："但是逐渐逐渐，她被引得承认，她想有一间天下没有过的育儿室，要像彩虹一样的。"①这是贝拉对生活的要求，但又必须指明的是，她是"被引得承认"的，而且这种愿望不是为了她自己，而是为了她的孩子，贝拉已经学会为了家庭而无私奉献，她完全能够胜任家庭角色，因为她的愿望取

① ［英］狄更斯：《我们共同的朋友》（下卷），智量译，上海译文出版社 1986 年版，第 498 页。

决于丈夫的需要，这是男性权威获得成功的标记。

第三节　男性的考验：伪装下的性别规训

为了确保女主人公的教育已经完成，《画眉嘴国王》中的公主和《我们共同的朋友》中的贝拉必须通过最终的考验，以此来证明自己是一个值得信赖的合格妻子。公主在她最初凄惨的婚姻生活中展示了女性的全部美德，贝拉也经历了同样的过程，她在婚后无论面对怎样的生活变故，都温和顺从，安心持家。

公主学着依照丈夫的命令行事，将丈夫的愿望作为自己行动的指针，以此来取悦丈夫。公主曾经当众嘲笑过丈夫的外貌，称之为“画眉嘴”，反过来也承受了丈夫的羞辱，她与化装成叫花子的画眉嘴国王结婚，这段婚姻葬送了她之前的公主身份，她成了一个厨房的女仆，偷看国王长子的婚礼时，公主对自己当初的骄傲和自命不凡后悔不迭，丈夫突然出现了：

> 忽然王子走进大厅，身穿着天鹅绒和绸缎衣服，脖子上挂着许多金项链。当王子看到美丽的厨房女仆，要和她一起跳舞，这时公主被吓了一跳，因为她发现这位王子正是画眉嘴国王，曾经向她求过婚，她不但拒绝了他，还嘲笑过人家！可是反抗没有用，王子仍把她拉进了大厅，就在这时，她拴口袋的绳子却断了，陶罐滚了出来，汤流到地上，残渣剩菜撒得到处都是。人们一见哄堂大笑，纷纷说风凉话，羞得可怜的女人恨不得深深地钻到地底下去。①

---

① ［德］雅各布·格林、威廉·格林：《格林童话全集》，杨武能、杨悦译，译林出版社2010年版，第170页。

此时此刻是男女主人公身份反转的时机,曾经的公主/叫花子的关系成了厨房女仆/国王的关系。公主怎能接受如此的羞辱:恨不得深深地钻到地底下去。公主宁愿选择钻到地底下,选择死亡般地被埋葬也无颜面对众人。画眉嘴国王开始了自己的行动,公主跳出门厅想要逃跑,可在楼梯上被丈夫抓住且拉了回来。这里再一次表现了公主在国王面前的无力,让她当众出了丑,还不让她逃走,后来和蔼地对她讲:他就是她的丈夫。

不仅如此,国王也承认了是他装作喝醉的士兵撞坏了公主卖的陶器,他向妻子解释:"所有这一切,都是要克服你的自命不凡,惩罚你嘲笑我的傲慢无礼。"①在画眉嘴国王和公主的关系当中,他们的婚姻幸福与否,取决于公主怎样应对国王对她的一再捉弄,这事实上是基于男性权威的对女性的考察,公主顺利通过了考察,她为自己当初的言行忏悔,甚至痛哭流涕地说:我不配做你的妻子。画眉嘴国王变得宽容且多情,他告诉公主:不幸的日子已经过去,现在是正式举行婚礼的时刻。画眉嘴国王惩罚了公主的傲慢,成功地驯服了公主,确立了男性权威,并保证了最终的幸福结局。

"画眉嘴"以国王身份迎娶公主时,公主的皇室地位被重新确立,宫女们为她换上最华丽的衣服。她的父亲和宫里所有的人都前来祝贺这桩喜事。可见,只有通过丈夫——画眉嘴国王,公主才能恢复她失去的所有,毫无疑问,公主深知她此时的名誉、地位都是丈夫所给予的,因此公主最初的傲慢无礼也早已荡然无存。公主曾经与丈夫共同经历了贫民生活,经过丈夫的允许,公主的地位与财产失而复得,这是获取"幸福结局"的保障。

《画眉嘴国王》中公主的经历为:只有不求财产,才能得到财产作为奖励和回报。同样的情形也出现在《我们共同的朋友》中,读者已经知道约翰·

① [德]雅各布·格林、威廉·格林:《格林童话全集》,杨武能、杨悦译,译林出版社2010年版,第170页。

洛克史密斯便是富有的继承人约翰·哈蒙，自以为嫁给穷职员洛克史密斯的贝拉由此成功地进入了中产阶层。由于对金钱的不看重，贝拉反而得到金钱作为回报。当金钱不再作为人欲望的对象时，便失去了它之前的意义。公主和贝拉的命运是相似的，她们都从丈夫手中获取了财产，这种对财产的拥有反过来强化了丈夫的男性权威。

贝拉的被教育过程与公主不同，不是通过男性对她的一再羞辱，而是通过对她幸福愿望的实现，这种幸福是她一直以来所寻求的。婚后的贝拉想要做一个比小小的屋子里的小小的布娃娃价值高得多的东西，她知道自己进入了一个新的人生阶段，她对丈夫提出要求："你用挫折来考验我吧，约翰——用艰苦来考验我吧——然后你再告诉他们，你对我是怎么看法的。"①这段话说明，贝拉渴望在新的环境当中获得一些成长和变化，约翰·哈蒙用"考验"为她提供了成长的机会。

对贝拉而言，如果她要成为理想的妻子，当家庭受到外界的影响时，贝拉必须对丈夫保有完全的信任，完全的顺从。在《画眉嘴国王》中，公主曾因众人的耻笑恨不得钻到地底下去，这是公主隐喻义上"自我"的死亡，因为接下来她将成为国王的妻子，是身份的重生，也是对过去"自我"的埋葬。约翰·哈蒙曾经与贝拉谈及关于约翰·哈蒙的谋杀案，贝拉对丈夫表现出十足的信任："可我要等你出于自愿告诉我。你问过我，能不能完全信任你，我说过能，我说到做到。"②当约翰·哈蒙听到贝拉的这番表白之后，他因满意而表现出得意的样子，因为贝拉的回答正是他希望听到的。贝拉还将丈夫称为"密室里的蓝胡子"，众所周知，蓝胡子是一个残暴的丈夫，一个个杀死了自己的妻子，并将妻子们的尸体藏在他的密室当中，约翰·哈蒙向妻子承

---

① [英]狄更斯：《我们共同的朋友》(下卷)，智量译，上海译文出版社 1986 年版，第 387 页。

② 同上书，第 501 页。

认了他也有一间密室，意味着约翰·哈蒙也有一个秘密，这个秘密会影响到二人的婚姻以及贝拉的生活，但贝拉并不追问这个秘密是什么，她对丈夫完全信任。在隐喻义上，约翰·哈蒙也已经杀死了贝拉，因为他已经扼杀了贝拉天性当中他不需要的部分，而重新塑造了他需要的性格。

当然，约翰·哈蒙并不如蓝胡子般危险，他与阿贝小姐的交谈和讨价还价都是为了自己妻子的利益，约翰·哈蒙也深知贝拉对他的信任不会动摇，尽管贝拉并不能理解丈夫的所作所为：

> 这一切都那么异乎寻常，贝拉什么都不明白，却只知道一点，那就是约翰是正确的。怎样正确，又怎样被人怀疑为错误，她都无法说清楚。她有些模糊的概念，觉得他从来不曾真正用过汉福德这个名字，而他跟这个神秘人物长得极其相似，这种概念是她思路中最为接近一种确定解释的途径。然而约翰是得意洋洋的，这一点非常明显；因此她不妨静待其他情况。①

正如思想家约翰·拉斯金所描述的完美的受过家庭教育的女性，贝拉不是出于自私的缘故而接受现实，也不是为了其他的缘故，而是为了自己丈夫的缘故。在这一点上，贝拉已经完全受到了家庭观念的教育，她对丈夫依赖、信任，并且顺从。

通过了做一个优秀妻子的测试，贝拉现在可以探知自己丈夫身份的秘密。正如画眉嘴国王在最后公开了自己的身份——叫花子，骠骑兵，国王。约翰·哈蒙在他所安排的见证人：鲍芬夫妇面前也向贝拉坦白了自己的身

① [英]狄更斯：《我们共同的朋友》(下卷)，智量译，上海译文出版社 1986 年版，第 511 页。

份。这时，假如贝拉出于愤怒而责备约翰·哈蒙，便是对贝拉教育的失败，但是贝拉没有愤怒，这是约翰·哈蒙所期望看到的，鲍芬夫妇赞许了贝拉的行为，鲍芬太太将贝拉抱在怀里：

> 我亲爱的、亲爱的、亲爱的姑娘哟，诺狄跟我亲眼看见你结婚的，可是没能上去祝福你一句，甚至于没能跟你说上一句话！我亲爱的、亲爱的、亲爱的约翰的妻子哟，他的小娃娃的妈妈哟！我心爱的、心爱的、快活的、快活的、漂亮的、漂亮的人儿哟！欢迎回到你的屋子和你的家庭里来，我亲爱的人儿哟！①

通过约翰·哈蒙和鲍芬夫妇的解释，贝拉才意识到自己经历了一场早有安排的考验，所有人一致认为尽管贝拉骄纵傲慢，但她的心里还是一块真金。这里指的“真金”，是女道德家萨拉·埃利斯和思想家约翰·拉斯金所崇尚的女性美德组合而成的特质。这一“真金”正是约翰·哈蒙所看重并愿意与之结合的，鲍芬先生发现了贝拉只是表面上被宠坏了，因此约翰·哈蒙需要考验贝拉，假若贝拉能在他遭人轻视的时候支持他，假如贝拉在他遭人压迫的时候表现得心胸宽大，假如贝拉在他一文不名而又举目无亲的时候对他无限忠诚，而且所有这些都与贝拉追求金钱的理想相去甚远，那么考验就成功了，约翰·哈蒙由此拭去“真金”之上的尘土，让它大放异彩。

《画眉嘴国王》中的公主接受了考验，并且意识到了自己的不足。同样地，《我们共同的朋友》中，在贝拉得知丈夫就是富有的继承人约翰·哈蒙时，贝拉的反应与《画眉嘴国王》当中的公主如出一辙，她为自己的不足深感

① [英]狄更斯：《我们共同的朋友》(下卷)，智量译，上海译文出版社 1986 年版，第 514 页。

忏悔,"'噢,是的,'贝拉双手蒙住脸,大声说,'可我永远不能活着弄懂了。那就是,为什么在我那么不配让他爱的时候,约翰却爱上了我,为什么你们,鲍芬先生和鲍芬太太,会那么不顾自己,花那么大力气,费那么多事,来让我变好点儿,结果是帮助他娶了这么一个不值得的妻子。可我心里非常非常感激你们呀。'"①在公主和贝拉看来,伪装的丈夫没有错误,错误的是自己不值得这种考验。公主和贝拉都承认所有的过失和错误都在自己这一方,而正确和权威都在丈夫一方,这样一来,女性最重要的职责便是尽力取悦自己的丈夫,以此证明自己是"值得的"。

在小说中,约翰·哈蒙的伪装与欺骗多少有一些犯罪的成分,因此约翰对妻子表达了歉意,"他(非常不必要地)为了他所做的欺骗恳求她的宽恕,并且一次又一次地告诉她。因为当时处在那种她自己也信以为真的生活地位上,她所表现出的许多动人的魅力,让他把这段欺骗她的时间更加拖长了"②。尽管约翰·哈蒙承认了自己的错误,但是他更多是在责备贝拉,他之所以欺骗,原因在于妻子表现出了"许多动人的魅力",这是多么巧妙的角色置换,过错方将错误推诿给无辜的一方,却又不露痕迹,这样一来,更有错的一方不再是约翰·哈蒙,而是贝拉。

小说最后对贝拉的描绘预示了新生活的开始:她坐在壁炉前的一把低低的小椅子上,怀中抱着孩子,柔和的睫毛遮着射入眼中的火光。这是一个令人向往的维多利亚时期中产阶级家庭的幸福场景,鲍芬先生不失时机地发表了自己的见解:这是一幅漂亮的、有希望的图画。在女性主义者看来,贝拉的成长无疑令人失望,她从一个具有独立思想的女孩,成了一个依附丈夫的中产阶级家庭妻子。《画眉嘴国王》与《我们共同的朋友》讲述了男性通

①② [英]狄更斯:《我们共同的朋友》(下卷),智量译,上海译文出版社 1986 年版,第 526 页。

过伪装教育和考验女性的真义，一旦女性将社会既定的性别价值观内在化，禁闭她的不是他人，而是自我，这是性别规训的力量。狄更斯是十九世纪英国文学的巨擘，他对社会的剖析真实而深刻，他对社会底层痛苦生活的描述让人难以忘怀。但在性别观念上，狄更斯无疑是社会主流思想的拥护者，两分领域观强调了女性的美德和职能："创造家庭舒适是妇女对社会的最大贡献"，"女性应该是温顺贤良、无懈可击的，女人的任务就是取悦丈夫，优雅地去忍受男人的热情和暴躁，了解和接受他的品位"①。女子教育主要是为了将其培养成符合中产阶级女性观的女性，中产阶级的家庭教育与学校等社会教育相辅相成，培养女性适应和延续两分领域的世界。通过《我们共同的朋友》对童话故事《画眉嘴国王》的重写，狄更斯重申了维多利亚时期的"两分领域观"，以及理想女性的特质：无私、依附以及顺从。

① 转引自李宝芳：《维多利亚时期英国中产阶级婚姻家庭生活研究》，社会科学文献出版社 2015 年版，第 159 页。

结　语

啊呀呀！一位胆敢握笔的女人

真是冒犯了男子们的权威呀，

简直是一种胆大妄为的物种呢

以致再没有美德能够赎回她的过错。

——安妮·芬奇，温彻尔西伯爵夫人①

马克思主义哲学家恩斯特·布洛赫认为："童话故事是普通民众最重要的艺术表达——童话故事投射了他们希望改变自己和改变社会的意愿。童话故事的奇异幻想形式蕴含着一个现实世界的矿藏，尽管它是敞开的、零碎散布的，但仍然是可以开采的。它运用想象并不是为了敞开想象之门逃避到一个'永无岛'上，而是为了与现实建立起更加紧密的联系。"②因此，我们

① [美]桑德拉·吉尔伯特、苏珊·古芭：《阁楼上的疯女人：女性作家与 19 世纪文学想象》，杨莉馨译，上海人民出版社 2015 年版，第 3 页。

② [美]杰克·齐普斯：《冲破魔法符咒：探索民间故事和童话故事的激进理论》，舒伟主译，安徽少年儿童出版社 2010 年版，第 176 页。

应当严肃对待童话这一类文学体裁，童话故事并非消极逃避现实，而是与现实紧密联系在一起。在特定历史时刻的社会文化场中，每一意指符号在某种程度上都难以脱离性属和社会性别问题，文学文本作为这一问题的表征系统，自然将特定历史时段中的男女加以艺术叙述或再现，以童话为例，《灰姑娘》《小红帽》《画眉嘴国王》《长发少女》等故事里，“都存在着严重的对女性的偏见，要求她们要么安分守己，逆来顺受，要么必须由男性来确定她们的身份地位”①。

童话主题在维多利亚小说中得以重新编码时，性属和社会性别问题依旧是小说家们关注的对象，通过重写经典童话故事，小说家们成功地将维多利亚时期的家庭观念置入其中。童话《灰姑娘》《美妞与怪兽》《蓝胡子》《画眉嘴国王》意在建构女性美德，通过作家们的重写，读者可以看到小说《简·爱》《奥德利夫人的秘密》《弗洛斯河上的磨坊》《白衣女人》《怀尔德菲尔山庄的房客》《我们共同的朋友》等小说如何借用童话故事的情节，将维多利亚时期的性别观念置入其中。在这一过程中，男性作家与女性作家对童话主题的借鉴并不一致。

在描述自己最早对于作家这一职业的感受时，作家让-保罗·萨特在《文字生涯》中回忆了他孩提时代的信念：“存在，就是对语言的无数规律运用自如，就是能够命名；写作，就是把新的生灵刻画在语言里，或者按我始终不渝的幻觉，把活生生的东西禁锢在字里行间；如果我巧妙地搭配词语，事物就落入符号的网里，我便掌握住事物。”②萨特的信念也正是每一位作家的信念。从性别问题的角度，这种捕捉“活生生的东西”的信念引导着男作家们认为他们对于女性“人物形象”拥有以父权为背景的所有权，他们可以

---

① [美]杰克·齐普斯：《冲破魔法符咒：探索民间故事和童话故事的激进理论》，舒伟主译，安徽少年儿童出版社 2010 年版，第 171 页。

② [法]萨特：《文字生涯》，沈志明译，人民文学出版社 1988 年版，第 151 页。

“巧妙地搭配词语”刻写下女性的“人物形象”。

男作家们塑造的男性与女性不一样,作家们笔下的男性与作家们一样,通过创造出丰富多样的有关他自己的故事来展示自己、修正偏见。而女作家很难同样创造出属于自己的故事以修正偏见,父权制社会中的女性往往被囚禁于男性文本之中,“在男人的表现活动中,女人常常被当作表达男人们希望传达的意思的象征,女神和女灾星是两个极端的例子。换句话说,女人一直被物化为表现手段,在男人创造的世界里充当负有具体道德或艺术含义的符号”①。在男作家笔下,女性成了“女神/女灾星”的两极,针对创作当中的性别差异,批评家吉尔伯特和古芭指出:

> 女性作家痛苦、迷惘而又愤怒地承认,她在镜子里面看到的形象,通常都是男性建构出来的,是男性的头脑中创造出来的“纯洁的金娃娃”,纯粹人造的光彩的孩子。1859 年的《一位女性的诗歌》(*A Woman's Poem*)中提到,女性作家坚持认为,“你们(男人)创造了那些你们长驱直入的世界……还有我们的世界(啊呀,那也是你们造出来的!)”——在那些狭窄的边界之内,只有空空如也的四堵墙……我们只能在其中做着分内之事。②

对于女作家来说,既然父权专制和它造就的文本都迫使女性屈从,并囚禁了女性,那么,女性在有机会拿起手中的笔,尝试着开始创作之前,首先必须逃离男性创作的文本,因为这些文本将她们定义为“无足轻重的人”,否定

---

① 马元曦、康宏锦主编:《西方女性主义文学文化译文集》,广西师范大学出版社 2008 年版,第 30 页。

② [美]桑德拉·吉尔伯特、苏珊·古芭:《阁楼上的疯女人》,杨莉馨译,上海人民出版社 2015 年版,第 23 页。

了她们建构起自己权威的主体性。

批评家吉尔伯特和古芭在讲述女性艺术家的创造力时，谈到“从实际意义上说，诸如狄金森、勃朗特、罗塞蒂这样的女性都被囚禁在她们的家中，囚禁在她们父亲的屋子之内。事实上，几乎所有十九世纪的女性从某种意义上说都是被囚禁于男性的屋子之内的。从象征意义上说，正如我们已经看到的那样，文学女性被闭锁于男性的文本之中，她们要逃脱这些文本的控制，只有通过智谋和间接的方式。”①吉尔伯特和古芭进一步指出，女性创作实属不易，需要采用“智谋和间接的方式”，二十世纪美国诗人 H.D.将自己的一部小说命名为《重写手稿》(*Palimpsest*)，这实际上表达了她自己的美学策略。回顾女性文学史，简·奥斯丁、玛丽·雪莱、艾米莉·勃朗特和艾米莉·狄金森等女性作家都创作过某种意义上算是重写手稿的文学作品，这些作品表面上的设计隐藏或者说模糊了更为深层，也更难以把握的，更不易为社会所接受的意义层面。因此，假如女作家需要争取真正的女性文学权威，就要做到对男权中心的文学标准既妥协，又加以颠覆。从维多利亚时期小说对童话主题的书写当中，也能够清晰地看到这种性别指向。

男作家在社会和两性的态度方面严格遵循了时代主流话语。《白衣女人》开篇就宣告了作家威尔基·柯林斯对社会性别角色观的认同：“这篇故事说的是：一个妇女的耐性能坚持到什么程度，一个男子的决心能达到什么程度。”②故事层上，女主人公劳娜的出场方式即阐明了女性作为“客体”或“对象”的特征，劳娜的画像设定了理想的女性本质：天真、柔弱。叙事层上，八个叙述者中不包括劳娜。如果蓝胡子的妻子还有好奇心的话，那么劳娜的好奇心已被抽去，丈夫的秘密由叙述者与读者分享。在第二段婚姻中，又

① [美]桑德拉·吉尔伯特、苏珊·古芭：《阁楼上的疯女人》，杨莉馨译，上海人民出版社 2015 年版，第 106 页。

② [英]威尔基·柯林斯：《白衣女人》，叶东心译，上海译文出版社 2007 年版，第 1 页。

延续着被动等待拯救的《睡美人》童话，婚姻幸福的秘诀在于妻子的不追问，不好奇。《画眉嘴国王》故事本身就呈现了父权观念，作家狄更斯的小说《我们共同的朋友》强化了这一点，曾经爱钱且骄傲的贝拉经历了一系列变化：从一个被宠坏了的、贪财的漂亮女孩变成了恋爱中的、抛弃身份财产嫁给小职员的女人，并“迅速地成长为一个家庭生活的十全十美的天才”①。成为高度性别化的资产阶级核心家庭的妻子，而这归功于一位男性——化名穷职员洛克史密斯的遗产继承人约翰·哈蒙。童话与小说唯一的区别在于公主的出嫁受另一位男性——父亲所迫，而贝拉是自愿选择了社会身份和财产低于自己的丈夫洛克史密斯。从童话的命令到小说的规训——性别不平等的不可变性越来越牢固地被铭刻到女性意识之中。

与男作家不同，女作家在性别观念上显示出更加积极的，甚至具有颠覆意味的倾向。同为“蓝胡子”主题，《怀尔德菲尔山庄的房客》中的海伦最初的确将抽象的“妇女使命”转化为具体的行动计划：服侍丈夫之外，养育孩子，料理家务，还要关照租户和工人。而在发现亨廷顿的秘密——丈夫的私通行为后，作家安妮·勃朗特不仅让海伦离家出走，还让海伦在丈夫孤苦无依的时刻回到丈夫身边，从出走到复归的经历显示着理想的理性主义光辉。小说涉及了两性的空间——公共与私人领域问题，海伦拒绝社会规定的性别角色，计划在离家之后以绘画为生，这一举动无疑挑战了女性作为男性的经济依附者的角色，因为在维多利亚时期女子一旦从业，便意味着社会等级的下降，丈夫亨廷顿因此拒绝让海伦出外谋生：“你想让我出丑，是不是？你想逃走，当个画家，靠自己的双手劳动养活自己，是这样吗？”②然而海伦有直

① ［英］狄更斯：《我们共同的朋友》（下卷），智量译，上海译文出版社 1986 年版，第 390 页。

② ［英］安妮·勃朗特：《怀尔德菲尔山庄的房客》，赵慧珍译，敦煌文艺出版社 2007 年版，第 355 页。

面现实的勇气，具备独立的能力，其思想和品格正因此而显得难能可贵。当挪威的戏剧大师易卜生在1879年的《玩偶之家》中提出娜拉的出走时，安妮·勃朗特已经在三十年前回答了这个问题：做海伦一样的女性，出走之后能够自食其力，《怀尔德菲尔山庄的房客》也被认为是最早的女性主义小说之一。

对女性主义者而言，夏洛蒂·勃朗特的《简·爱》中的简·爱是一个具有彻底反叛色彩的女性形象，她如同灰姑娘，准备以女家庭教师的身份嫁给富有的绅士罗切斯特，又如同美妞，成为又瞎又残的罗切斯特唯一的依靠。美妞的核心美德是对自我的弃绝，婚姻使美妞社会化——从女孩成长为女人，如果说父亲代表了过去，那么野兽代表了未来。简·爱通过婚姻选择了未来，然而她不追求自我牺牲，否则她便会与表兄圣约翰结婚，她强调自我——“我关心我自己。我越是孤独，越是没有朋友，越是没有支持，我就越尊重我自己。”①因此成了自我实现的一类女性的先驱。与简·爱相对，《弗洛斯河上的磨坊》中的麦琪是克己隐忍的代表，她比简·爱更像美妞，具备自我牺牲的美德，她深爱父亲，最后成了兄长唯一的解救者。当美妞和简·爱选择了未来——婚姻时，麦琪选择了回归汤姆所象征的过去，她所珍视或怀恋的是与哥哥汤姆一起度过的童年，“在最后一刹那，他们又重温儿时亲密地拉着小手在野菊丛生的田野里漫游的日子”②。当然这一结尾与作家乔治·艾略特“怀旧的有机主义”不无关系，但麦琪的确通过死亡割断了美妞故事中的女性成长过程，没有了婚姻，“家庭天使”的职责显得如此空泛。1883年，女作家奥利夫·施赖纳的《非洲农场的故事》再现了《弗洛斯河上的磨坊》的故事，施赖纳描述的世界中，男性通过女性的苦难得到拯救，而女性则在教育男性的过程中凋零。

---

① ［英］夏洛蒂·勃朗特：《简·爱》，祝庆英译，上海译文出版社2006年版，第303页。

② ［英］乔治·艾略特：《弗洛斯河上的磨坊》，祝庆英、郑淑贞、方乐颜译，上海译文出版社2008年版，第474页。

从“灰姑娘”主题看，简·爱与灰姑娘命运相似，经历舅妈一家的虐待、慈善学校的悲惨生活后遇到了罗切斯特，最终二人过上幸福的生活。作家夏洛蒂·勃朗特在《家里的天使》发表七年前的1847年就创造了简·爱这一背离“天使”形象的女性，简·爱其貌不扬，出身低微，备受轻视辱慢，却改变了灰姑娘逆来顺受的特质，如果说灰姑娘的成功依赖的是外在的力量——教母，那么简·爱的成功主要在于自主性。面对舅妈一家的虐待，她认为“我必须说”，发现疯妻伯莎的存在后，简·爱（灰姑娘）从罗切斯特（王子）身边逃走，面对圣约翰无爱的婚姻，简·爱又回到罗切斯特身边。在与罗切斯特的婚姻中以“我们是整天谈着话”建构了女性话语空间，将婚姻从契约关系变为精神上的平等交流关系，完全颠覆了女性在婚姻和爱情上的消极被动和刻板化形象。相对于简·爱，布兰奇和乔奇安娜一类女性应更具“天使”特征，作家夏洛蒂·勃朗特却运用她们的美貌却心灵贫瘠来弱化“天使”的本质内涵。《简·爱》结束于简·爱与罗切斯特的浪漫婚姻，女作家玛丽·布雷登的惊悚小说《奥德利夫人的秘密》则从美好的婚姻出发，揭示其表象之下的另一现实，灰姑娘般的女家庭教师露西·格雷厄姆缔结了一桩高攀显贵的婚姻，成为奥德利从男爵的夫人并享受上了王后般的幸福生活。然而，看似温柔善良的灰姑娘露西·格雷厄姆深藏了一系列罪恶：重婚、谋杀、纵火、欺骗。当《白衣女人》中的格莱德伪造从男爵身份时，玛丽·布雷登塑造了一个女性伪造身份者：她是乔治的妻子海伦、是女家庭教师露西、是从男爵夫人。表面上，奥德利夫人并未违背“家庭天使”形象的主旨，她显得稚气十足，纯洁，一心一意照顾丈夫，然而“她看上去那么天真无辜，所以才特别危险”①。进一步看，支配这种危险的也是十九世纪日益增长的

① [美]伊莱恩·肖瓦尔特：《她们自己的文学：英国女小说家：从勃朗特到莱辛》，韩敏中译，浙江大学出版社2012年版，第154页。

消费文化的意识形态，叙述者用大量篇幅描述奥德利庄院：工艺品，家具，名画，女主人化妆室里的珠宝和衣服。奥德利夫人同时成为消费的客体和主体，对她而言，谁能够给她提供所求，她就能够爱谁。如同受好奇的欲望支配而掉入兔子洞的爱丽丝，奥德利夫人也在物欲的禁锢中越陷越深，在罪行败露后即将离去时，"爵士夫人考虑的是：这些家具值多少钱，很可能这奢华的套间不久就不归她所有了，多么痛苦"①。在消费语境之下，娇弱的、金发碧眼白肤女子的犯罪行为对于"华丽、有闲、奢侈"的家庭天使的真实情感作了讽刺性的注解。

维多利亚时期的英国一方面是工业文明的高度繁荣，一方面是充满矛盾、危机和困惑的时代。伴随科技进步的是传统价值观念受到了强烈的冲击，这正是人的精神需要寄托与慰藉的时代。其间童话无疑起到了积极作用，正如迈克尔·C.科兹因在《狄更斯与童话故事》一书中指出的："当生活在维多利亚时代的人们为一个变化中的世界所困扰时，他们能够在童话故事那有秩序的、仪式性的结构中发现恒定之物。他们能够在他们的时代听到精灵国度飘然吹响的号角所发出的召唤，前往那安抚心灵的另一个世界。他们能够逃离成人世界的腐败，回归童年的纯真无邪；逃离丑陋的、充满竞争的城市，回归美丽的、充满同情的自然；逃离复杂的道德束缚，直面善与恶的简单问题；逃离一个异样的现实，遁入一个想象中的抚慰人心的世界。"②然而从经典童话与小说的互文关系中，可以编织出另一部文本或叙述，可以称之为"潜文本"或"文本无意识"，这部潜文本透露出一道道指向现实的缝隙，童话主题的运用在超越意义，增生意义。

① [英]玛丽·伊丽莎白·布雷登：《奥德利夫人的秘密》，吴岩译，上海译文出版社1993年版，第384页。

② [美]杰克·齐普斯：《冲破魔法符咒：探索民间故事和童话故事的激进理论》，舒伟主译，安徽少年儿童出版社2010年版，第18页。

威尔基·柯林斯和查尔斯·狄更斯以男性价值主导为书写目标的叙事策略表明了文学如何严格遵循社会观念重复性别问题。婚姻中家庭结构及两性特质的意义即男性被栓到公共领域,女性定位于家庭奴役体系。在他们的小说中要注意的不是明确的叙事,而是未说出的东西,正如文艺理论家特里·伊格尔顿认为丁尼生的长诗《公主》"装出写艾达的样子,其实写得是'阳性'霸权问题"①。名与实脱节,故事层与话语层悖离,《白衣女人》的最终指向是沃尔特·哈特赖特的男性身份建构问题。文学评论家 G.K.切斯特顿曾指出狄更斯对陷于不幸的人们存有同情的善意,然而由于狄更斯的"绅士情结",《我们共同的朋友》中的"朋友"(约翰·哈德蒙)也好,"我们"也罢,其所指都是男性。

维多利亚时期的另一位作家刘易斯·卡罗尔酷爱儿童肖像摄影,现在看来有一幅作品别具深意,照片中央是一个光脚小女孩,她身穿睡衣,头发蓬松,左手拿着镜子,右手拿着梳子站在椅子旁,她皱着眉头,神情似乎传达着一个讯息:我不想拿起镜子梳平头发。从性别建构的角度,这个形象象征着传统女性形象的一种转变,不愿坐在椅子上拿起镜子修整自己的外表,这是女性对于在男性的眼光中被客体化命运的拒绝。本时期的女作家们亦是如此,写作行为如同蓝胡子故事中被禁止进入的密室,她们拿起笔本身就是对男性话语的僭越,童话成为她们重建价值标准,重构女性形象的方式。法国女性主义者露丝·伊丽格瑞认为女性在努力成为自我的过程中,可以把男人强加于女人的滑稽剧再用滑稽模仿的形式表达出来,通过模仿,女性通过夸张地强调这些形象来拆解男性中心话语,是试图用话语重现她受剥削的境地,通过"嬉戏的重复"(play with mimesis),使本应隐性的东西显性化。②

① [英]特里·伊格尔顿:《历史中的政治、哲学、爱欲》,马海良译,中国社会科学出版社 1999 年版,第 156 页。

② 参见 Luce Irigaray, *This Sex Which Is Not One*, trans. Catherine Porter, Ithaca, New York: Cornell University Press, 1985, p.76。

女作家们的小说看似模仿了传统童话的性别定义和叙事策略，但在这“嬉戏的重复”中，故事本身难以与时代的社会性别法则融合。当《白雪公主》中的王后拿起镜子问“谁是世界上最美丽的女人时”，就强调了传统观念中美貌在确立女性价值中的重要性，然而夏洛蒂·勃朗特创造了一个不美的灰姑娘和“美妞”——简·爱。同样，在女作家们的笔下，女性不是被动的“天使”，可以是男性的拯救者，可以通过理性战胜男性，可以实现自我价值和独立意识，甚至可以是企图弑杀男性的罪犯。

必须指出的是，这种“嬉戏的重复”中也透出文本叙述与性别生产之间的复杂关系，一度发出女权宣言的简·爱以与社会隔离的浪漫婚姻收场，这也使得一些女性主义批评者对《简·爱》的结尾颇有微词。女画家海伦的第二次婚姻似乎又成为第一次婚姻的重复——承担妻子和母亲的角色而不再拿起画笔，《怀尔德菲尔山庄的房客》的大部分由海伦的第一人称叙述完成，然而意味深长地由男性吉尔伯特的叙述结尾。一再改变身份的奥德利夫人最终的身份——“泰勒夫人”由男性罗伯特决定，并由罗伯特将她送入了疯人院，为她的所作所为找到了合理的解释——一切皆因“疯狂”所致，《简·爱》中疯女人伯莎的故事又在《奥德利夫人的秘密》重新上演。可以发现，似乎女性的种种突围最终依旧被纳入男性话语体系之中，然而正是这种复杂性质疑了社会和语言层面上性别建构的所谓事实真相。从女性成长的角度看，或许美国当代女作家简·海特·约伦的童话诗《天鹅/公主》可以提供答案，诗中分别写了“从公主到天鹅”与“从天鹅到公主”的变化过程，其中包含了对爱情和自由、优雅和力量、笑声和沉默、失去和得到的辩证思考，符合男性要求的“美丽、优雅和温顺”的女性可以拥有爱情，而具备“力量、沉默和强壮”特质的天鹅失去爱情而得到了翱翔天空的自由。得失之间，究竟做何选择？对于简·爱、海伦、奥德利夫人们来讲，也许还无法拥有从公主到天鹅的勇气，但她们至少希望做一个独立思考、不屈从的公主。维多利亚时期的女作家以她们的坚韧和智慧，在男性话语遮蔽下建构着自己的主体话语，她们利用童话原型模式，找到了女性话语的切入点，将长期处于边缘和劣势地位的女性推上前台，以独特的女性视角和敏锐的洞察力为人们展现了一个充满生机和奇妙的女性世界，并对女性的地位、权利、禀赋等问题作了理性思考，在一定程度上建构起了女性文学的主体意识。传统的经典童话模式在作家女性意识的映照下，被赋予新的含义。

在回顾童话讲述的历史时，杰克·齐普斯高度认可了女性的力量，“对于童话故事的讲述使妇女们得以以一种代表了她们自己以及贵族阶层趣味的方式来描画自我、社会礼仪和相互关系”①。经典童话让不同时代的女性形成了一个“重述”童话的传统，如果说维多利亚时期的女作家们面对男性文学传统，谨慎地采取既“妥协”又“颠覆”的策略的话，那么自二十世纪七十年代起迅速崛起的女性主义童话叙事显示了更大胆的反叛色彩，这些作品内容创新，形式不拘一格。女作家们认为有必要破除由谎言堆积、构筑的童话世界，把表面上简洁明了的故事置于女性话语的聚光灯下，暴露其看似自然的男权话语体系。因此，女性主义童话致力于重新建构经典童话的文本秩序。有代表性的有安吉拉·卡特的文集《染血之室与其他故事》，玛格丽特·阿特伍德的一系列基于童话改写的小说如《强盗新娘》和《蓝胡子的蛋》，芭芭拉·沃克的小说集《女性主义童话》，奥尔加·布鲁姆斯的童话诗集《从零开始》，以及美国自白派女诗人安妮·塞克斯顿的童话诗集《变形》。其他还如萝宾·麦金莉、弗兰西斯卡·莉亚·布洛克和多娜·乔·纳普利等，都是女性主义童话创作领域的翘楚。这些女作家挑战了男性主导的话语霸权，且寻求超越性别规范。以灰姑娘为例，萨克斯顿《灰姑娘》中的盛大

① [美]杰克·齐普斯：《作为神话的童话/作为童话的神话》，赵霞译，少年儿童出版社 2008 年版，第 5 页。

舞会只不过是一个大型“婚姻市场”，身处其中的王子觉得自己像在“兜售鞋子”，而灰姑娘则与中了六合彩的挤奶工没有区别，以此说明童话中美满幸福的生活在现实中不过是痴人说梦，通过灰姑娘的故事对婚姻提出了质疑。在布鲁姆斯的《灰姑娘》中，更为直接地表达了寻求属于女性“新的语言”的迫切性，灰姑娘知道，“破解皇家暗语”，懂得“父亲的语言”，并不能真正为她带来生机，若不寻求同性间的友谊，等待她的命运只能是“红颜早逝”，这事实上是在寻求构建女性联盟的可能性。女性主义童话的改写，不仅颠覆和解构了经典童话背后的男权话语和性别范式，为当代女性重构性别身份提供了灵感与动力，并在与经典童话互文对话的过程中重新书写了童话传统。

十八世纪的德国诗人诺瓦利斯给浪漫主义的憧憬起了一个神秘的名字——“蓝色花”，它代表着对幸福躁动不安的追求，童话成为作家们憧憬“蓝色花”最完美的载体。童话如同被几度书写的羊皮纸，被不同的时代不停地抹去，重写，然而抹不尽的是深藏于其间的历史与现实的迷思。在《探索民间故事和童话故事的激进理论》中，杰克·齐普斯谈到，“无论童话故事演变成什么样子，它的主要动力首先是革命的、进步的，而不是经常被人认定的所谓逃避主义的。童话故事的王国包含着一种对现实的社会政治问题及各种冲突的象征性反映”①。女性作家们通过童话关注社会性别问题，并以此“边缘发声”，重写童话为女性在男性话语体系内部开拓出一片诗性空间，在女性文学传统中，从十九世纪勃朗特姐妹、乔治·艾略特和玛丽·布雷登小说的童话主题到后现代语境中女作家们更具反叛性的童话改写，在童话的名义之下，“蓝色花”必将永恒。

---

① [美]杰克·齐普斯：《冲破魔法符咒：探索民间故事和童话故事的激进理论》，舒伟主译，安徽少年儿童出版社 2010 年版，第 48 页。

参考文献

中文文献：

1. [英]乔治·艾略特:《弗洛斯河上的磨坊》,祝庆英、郑淑贞、方乐颜译,上海译文出版社 2008 年版。

2.《外国童话经典 100 篇》,叶君健等译,人民文学出版社 2004 年版。

3. [美]朱迪斯·巴特勒:《权力的精神生活:服从的理论》,张生译,江苏人民出版社 2009 年版。

4. [美]朱迪斯·巴特勒:《性别麻烦:女性主义与身份的颠覆》,宋素凤译,上海三联书店 2009 年版。

5. [美]布鲁诺·贝特尔海姆:《童话的魅力:童话的心理意义与价值》,舒伟、丁素萍、樊高月译,社会科学文献出版社 2015 年版。

6. [英]安妮·勃朗特:《怀尔德菲尔山庄的房客》,赵慧珍译,敦煌文艺出版社 2007 年版。

7. [英]夏洛蒂·勃朗特:《简·爱》,祝庆英译,上海译文出版社 2006 年版。

8. [英]玛丽·伊丽莎白·布雷登:《奥德利夫人的秘密》,吴岩译,上海译文出版社 1993 年版。

9. [英]阿萨·布里格斯:《英国社会史》,陈叔平、陈小惠、刘幼勤、周俊文译,商务印书馆 2015 年版。

10. [英]狄更斯:《我们共同的朋友》,智量译,上海译文出版社 1986 年版。

11. [德]雅各布·格林、威廉·格林:《格林童话全集》,杨武能、杨悦译,译林出版社 2010 年版。

12. [德]海德格尔:《存在与时间》(修订本),陈嘉映、王庆节译,生活·读书·新知三联书店 2000 年版。

13. [日]河合隼雄:《童话心理学》,赵仲明译,南海出版公司 2015 年版。

14. [英]艾瑞克·霍布斯鲍姆:《资本的年代:1848～1875》,张晓华译,中信出版社 2014 年版。

15. [美]桑德拉·吉尔伯特、苏珊·古芭:《阁楼上的疯女人:女性作家与 19 世纪文学想象》,杨莉馨译,上海人民出版社 2015 年版。

16. [意]伊塔洛·卡尔维诺:《论童话》,黄丽媛译,译林出版社 2018 年版。

17. [英]卡莱尔:《文明的忧思》,郭凤彩译,金城出版社 2011 年版。

18. [美]谢尔登·卡什丹:《女巫一定得死:童话如何塑造性格》,李淑珺译,机械工业出版社 2014 年版。

19. [英]威尔基·柯林斯:《白衣女人》,叶东心译,上海译文出版社 2007 年版。

20. [英]威尔基·柯林斯:《法律与淑女》,张艳娟译,群众出版社 2014 年版。

21. [英]拉斯金:《拉斯金读书随笔》,王青松、匡咏梅、于志新译,上海三联书店 2000 年版。

22. 李宝芳:《维多利亚时期英国中产阶级婚姻家庭生活研究》,社会科学文献出版社 2015 年版。

23. [瑞士]麦克斯 · 吕蒂:《欧洲民间童话的形式与本质》,户晓辉译,河北教育出版社 2018 年版。

24. 马晓俐、张秀:《〈奥德利夫人的秘密〉中“家中天使”的两面性》,《长春大学学报》2018 年第 7 期。

25. 马缨:《工业革命与英国妇女》,上海社会科学院出版社 1993 年版。

26. 马元曦、康宏锦主编:《西方女性主义文学文化译文集》,广西师范大学出版社 2008 年版。

27. [英]约翰 · 斯图尔特 · 穆勒:《妇女的屈从地位》,汪溪译,商务印书馆 2007 年版。

28. [英]约翰 · 斯图尔特 · 穆勒:《约翰 · 穆勒自传》,吴良健、吴衡康译,商务印书馆 1987 年版。

29. [法]夏尔 · 佩罗:《鹅妈妈的故事》,张小言译,上海译文出版社 2013 年版。

30. 潘迎华:《19 世纪英国现代化与女性》,浙江人民出版社 2005 年版。

31. [美]杰克 · 齐普斯:《冲破魔法符咒:探索民间故事和童话故事的激进理论》,舒伟主译,安徽少年儿童出版社 2010 年版。

32. [美]杰克 · 齐普斯:《作为神话的童话/作为童话的神话》,赵霞译,少年儿童出版社 2008 年版。

33. 乔继堂主编:《伍尔夫随笔全集》(III),王斌、王保令、胡龙彪、肖宇、童未央译,中国社会科学出版社 2001 年版。

34. [法]萨特:《文字生涯》,沈志明译,人民文学出版社 1988 年版。

35. [英]G.L.斯特雷奇:《维多利亚女王传》,薛诗绮译,东方出版中心 1997 年版。

36. 王晓焰:《18—19 世纪英国妇女地位研究》,人民出版社 2007 年版。

37. [美]苏珊·艾丽丝·沃特肯斯:《女性主义》,陈侃如译,广州出版社 1998 年版。

38. [美]伊莱恩·肖瓦尔特:《她们自己的文学:英国女小说家:从勃朗特到莱辛》,韩敏中译,浙江大学出版社 2012 年版。

39. [英]特里·伊格尔顿:《历史中的政治、哲学、爱欲》,马海良译,中国社会科学出版社 1999 年版。

40. 裔昭印:《西方妇女史》,商务印书馆 2009 年版。

41. [美]艾伦·B.知念:《拯救王子的公主》,舒伟、丁素萍译,广西师范大学出版社 2017 年版。

42. 朱虹:《疯狂的女性和女性的疯狂——〈奥德利夫人的秘密〉赏析》,《名作欣赏》1995 年第 3 期。

英文文献:

1. Nancy Armstrong, *Desire and Domestic Fiction: A Political History of the Novel*, Oxford: Oxford UP, 1987.

2. Carol Bock, *Charlotte Bronte and the Storyteller's Audience*, Iowa City: University of Iowa P, 1992.

3. Dierdre David, *Fictions of Resolution in Three Victorian Novels: North and South, Our Mutual Friend, Daniel Deronda*, NY: Columbia UP, 1981.

4. Luce Irigaray, *This Sex Which Is Not On*, trans. Catherine Porter, Ithaca, New York: Cornell University Press, 1985.

5. Michael C. Kotzin, "The Fairy Tales in England 1800—1870," *Journal of Popular Culture*, Vol.4, 1970.

6. John G. Peters, "Inside and Outside: Jane Eyre and Marginalization Through Labeling," *Studies in the Novel*, Vol.28, 1996.

7. Karen Rowe, "'Fairy-born and human-bred': Jane Eyre's Education in Romance," *The Voyage in: Fictions of Female Development*, Ed. Elizabeth Abel, Marriage Hirsch, Elizabeth Langland, Hanover: UP of England, 1983.

8. Cathy Shuman, "Invigilating Our Mutual Friend: Gender and the Legitimation of Professional Authority." *Novel*, Vol.28, 1995.

9. Laurence Talairach Vielmas, *Moulding the Female Body in Victorian Fairy Tales and Sensation Novels*, Hampshire, Burlington: Ashgate Publishing Limited, 2007.

10. Jack Zipe, *The Brothers Grimm: From Enchanted Forests to the Modern World*, London: Routledge, 1988.

11. Jack Zipes, *Fairy Tales and the Art of Subversion: The Classical Genre for Children and the Process of Civilization*, NY: Wildman Press, 1983.

后 记

一直以来，始终认为安心读书、写作是一件令人幸福的事情，在书海徜徉，再将所学所感内化为脑中的思想，驻扎而生根、发芽，直到成为笔尖的文字，这个过程中会有痛苦、纠结，但终究是令人幸福的。

与童话结缘，始于童年时期阅读安徒生童话，尤其记得“小意达的花儿”，花儿们在深夜举行盛大的舞会，它们看起来如此美丽，用尽全力绽放自己，第二天它们死了，小意达将它们埋葬在了花园里，期盼着它们来年成为更美丽的花朵。读了这则故事，我甚至在深夜偷偷观察过院中的花儿，看看自己是否会和小意达同样幸运，能够看到花儿跳舞的场面。很多年后，我为女儿讲童话故事，重温这些经典故事，发觉其中的人和事依然会令我感动不已。也许这便是童话研究专家杰克·齐普斯提出的童话的“乌托邦潜能”(Utopian potential)，的确，经典童话以及其内涵已经伴随着童年时光深入了每一个人的骨髓，伴其一生。

关注英国维多利亚小说与童话故事之间的互文关系，始于攻读博士学位期间对维多利亚小说的阅读和探究。《简·爱》便是其中较为典型的一部，许多研究者关注到了小说中的童话主题——“灰姑娘”“美妞与怪兽”“蓝胡子”……尽管博士期间没有完成这一选题，但对这一问题的思考并未停止，2013 年，我以“女性主义视角下维多利亚小说的童话主题”为题，申报了甘肃省高校科研项目，三年后结题便有了本书的初稿，但无《奥德利夫人的秘密》这一部分。之后，我不断重读维多利亚时期的小说，又有了一些新的想法，简·爱的自尊独立、麦琪的怀旧隐忍、奥德利夫人的大胆僭越、劳娜的单纯被动、海伦的忠诚勇敢、贝拉的天真直率……这些女性形象以及她们的故事，流淌在文学长河中，也深深印记在我的心间。这些小说裹挟着维多利亚时期特定的话语体系，记载了一段辉煌、复杂的令人频频回首的历史。结合童话观照维多利亚小说，或者能带给我们不一样的阅读体验，这也是我思考本书的初衷所在。目前虽然几经修改，依然深觉惶恐，犹如上交了一份不够完美但又竭尽所能完成的试卷，恳请得到批评指正。

感谢西北师范大学文学院的各位师长、同仁，我何其幸运，从教至今，我始终在这个温暖的环境工作、生活。感谢我的父母家人，家人的支持与爱是我不断前行的最大动力。

本书被收入西北师范大学文学院“世纪中文·学人文丛”，并得到了上海人民出版社舒光浩老师的热心帮助，在此一并表示最诚挚的感谢。

周小娟

2020 年初夏于西北师范大学

西北師範大學
世紀中文·學人文叢

图书在版编目(CIP)数据

维多利亚小说的童话主题和性别政治/周小娟著
.—上海:上海人民出版社,2021
ISBN 978-7-208-17009-4

Ⅰ.①维…　Ⅱ.①周…　Ⅲ.①小说研究-英国-近代
Ⅳ.①I561.074

中国版本图书馆 CIP 数据核字(2021)第 053974 号

责任编辑　陈佳妮　舒光浩
封面设计　胡　斌　刘健敏

维多利亚小说的童话主题和性别政治
周小娟 著

出　　版　上海人民出版社
（200001　上海福建中路 193 号）
发　　行　上海人民出版社发行中心
印　　刷　上海商务联西印刷有限公司
开　　本　890×1240　1/32
印　　张　7.25
插　　页　2
字　　数　179,000
版　　次　2021 年 7 月第 1 版
印　　次　2021 年 7 月第 1 次印刷
ISBN 978-7-208-17009-4/I・1950
定　　价　42.00 元